AF638097

FEDERHERZ
VERLAG

ALESSIA GOLD

RUTHLESS FREAKS

VON IHNEN VERFÜHRT

RUTHLESS FREAKS
Von ihnen verführt

Cover & Umschlag: Vivien Summer
Bildmaterial: Shutterstock, Freepik, Rawpixel
Korrektorat: Korrektorat & Lektorat Judith Bingel M. A.

Bestellung und Vertrieb: Nova MD GmbH, Vachendorf

ISBN: 978-3-98595-727-9

Druckerei Smilkov Print Ltd
Pokrovnishko shose
2700, Blagoevgrad

Federherz Verlag
Süntelstraße 70
31848 Bad Münder
www.federherzverlag.de
Instagram: @federherz.verlag

Triggerwarnung

Solltest du eine Triggerwarnung brauchen,
ist dieses Buch vielleicht nicht das richtige für dich.
(Dennoch findest du auf der letzten Seite eine
Auflistung der Themen. Achtung, Spoiler möglich!)

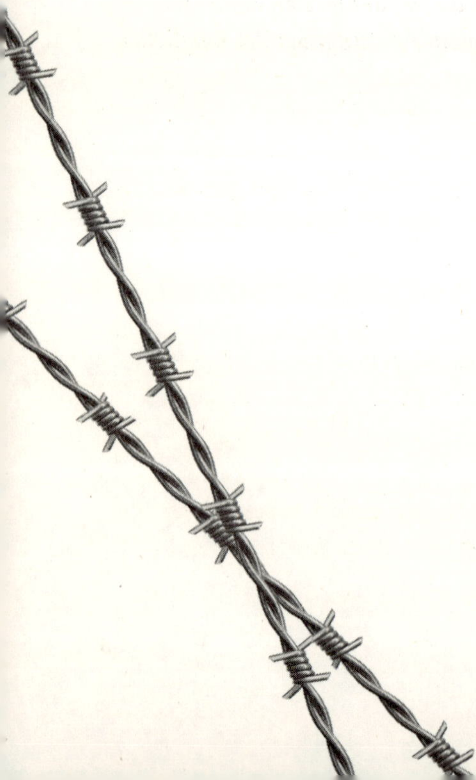

Vorwort

Ciel hier.
Ja, der Mann, der dich freundlich anlächelt und dir im nächsten Moment in die Fresse schlägt, wenn du mein Monster mit einer unbedachten Handlung hervorlockst.
Du schaust gerade verstört?
Dann liegt das wohl daran, dass du Band eins der *Ruthless*-Trilogie noch nicht kennst. Das ist schlecht, denn da entgehen dir ein paar tiefgreifende moralische Fehltritte meinerseits.
Natürlich könnte ich mich jetzt rechtfertigen und mich einer fürchterlichen Vergangenheit rühmen, die mich für all meine Taten entschuldigt.
Aber das spare ich mir an dieser Stelle.
Genauso wie eine weitere Warnung.
Du solltest wissen, worauf du dich hier einlässt.
Unsere Geschichte geht anders weiter, nimmt Wendungen, die dich überraschen werden, und reißt

dich am Ende mit in den Abgrund, wenn wir
gemeinsam fallen.
Denn wir sind alle eins.
Und du gehörst dazu.
Du kannst gern versuchen, dich irgendwo festzuhalten.
Wetten, dass es dir nicht gelingen wird?
Kleines, sei nicht so naiv.
Der Aufprall wird schmerzhaft.
Und dein armes Herz wird ihn nicht überstehen.

Kapitel 1
Eden

»Du verführst mich.« Lachend lege ich den Kopf in den Nacken und baumele nun vollends mit dem Kopf voran von Ciels Sofa. Caleb sitzt im Schneidersitz auf dem Boden unweit von mir entfernt.

»Ich will nicht, dass du Schmerzen hast, Peach.« Wieder hält er mir den Joint einladend vor die Lippen. Zufrieden inhaliere ich den Rauch und schließe seufzend die Augen.

Ich hasse es, meine Periode zu haben. Normalerweise kann ich mich tagelang nicht mehr bewegen, aber die von Ciel und Caleb auserkorene Schmerztherapie erfüllt ihren Zweck. Und noch mehr. Ich fühle mich frei, losgelöst und glücklich. Auch wenn ich kopfüber von der Couch hänge.

Oder vielleicht auch gerade deshalb.

»Komm her, so läuft dir noch das ganze Blut in den Kopf.« Caleb legt seinen Arm um meinen Oberkörper und bringt mich vorsichtig in eine aufrechte Position.

Lachend lehne ich mich an ihn, vergrabe meine Nase an seiner Schulter. Er riecht wie immer nach einer Mischung aus Sandelholz und Minze und damit verdammt betörend.

»Ist dir klar, dass Ciel uns gerade eine hervorragende Möglichkeit bietet, um abzuhauen?«, fragt er und klingt weiterhin belustigt. Daran bin wohl ich schuld. Er raucht nicht. Ich spüre seinen Atem auf meiner Kopfhaut, als er mich fest an sich zieht, und seufze zufrieden. Seine Worte brauchen ein bisschen, bis sie in meinem Hirn ankommen. Und als sie es endlich tun, erstarre ich in seinem Griff. Schon seit Tagen habe ich nicht mehr daran gedacht abzuhauen. Dafür fühlt es sich nicht mehr bedrohlich genug an. Ciel und Caleb verstehen sich erstaunlich gut – und seit wir unsere Anfangsschwierigkeiten hinter uns gelassen haben, fühle ich mich, als würde ich dazugehören.

Vielleicht tue ich das sogar. Dazu kommt, dass mich nichts in meinem alten Leben hält. Ich will nicht fliehen. Wohin denn auch?

»Ich wäre lieber mit Ciel zu diesem Kunstraub aufgebrochen«, flüstere ich wahrheitsgemäß.

Caleb lacht leise in mein Haar. »Ich weiß. Deshalb würde ich vorschlagen, dass wir diesen Gedanken besser verwerfen. Für eine Flucht geht es dir sowieso nicht gut genug.«

Ich sehe zu ihm auf. »Du glaubst auch nicht, dass Ciel mir etwas tun wird, oder?«

Seine Miene verfinstert sich schlagartig. »Wenn du ihn nicht anflehst, stehen deine Chancen wohl recht gut, aber ich kann dir nichts versprechen. Er ist noch immer ein verdammter Scheißkerl mit einer viel zu charmanten Hülle.«

»Schon klar. Ich wüsste gar nicht, wo ich hinsoll, wenn ich jetzt weglaufe«, murmle ich. »Ich will nicht zurück zu meiner Familie, also müsste ich mich ständig verstecken, und ich weiß nicht, ob ich das schaffen würde.«

Calebs Daumen streicht nachdenklich über meinen Oberarm. »Ich kann dir nicht helfen«, sagt er schließlich gequält. »Nach der Sache mit meiner Ex habe ich mir geschworen, es … besser zu machen. Und das geht nicht, wenn ich mit der nächsten entführten Frau abhaue und abtauche. Dann wären uns gleich zwei Parteien auf den Fersen.«

»Ist gut«, unterbreche ich ihn und kuschle mich näher an ihn. »Nenn mich halt wieder naiv. Aber die letzten Tage waren die intensivsten meines ganzen Lebens. Trotz allem. Ich will nicht weg. Ich will hierbleiben. Bei euch.«

Caleb brummt leise. Er weiß, was ich meine.

»Es klingt komisch, wenn du ›bei euch‹ sagst.«

»Ist doch aber so.«

»Ja.« Caleb seufzt und geht nicht näher darauf ein. »Wie geht's deinem Bauch?«

»Ganz okay.« Ich strecke meine Hand nach dem Joint aus, den er mir kommentarlos überlässt. Ich ziehe wieder daran und schließe die Augen, als mich ein warmes Gefühl erfasst, sobald der warme Rauch meine Lunge flutet. »Meinst du, ich muss jetzt für immer vor meinem Vater weglaufen?«

Caleb zuckt mit den Achseln, dann steht er auf

und befördert mich zurück auf die Couch; diesmal auf den Hintern. Leicht schwankend bleibe ich sitzen. »Ciel und ich haben die Nachrichten im Blick. Bisher sieht es nicht so aus, als würde er demnächst lockerlassen. Dabei müsste er doch nur die Kohle zahlen.«

Ich schnappe mir die weiße Decke und wickle mich damit ein. »Und Ciel wird mich dann kommentarlos abliefern?«

Caleb besieht mich mit einem Seitenblick, während er den Raum durchquert, um einen Laptop von einer Kommode zu nehmen. »Natürlich nicht. Aber es ist überraschend, dass dein Dad nicht einmal Anstalten macht, das Geld zu bezahlen, obwohl Ciel ihm das Video von dir vorbeigebracht hat. Wir haben mit einer anderen Reaktion gerechnet.«

Ich lache frustriert auf. »Ungefähr *alles* ist ihm wichtiger als ich. Er wird nicht zahlen, nur weil ich ein bisschen lädiert auf einem Stuhl sitze und ihn anflehe, mich zu retten.«

Caleb mustert mich kurz, ohne etwas dazu zu sagen. Stattdessen berichtet er weiter. »Dein Freund drückt auf die Heulschiene.« Mit einem breiten Grinsen reicht Caleb mir den Laptop. »Guck dir das mal an.«

»Er ist nicht mein Freund.« Augenrollend starte ich das Youtube-Video und stöhne augenblicklich noch genervter, als ich in das Gesicht von Steven blicke. Mit rot verweinten Augen steht er vor unserem Wohnhaus und schnieft in die Kameras der Journalisten, die die Straße bevölkern, als würde Katy Perry in dem Haus wohnen. Dabei wohne dort nur ich.

»Dann eben dein Verlobter. Das macht es nicht besser.« Caleb lacht und setzt sich neben mich, um ebenfalls auf das Display sehen zu können. »Hat der Kerl dich angefasst?« Seine Stimme nimmt einen tieferen Tonfall an. Einen, der deutlich macht, wie wenig er von dieser Vorstellung hält. Und ich mag diese durchscheinende Eifersucht.

»Nein, und ich ihn nicht.« Mit zusammengekniffenen Augen verfolge ich, wie Steven schluchzt und von der Entführung seiner Verlobten spricht. Zugegeben, er spielt seine Rolle ziemlich gut. Nur unwillig sehe ich weiter auf den Bildschirm, auf dem nun auch noch mein Vater auftaucht. Er hat seinen zweiten besten Freund – seinen Anwalt – im Schlepptau, stößt einen Journalisten zur Seite, bevor er Steven mit einem Arm um seine Schulter an sich zieht.

»Sehen Sie nicht, dass dieser Junge leidet?«, blafft er laut. »Lassen Sie unsere Familie in Ruhe!« Er zieht ihn weg.

»Was 'ne Show.« Ich muss bei Calebs trocken hervorgebrachtem Kommentar lachen. »Ist doch wahr. Dein Vater spielt sich auf und dein Typ heult herum wie ein Jammerlappen. Würde ihm wirklich was an dir liegen, würde er da nicht rumstehen und einen See hinterlassen, sondern dich suchen.«

»Er ist der beste Freund meines Vaters«, erwidere ich. »Er redet ihm immer nur nach dem Mund. Keinem von ihnen geht es um mich, lediglich um ihre Außenwirkung. Das ist alles gestellt.«

»Ich wusste schon immer, dass ihr Reichen nicht gerade in der besseren Position seid. Tut mir leid, was du für ein Leben hattest. Ich verstehe mittlerweile, warum du so ... verrückt bist.« Caleb grinst mir über die Schulter zu, und das so verschmitzt, so nett, dass sich etwas in meinem Bauch bei seinem Anblick meldet. Ich mag ihn längst viel zu sehr. Nicht zuletzt, weil er mein Problem, was andere Menschen gern als Luxusproblem bezeichnen, so einfach durchschaut und vor allem hinnimmt.

Genauso wie Ciel, wenn er nicht gerade auf mich losgeht. Aber dazu hat er in den letzten Tagen keinerlei Anstalten mehr gemacht. Im Gegenteil. Sein Charme ist so einnehmend, dass ich nun freiwillig in seinem klimatisierten Museumskeller sitze und auf seine Rückkehr warte. *Und mir längst wieder ausmale, was sie mit mir tun könnten, wenn wir zu dritt sind.*

»Weißt du ... genau das war der Punkt, warum ich von Anfang an etwas anderes in dir gesehen habe.«

Caleb sieht mich an. »Was genau?«

»Dass du keinen Unterschied zwischen arm und reich machst. Du hast mich nicht abgestempelt und hast mein Problem ernst genommen.«

Calebs Mundwinkel hebt sich leicht. »Ich habe mich über deine kuriose Vergewaltigungsfantasie lustig gemacht.«

»Weil du es nicht verstanden hast.«

»Ich habe das sehr wohl verstanden. Du weißt nur nicht, was du da eigentlich schreibst.« Caleb grinst wieder, wird aber kurz darauf wieder ernst. »Sei bloß froh, dass du mich jetzt kennengelernt hast. Früher wäre ich mit deinem ... Problem anders umgegangen.«

»Nämlich?«

Caleb zögert und wirkt so zerknirscht, als hätte er diese Worte gar nicht aussprechen wollen. »Ach ... meine Ex ist das beste Beispiel«, murmelt er schließlich, weil ich ihn weiterhin fragend ansehe. »Ist bei mir im Club aufgetaucht, hatte nichts mehr, bis auf ihre kleine Schwester. Ich habe sie beide bei uns untergebracht, ihr ein neues Leben ermöglicht und ...« Er bricht mitten im Satz ab und schüttelt den Kopf. »Wie auch immer.«

»Das klingt doch gut, oder nicht?« Meine Stimme ist leise. Ich will mir nicht anmerken lassen, was es mit mir macht, dass er mir freiwillig etwas aus seiner Vergangenheit erzählt. Der Vergangenheit, die ihn anscheinend noch auf sehr intensive Weise verfolgt. Ich kenne nach wie vor keine Details, aber dass seine Ex-Freundin eine Schlüsselrolle spielt, ist mir klar.

»Das klingt so lange gut, bis du den Ausgang der Geschichte hörst.«

»Und willst du mir den erzählen?«

Caleb seufzt. »Wäre vielleicht besser, damit du weißt, auf wen du dich hier einlässt.«

»Du musst nicht, aber ... ich bin trotzdem neugierig, warum du manchmal so bist, wie du bist.«

Ein belustigtes Geräusch dringt aus Calebs Kehle. Er dreht mir den Kopf zu und nimmt mich mit seinen palisanderfarbenen Augen gefangen. »Anfangs lief es echt gut zwischen uns. Nur dann haben wir uns in zwei verschiedene Richtungen entwickelt. Ich habe sie und ihren Platz an meiner Seite als viel zu selbstverständlich hingenommen. Ich habe sie gänzlich aus meinen Geschäften herausgehalten, weil ich damals auf sehr verquere Weise dachte, ich würde sie damit schützen.«

»Hast du das denn nicht?«

Caleb schnaubt. »Ich habe sie damit direkt in die Arme meiner Feinde getrieben und sie ... sie hat einfach aufgegeben.« Er legt sich eine Hand in den Nacken, eine Geste, die impliziert, wie unsicher er sich gerade fühlt. »Zu Recht. Warum sollte sie auch an mir festhalten? Es ging mir immer mehr nur um mich, nicht um sie, und schon gar nicht um uns. Ich habe sie mehrfach betrogen – immer mit der Begründung für mich selbst, dass ich es nur mache, um meine Kontakte zu stärken.«

»Du hast Frauen benutzt, um ...?«

»Du willst gar nicht wissen, wie perfekt diese Strategie funktioniert.« Caleb reibt sich über die Stirn. »Menschen sind so leicht zu manipulieren, dass ich immer wütender wurde. Auf mein ganzes verblendetes Umfeld, das so leicht zu lenken war. Auch auf sie. Sie hat sich als meine Freundin bezeichnet und hat nicht mitbekommen, wer ich eigentlich bin. Ich dachte, ich wäre ihr egal.« Er schnaubt leise. »Das Ganze ging so weit, dass ich ihre kleine Schwester benutzt habe, um mir weitere Drogenrouten zu erschließen.« Der Blick, den er mir daraufhin zukommen lässt, ist so eindeutig, dass ich nicht nachfragen muss. Er hat mit der Schwester seiner Freundin geschlafen. Als ich zunächst nicht reagiere, räuspert Caleb sich sichtlich unangenehm berührt. »Das mit den Drogen war auch noch so eine Sache. Es war ein Teufelskreis. Ich wollte immer mehr, war aber gleichzeitig furchtbar wütend auf alle. Meinen Frust habe ich mit immer mehr Zeug, das ich mir eingeworfen habe, ausgeschaltet. Das ist nicht die klügste Idee gewesen, die ich je hatte, aber … es hat geholfen. Zumindest für einen kurzen Zeitraum.«

»Hm«, mache ich nur und verkneife mir jeden Kommentar dazu. Ich weiß, aus welchem Umfeld Caleb kommt – schließlich habe ich ihn im Knast kennengelernt und habe noch immer die Aufzählungen seiner Vergehen im Ohr, die der Wärter mir aufgezählt hat. *Mord, Stalking, Zuhälterei, Hehlerei und Besitz und Handel mit Rauschgiften jeglicher Art.* Auch wenn ich ihn nicht verurteilen will, kann ich mir eine Nachfrage aber nicht verkneifen. »Meinte Karl das mit Stalking? Hast du deine Freundin gestalkt?«

»Wenn du es so bezeichnen willst«, gibt er unumwunden zu. »Ihre Schwester ist mit den Drogen aufgeflogen und Paige wollte ihre Schulden begleichen. Ich habe es hingenommen, weil ich ein Arsch bin. Ich habe es zugelassen, dass sie zu Duncan rennt und sich in seinem Escortclub bewirbt. Es war mein Fehler, dass sie dort auf Jules und Francis getroffen ist.« Als er meinen fragenden Gesichtsausdruck bemerkt, seufzt er wieder. Es fällt ihm sichtlich schwer, mir aus seiner Vergangenheit zu erzählen, dafür macht er es ziemlich offen. »Früher waren wir mal so was wie Freunde, das hat sich aber erledigt, als unsere Clubs im Untergrund sich immer mehr verfeindet haben. Langer Rede kurzer Sinn: Die Zwillinge und Duncan wollten Paige benutzen und hatten allen Grund, ihr etwas zu tun. Ihr nachzureisen, hatte nur den Sinn, sie vor ihnen zu beschützen – und gleichzeitig war ich so in meiner eigenen Welt gefangen, dass ich mir schon ausgemalt habe, wie Paige für mich anschaffen kann, wenn sie wieder bei mir ist.« Er sieht mich eindringlich an. »Weil ich innerlich ausgerastet bin, dass sie es mit den beiden Typen treibt, obwohl ich viel schlimmer war. Verstehst du? So einer bin ich. Ich kann dir nett ins Gesicht lächeln und hintenrum plane ich schon deine Vernichtung. Du solltest dich also wirklich von mir fernhalten. Wer weiß, auf was für Ideen ich noch ...« Seine letzten Worte unterbreche ich damit, dass ich meine Hand in seinen Nacken lege und ihn vor mein Gesicht ziehe.

»Hör auf«, raune ich vor seinen Lippen, bevor ich ihn küsse. Caleb erwidert den Kuss nur langsam und löst sich viel zu schnell wieder von mir. »Ich meine das ernst«, schiebe ich fest nach, als er schon den Mund öffnet, um etwas zu sagen. »Jeder macht Fehler, der eine größere, der andere kleinere. Wichtig ist, dass man aus ihnen lernt. Und guck dich an. Du bist freiwillig hier in diesem Exil, lässt dich von Ciel herumkommandieren und bist zudem noch ... nett zu mir.«

»Vielleicht plane ich ja schon, dich und dein Leben strategisch einzusetzen«, erwidert er scharf.

»Deshalb erzählst du mir das alles so offen? Das wäre dumm von dir.«

»Oder schlau, damit genau dieses Gespräch hier gerade entsteht.« Er mustert mich intensiv. »Merkst du das? Du denkst jetzt, ich bin der arme geläuterte Kerl, dabei kann es gut sein, dass ich derjenige bin, der dafür sorgt, dass dein ganzes Leben zu Schutt und Asche zerfällt.«

Wütend stelle ich den Laptop neben mir ab und klettere auf seinen Schoß. Seine mitternachtsschwarzen Haare fallen ihm in die Stirn, der Ring in seiner Augenbraue glänzt im Schein der Lampe hinter ihm. Er sieht aus wie der Rockstar-Bad-Boy, über den ich so oft geschrieben habe, und doch ist nicht das der Grund, warum mein Herz rast. Es ist das Gefühl, als er seine Hände auf meine Hüfte legt. »Selbst wenn du der Grund dafür bist, dass mein Leben zu Asche zerfällt«, hauche ich und erwidere seinen stechenden Blick mit jagendem Puls, »dann habe ich vorher wenigstens gebrannt.«

Aus seiner Brust löst sich ein dunkles Brummen, seine Finger bohren sich in meine Seiten. »Sag das nicht, Peach.« Seine Stimme ist tief und rauscht direkt in meinen Unterleib, der sich verlangend zusammenzieht. Er sieht mir fest entgegen und in seinen braunen Augen flackern die unterschiedlichsten Emotionen. Er macht mir etwas vor. Aber genauso macht er sich selbst etwas vor. Er will mich von sich stoßen, weil er selbst denkt, er hätte genau das verdient. Er will sich selbst bestrafen, doch ich habe keinerlei Grund dafür. Ich kenne diesen Caleb aus seinen Erzählungen nicht, daher muss ich ihn auch nicht wie diesen behandeln.

Als ich mich vorbeuge und mit meinen Lippen über seine streife, hält er still, und doch spüre ich am Zucken seiner Muskeln, wie sehr er sich zusammenreißt. Seine Augen bleiben offen und ich sehe ihm genauso offen entgegen. Je öfter, je intensiver mein

Unterleib über seinen reibt, desto deutlicher spüre ich die Beule in seiner Jeans. Knurrend presst er mich fester an sich, doch mehr passiert zunächst nicht. Unsere Augen fechten mehrere Minuten ihren eigenen Kampf aus, während ich mich langsam auf ihm bewege.

Er verliert. Grollend schließt er seine Arme um meinen Rücken, zieht mich an sich und endlich prallen unsere Münder richtig aufeinander. Keuchend genieße ich seine gleichsam sanften wie fordernden Berührungen, seine Zunge, die im genau richtigen Takt mit meiner spielt. Caleb kann küssen und ich bekomme einen Eindruck davon, warum die Frauen ihm und seinen Spielchen reihenweise verfallen sind. Wäre das hier auch eins seiner Spiele, wäre ich nicht besser.

Aber das ist es nicht. Ich will daran glauben, dass er es nun anders machen will. Richtig. Weil er genauso leidet wie seine Ex. Und dieser Gedanke, dass er nach wie vor an ihr hängt, setzt sich als schwerer Brocken in meinem Magen ab. Als ich mich schwer atmend und berauscht von dem Kuss und den in mir flirrenden Gefühlen von seinen Lippen löse, muss ich gegen die Tränen ankämpfen. Ich will nicht deswegen weinen. Doch dass ich drauf und dran bin, mich in meine Entführer zu verlieben, ist nicht mehr von der Hand zu weisen.

»Danke, dass du mir das alles erzählt hast«, flüstere ich und traue mich nicht, erneut in seine Augen zu sehen. »Aber ich mache mir gern mein eigenes Bild und das …«

»Und das ist ein falsches«, unterbricht er mich

leise, beißt aber gleichzeitig in meine Unterlippe, bevor er mit seiner Zunge sanft darüberfährt. Diesmal übernimmt er die Führung über den Kuss und beendet damit das Gespräch.

Als er schließlich den Kopf zurücknimmt und damit unsere Verbindung unterbricht, hinterlässt er ein Prickeln auf meinen Lippen und ein leeres Gefühl in meiner Brust, obwohl ich ihm nach wie vor nah bin. »Komm, lass uns …« Er bricht ab, als von dem Laptop ein leises, dafür aber eindringliches Piepen ertönt. Ich rutsche ohne weitere Aufforderung neben ihn, er angelt das Gerät von meiner anderen Seite und stellt es auf seinem Schoß ab. Mit gerunzelter Stirn tippt er einen Code ein und setzt sich aufrechter.

»Du kennst ernsthaft Ciels Codes?« Ich spähe ihm über die Schulter, um etwas erkennen zu können. Es öffnen sich mehrere kleine Bilder, die Bereiche in und außerhalb des Museums zeigen.

»Ja, kenne ich.« Caleb tut so, als wäre das völlig normal – und vielleicht ist es das auch. Ich habe oft genug mitbekommen, wie die beiden Männer sich abends zusammensetzen, wie sie reden, und das recht lang und ohne sich die Köpfe einzuschlagen. Seit dieser einen Prügelei, die völlig aus dem Ruder gelaufen ist, scheint es, als hätten sie die Fronten zwischen sich geklärt. Doch ehe ich nachhaken kann, flucht Caleb leise und zoomt in einer der Kameras näher heran.

»Was ist denn los?« Doch ich habe die Frage kaum ausgesprochen, da erkenne ich den Mann auch. »Ist das nicht dieser … Duncan?«

»Ganz genau.« Caleb fährt sich über das Gesicht und schüttelt den Kopf. »Das ist mies. Er wird Ciels Sicherheitstechnik nicht umgehen können und hereinspazieren, aber Ciel wird ihn auch nicht einfach abschütteln können.«

»Und das ist ein Problem, weil ...?«

»Weil er mich am Boden sehen will, Peach.« Caleb klappt den Laptop zu und verstaut ihn sicher in der Kommode. »Wenn Duncan mitbekommt, was Ciel mir für Freiheiten einräumt, dass wir mehr oder weniger gemeinsame Sache machen ... das gibt nur Stress. Komm.« Er reicht mir eine Hand und zieht mich aus dem gemütlichen Deckenkokon, in den ich mich zwischenzeitlich wieder eingewickelt habe. Sein Blick bleibt für wenige Sekunden an meinem Bauch haften. »Ach shit.« Er legt seine Hände an mein Gesicht und beugt sich zu mir. »Vertraust du mir?«

Ich verziehe das Gesicht. *Das weiß er doch.* »Wenn ich jetzt Ja sage, dann sagst du doch nur, ich bin naiv.«

Er grinst, wieder auf diese Weise, die mir viel zu nahe geht. Wenn Caleb es zulässt, kann er verdammt süß sein. »Nein. Ich denke, du weißt halbwegs, worauf du dich mit mir und Ciel einlässt.«

»Das klingt, als hätte ich wirklich eine Wahl.«

»Zumindest das müsstest du nicht zulassen.« Er zieht mich an sich, dann liegen seine Lippen erneut auf meinen. Und er hat recht. Niemand von ihnen zwingt mich, *das* mit ihnen zu machen. Doch seit ich genau das mit ihnen mache – mit beiden –, läuft es wesentlich entspannter zwischen uns. Ich schmiege mich an Caleb, genieße das Prickeln, als seine Lippen über meine reiben, und seufze enttäuscht, als er sich viel zu schnell wieder von mir löst. Er lässt mir einen vielsagenden Blick zukommen. »Pass auf. Du gehst ins Bad, ziehst dir etwas Wärmeres an, ich räume hier schnell etwas auf.«

»Und dann? Wollen wir doch flüchten? Ich …«

»Nein, wir zeigen Duncan nur das, was er sehen will.« Er schiebt mich entschlossen von sich.

Ich habe keine Ahnung, was er damit meint, aber ich werde seinen Plan nicht infrage stellen. Er kennt all diese Männer und ihre Methoden besser als ich.

Eine halbe Stunde später blitzt die Küche, die Decken liegen ordentlich auf den Sofas. Caleb hat all meine persönlichen Dinge in Ciels Zimmer gebracht und unter seinem Bett verstaut, während ich noch einmal im Badezimmer war und mich frisch gemacht habe. Ich habe noch nicht durchschaut, was er damit bezwecken will. Unsere Existenz ausradieren?

Mit flatterndem Herzen lehne ich an der Wand im Flur und beobachte Caleb dabei, wie er die Tür zu Ciels Zimmer schließt, bevor er seinen Blick noch einmal durch den einsehbaren Kellerraum schweifen lässt. Ein zufriedener Ausdruck liegt auf seinem Gesicht, als er zu mir kommt und nach meiner Hand greift.

»Sorry, das muss jetzt sein.« Er läuft entschlossen los und öffnet eine Tür mit einem weiteren Code, von der ich keine Ahnung habe, was sich dort hinter verbirgt. Doch in der nächsten Sekunde bin ich schlauer.

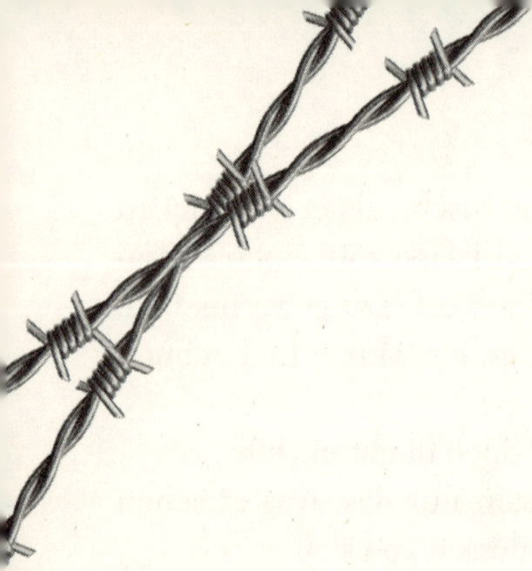

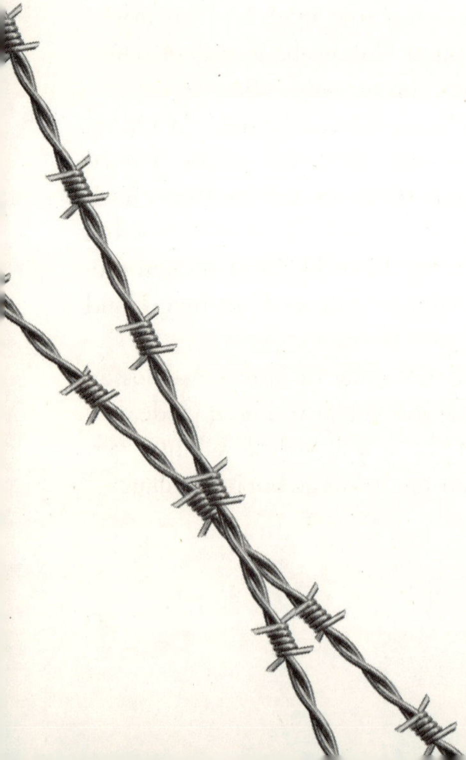

Kapitel 2
Ciel

»Na, wo ist sie denn?« Duncan steht hinter mir im Türrahmen und sieht sich wie ich im leeren Zimmer um. »Was läuft hier, Ciel? Wenn du …«

Ich blende seine restlichen Worte aus, denn auf dem Schreibtisch entdecke ich einen kleinen Schlüssel. Einen, der dort nicht hingehört. Und einen, von dem ich genau weiß, was er aufschließt.

Mein kurzzeitig aufgeflammtes Gefühl, von allen verarscht worden zu sein, fällt wie ein einstürzendes Hochhaus in sich zusammen und weicht einem anderen. Einem, das ein selbstgefälliges Lächeln auf mein Gesicht zaubert. Caleb zu vertrauen, war richtig.

Weil das Böse sich mit dem Bösen eben gut versteht. Und das sogar ziemlich blind.

Mit wenigen Schritten durchquere ich Edens Zimmer, das ich ihr für ihren Aufenthalt bei mir überlassen habe, schnappe mir den Schlüssel und präsentiere

Duncan beides, als ich mich zu ihm umdrehe. Den Schlüssel – und das Lächeln.

Er hebt wenig beeindruckt eine Augenbraue. »Doch ein Kerker?«

»So etwas in der Art. Sie war heute früh etwas ... aufmüpfig.«

Duncans Blick scannt meine Mimik genau, dann seufzt er und lässt mich an ihm vorbeitreten. »Lass mich raten. Sie will sich nicht von dir ficken lassen.«

Nun bin ich derjenige, der die Augenbraue in die Stirn zieht. Kopfschüttelnd halte ich auf die einzige codegeschützte Tür in meinem Keller zu. »Denkst du, ich habe es nötig, meine Geisel zu vögeln?« Gegen ihren Willen. Diesen kleinen Nachsatz lasse ich aus; denn der Rest hat ja durchaus einen wahren Kern.

»Keine Ahnung, was du hier in deinem Luxusmuseum so abziehst. Mir ist durchaus klar, dass du nicht der freundliche Schönling bist, den du immer mimst.«

Ich kommentiere seine indirekte Frage nicht, dafür stoße ich die Tür auf, die geradewegs in meine kleine Waffenkammer führt.

Duncans Blick bleibt skeptisch, doch er folgt mir, als ich an den Regalen vorbeigehe, die mit allerhand – vorrangig gestohlenen – Munitionen und diversen Waffen gut gefüllt sind.

»Hier geht's weiter«, erkläre ich und deute auf die nächste Tür, hinter der es ruhig ist.

»Interessante Wahl«, brummt Duncan. »Ein Abstellraum für deine Geiseln neben deinen Waffen?«

Ich winke ab und drücke die Klinke der unverschlossenen Tür herunter. »Ich habe eben keinen Kerker. Und so selten, wie ich hier jemanden einsperren muss, passt das schon.«

»Vielleicht solltest du mal über die Wahl deiner Residenz nachdenken.«

Ich bringe ihn mit einem Blick zum Schweigen und stoße die Tür auf. Dahinter erwartet uns ein dunkler Raum. Ich taste blind nach links, erwische den Lichtschalter und mit einem Surren setzen sich die zwei an der Decke angebrachten flackernden Neonröhren in Gang.

»Ach, lässt du Wichser dich auch mal wieder blicken, ja?«, dröhnt Calebs absolut angepisst klingende Stimme durch den Raum. Die Handschellen, mit denen er sich selbst an das Heizungsrohr gekettet hat, klirren, als er sich aufrichtet. Ich habe keine Ahnung, wie er es geschafft hat, aber unter seinem linken Auge leuchtet ein blaulila Veilchen.

Mein Blick huscht sofort durch den kleinen Raum, auf der Suche nach Eden. Auf der gegenüberliegenden Seite, unterhalb eines unverputzten Rohres, entdecke ich sie. An dem am Weitesten von Caleb möglichen Ort liegt sie eingerollt auf einer kleinen Decke. Ihre Handgelenke sind mit Seilen zusammengeknotet und am Rohr befestigt.

Ihr Gesicht ist unverletzt. Hätte Caleb ihr für diese Show eine verpasst, wäre auch sein zweites Auge nicht länger unversehrt. Ihr Blick ist auf mich gerichtet. Sie hat keine Angst – und doch rollt sie sich enger zusammen, als hätte sie welche.

Ich kommentiere Calebs Spruch nicht, drehe mich zu Duncan, der die Szenerie ebenso ruhig in Augenschein nimmt wie ich, und mache eine Geste durch den Raum. »Wenn meine Männer nicht da sind, um ein Auge auf ihn zu haben, müssen die beiden es ein bisschen hier drin aushalten.«

Duncan brummt und sieht zu Caleb. »Ist jetzt nicht der schlechteste Ort für jemanden wie ihn.«

»Du hast gesagt, ich soll Drecksarbeit machen, nicht in irgendeinem Keller vor mich hinvegetieren«, blafft Caleb und schlägt mit dem Handgelenk gegen die Heizung. Damit meint er ganz eindeutig Duncan, der daraufhin nur leise spöttisch auflacht. »Mach wenigstens Eden los. Sie kann nichts für deine Stimmungsschwankungen, du Krötenfresser!« Das ging an mich.

Das Grinsen, das längst an meinem Mundwinkel zupft, kann ich vor Duncan nicht rechtzeitig verbergen. Daher lasse ich es gänzlich heraus.

»Ist er nicht witzig?«, sage ich mit einer falschen Belustigung in der Stimme, die mir nicht schwerfällt zu spielen. Dafür mache ich es zu häufig.

Ich gehe entspannt auf Caleb zu, der mich mit blitzenden Augen anvisiert und nicht zurückweicht. Dabei bin ich mir sicher, dass er weiß, was ich vorhabe. Was ich tun muss, um dieses Schauspiel so realistisch wie möglich über die Bühne zu bringen – weil er genau das provoziert. Er liefert mir die perfekte Vorlage, der ich nur noch nachkommen muss.

»Fühlst dich zu wohl hier, was?« Ich habe meine Worte kaum ausgesprochen, da landet meine Faust in seinem Gesicht.

Caleb grunzt und spuckt Blut, richtet sich aber sofort wieder auf, um mir mit rot benetzten Lippen wütend entgegenzusehen. »War das schon alles, was du draufhast, Arschloch?«

Hinter mir ertönt ein Geräusch, das ich nur schwer ignorieren kann. Edens leises Wimmern klingt nicht gespielt. Dennoch mache ich nicht den Fehler, zu ihr zu sehen, dafür halte ich inne, als ich Duncans Räuspern hinter mir vernehme.

»Lass es gut sein, Ciel. Er weiß nie, wann es reicht. Ich bin überrascht, dass er doch in einer ganz guten Verfassung ist. Provoziert er dich ständig so?«

»Weil ich weiß, wo ich hinschlagen muss, damit er mir trotzdem mit den Drecksarbeiten behilflich sein kann«, erwidere ich lapidar und wische mir meinen aufgeplatzten Knöchel am Sakko ab.

Diese Handlung quittiert Duncan mit einer in die Stirn gezogenen Augenbraue. Er muss nicht sagen, was er damit meint. Es ist unüblich, dass ich meine Kleidung mit Blut besudele. Damit er nicht weiter nachhakt, deute ich mit dem Kinn auf Caleb. »Und ja. Er ist genau so, wie du ihn beschrieben hast. Unglaublich nervig und ein schlechter Fußabtreter noch dazu. Ich habe noch keine Aufgabe gefunden, für die er geeignet ist, ohne dass ich im Anschluss seine Scherben aufsammeln muss.«

»An die Drogen würde ich ihn an deiner Stelle nicht lassen«, sagt Duncan achselzuckend und tritt zurück.

»Als ob ich ihn mit meinen wichtigsten Handlungsmitteln hantieren lasse. Ich habe zugehört, als du mir erzählt hast, was er für Scheiße gebaut hat.« Entsetzt schüttle ich wieder den Kopf und auch das passende aufgesetzte Lachen habe ich parat. Duncan sieht noch einmal durch den Kellerraum und scheint zufrieden.

Ich bin es auch.

Es ist definitiv besser, er hat dieses Bild zu sehen bekommen, als eins, das mich in Erklärungsnot bringt. Erst muss ich meine Dinge für mich regeln. Denn genau das sind Caleb und sein kleines Anhängsel längst. *Meine Probleme.*

Probleme, die ich vorhabe auf meine ganz eigene Weise zu lösen.

Ich bin schon wieder durch die Tür, als ich Duncans Hand auf meinem Oberarm spüre. »Hey, warte mal«, sagt er leise und deutet zurück in den Raum, der definitiv ein paar Grad kälter ist als die restlichen Zimmer. Ich ahne, was Duncan nun von mir will.

»Was ist denn noch?«, frage ich und mache einen auf ahnungslos. Dabei kenne ich seinen Blick. Er sorgt sich um Eden, weil er zwar ein verdammt skrupelloser Untergrund-Boss, doch seine empathische Ader immens ausgeprägt ist. Zumindest, was unschuldige Menschen betrifft.

Und Scheiße, das mache ich auch. Gerade jetzt mit ihren Schmerzen sollte sie nicht auf dem kalten Boden herumliegen.

»Was ist mit dem Mädchen?«, fragt er mit gesenkter Stimme.

»Was soll mit ihr sein?« Ich ziehe die Tür ruckartig hinter mir zu und rede lauter weiter. »Sie hat den ganzen Vormittag ein Theater veranstaltet, das es rechtfertigt, dass sie die Nacht hier liegen kann. Ich bin ein netter Gastgeber, aber nur zu Gästen, die das auch zu schätzen wissen. Sie nervt tierisch. Hat sich wohl zu viel von Caleb abgeguckt.«

Duncan Lippen verziehen sich zu einem angedeuteten Grinsen, das seine Augen jedoch nicht erreicht. »Sie ist eine entführte Frau, Ciel. Natürlich lässt sie sich nicht einfach einsperren. In London ...«

»Wird sie gesucht«, vervollständige ich seinen Satz, als wir nebeneinander in den Flur treten, von dem meine eigentlichen Kellerräume abgehen. »Ich muss aufpassen, dass sie nicht ständig abhaut. Lass es meine Sorge sein, wie ich das mit ihr regle, ja?« Wir erreichen mein Wohnzimmer, doch Duncan hat keinen Blick übrig für all die Annehmlichkeiten, die es hier zu sehen gibt. Nur der gläsernen Decke über unseren Köpfen schenkt er kurz seine Aufmerksamkeit.

»Ohne Scheiß jetzt? Du glotzt deinen Gästen unter die Röcke? Ist das nicht ein bisschen ... komisch?«

Schmunzelnd greife ich mir eine Flasche des teuersten Weins, den ich in meinem Weinschrank griffbereit habe.

Guter Gastgeber und so. Ich habe wenig Muße, jetzt mit Duncan zu quatschen – obwohl ich grundsätzlich gut mit ihm auskomme –, aber diese Überwachungsscheiße nervt mich tierisch. Ich klemme mir zwei Gläser zwischen die Finger einer Hand und kehre damit zu Duncan zurück, der es sich auf der Couch bequem gemacht hat und mit dem Kopf in den Nacken gelegt nach oben sieht. Während ich die Gläser auf dem kleinen Glastisch vor ihm abstelle und den Wein einschenke, sage ich: »Wenn eine ältere Dame vorbeikommt, meide ich es, länger hinzusehen. Es ist auch vielmehr das generelle Gefühl.« Ich setze mich und reiche ihm ein Weinglas. Duncan nimmt es mir ab und wartet anscheinend darauf, dass ich dieses Gefühl näher beschreibe, doch mir ist nicht nach Small Talk. »Um noch mal auf das Mädchen zurückzukommen.« Langsam nehme ich einen Schluck vom Wein und sehe Duncan über den dünnen Rand des Glases hinweg an. »Ich sehe Potenzial in ihr. Wenn sie so weit ist und sich meinen Anweisungen beugt, nehme ich sie mit.«

Duncan setzt sich schräg aufs Sofa und zieht ein Bein auf die Sitzfläche. »Auf deine Raubzüge?«

Ich nicke. »Du weißt wie ich, dass ich sie nicht nach London zurückgehen lassen kann. Es bleiben also nur die zwei Möglichkeiten. Ich binde sie in meine Geschäfte ein – oder ich töte sie.«

Duncans Miene bleibt gleichbleibend dunkel. »Hätte ich ehrlicherweise nicht gedacht. Ich habe damit gerechnet, dass du sie längst losgeworden bist.«

»Dachte ich anfangs auch. Aber wie gesagt ... wenn sie sich zusammenreißt, spricht nichts dagegen, sie einzuspannen.«

Duncan mustert mich eine Weile, zufrieden scheint er aber immer noch nicht zu sein.

Ich ziehe eine Braue in die Stirn und werde deutlicher, vielleicht haut er dann ab. »Ich habe Caleb unter Kontrolle.«

Duncan brummt ungehalten und verlagert sein

Gewicht auf der Couch. Ich kenne ihn so gut, um zu wissen, dass dieser Besuch nicht auf seinem Mist gewachsen ist. Er ist kein Typ, der einem offensichtlich hinterherschnüffelt. Vermutlich haben die Zwillinge ihn dazu genötigt, weil sie sich um Paige sorgen.

»Hey, seit wann lüge ich dich denn an?« Ich krame mein neutralstes Lächeln hervor und bedenke ihn damit. »Ich habe dir doch geschrieben, dass ich alles im Griff habe. Er wird nicht zurück nach London kommen.«

Duncans Bart zuckt, als er sich ein Grinsen offensichtlich verkneifen muss. »Ja, das habe ich gesehen. Aber das Mädchen ... muss das wirklich sein? Caleb ist da gut aufgehoben, aber sie ...«

»Ja, morgen, wenn sie nachgedacht hat«, unterbreche ich ihn erneut. Ich mag Duncan wirklich, aber wir klären unsere Angelegenheiten auf völlig unterschiedliche Weisen. Ich werde ihm nicht auf die Nase binden, was ich wirklich vorhabe.

Schon gar nicht mit beiden.

Und noch viel weniger werde ich ihm erklären, dass ich seinen selbsterklärten Sündenbock längst zu schätzen weiß. Er ist viel zu persönlich in diese Sache involviert, als dass er mich verstehen würde.

»Sie sah nicht so fit aus.«

»Mein Gott, Dun, ich komme klar. Wirklich. Erzähl mal lieber von dir. Was geht in London ab? Hast du deine Probleme geregelt oder lässt du dir deine Stadt unter dem Arsch wegnehmen?« Noch ein Schluck vom Wein. Ich hätte Lust, die ganze Flasche zu exen, weil mir dieses aufgesetzte Gespräch verdammt auf den Sack geht. Aber ich muss die Contenance wahren.

»Ich habe keine Probleme.« Sein Ton verrät das Gegenteil, genau wie das aggressive Funkeln in seinen dunklen Augen.

»Und weil du keine eigenen hast, kümmerst du dich lieber um meine, die genauso wenig welche sind«, kontere ich entspannt.

»Ich lasse mir meine Stadt nicht wegnehmen«, knurrt Duncan und wenn ich dem Glanz seiner Augen trauen kann, habe ich ihn da, wo ich ihn haben will. Geistig bei *seinem* Problem, das ganz offensichtlich doch vorhanden ist, und nicht länger bei meinen Angelegenheiten, die ihn einen Scheiß angehen.

»Gut so. Das hätte ich dir auch nicht zugetraut.«

Er stiert mich wütend an. »So leicht ist es aber nicht.« Er bricht ab und mustert mich. Ich winke mit dem Glas in der Hand ab. Ich will gar keine Erklärung von ihm. Ich will, dass er verschwindet.

Ich nehme einen weiteren Schluck vom Wein, bevor ich das Glas klirrend auf dem Glastisch vor mir abstelle. Es ist nicht ratsam, dass ich mich jetzt abschieße. Für dieses Gespräch und mein Vorhaben brauche ich einen klaren Kopf. »Bist du hier, weil du meine Hilfe brauchst?«

»Scheiße, nein.«

Genervt kneife ich die Augen zusammen. »Wie wäre es dann, wenn du dich wieder in den nächsten Flieger schwingst und genau das tust? Dich um deine Probleme kümmern?«

Duncan lehnt sich vor. »Haben *wir* beide ein Problem, Ciel?«

»Ich wüsste nicht, warum.«

»Du reagierst so aggressiv.«

»Ich mag lediglich keinen Überraschungsbesuch«, erwidere ich und muss mich zusammenreißen, um das Lächeln nicht absterben zu lassen. »Du störst ehrlicherweise meinen Zeitplan. Ich bevorzuge es, wenn sich mein Besuch ankündigt. Ich arbeite hier auch, Dun.« Ich hebe vielsagend meine Brauen und nutze extra seinen Spitznamen, um meine Worte abzuschwächen und nicht ganz wie die Drohung klingen zu lassen, die sie faktisch aber sind.

Duncan sieht mich noch ein paar Sekunden an, bevor er sich erhebt. »Ich wollte ohnehin nicht lange bleiben.« *Endlich.*

»Gibt es sonst etwas Neues?«, frage ich im Plauderton, als wir zusammen in Richtung der Treppe laufen.

Es folgt ein abschätzender Blick über die Schulter, etwas blitzt in seinen Augen auf. »Nein.«

O doch. Und ich ahne, womit es etwas zu tun hat.

Doch meine Vermutung reibe ich ihm nicht unter die Nase. Ich habe schon bei meinem letzten Besuch bei ihm mitbekommen, dass er sich anders verhält. Vorsichtiger. Ruhiger. Und wann wird ein Mann ruhiger? Bedachter?

Richtig. Wenn es etwas in seinem Leben gibt, das er unter allen Umständen schützen will. Er hat dieses schüchterne Ding schon im Sommer auf meiner Jacht so angesehen. So ... beherrschend. Ich würde mein

Museum verwetten, dass sie der Grund ist, warum er wirklich hier ist. Warum er sich zurückgezogen hat. Er plant etwas. Und so, wie ich Duncan kenne, ist das etwas Großes.

»Bist du dir sicher, dass du keine Hilfe von mir willst?«

»Du hilfst mir schon genug, indem du den Burschen hier beaufsichtigst.«

Ich mahle wütend mit dem Kiefer und sehe zur Seite, damit er meine Reaktion nicht erkennt. »Ich wollte es wenigstens angeboten haben«, presse ich hervor und nicke auf die Glasschiebetür, während ich die Karte zum Entriegeln der Sicherheitsanlage aus der Hosentasche ziehe. »Ich habe die Sache hier unter Kontrolle; wie du ja mit eigenen Augen gesehen hast.« Ich ziehe die Karte durch den dafür vorgesehenen Schlitz, gleichzeitig aktivieren sich die Sicherheitskameras und filmen, wie die Glasschiebetüren lautlos aufschwingen. »Und beim nächsten Mal kündigst du dich an.« Duncan ignoriert meine nun doch recht harsche Anweisung.

»Pass auf den Kerl auf.« Der Satz kommt ebenfalls recht harsch.

Ich verschränke die Arme vor der Brust. Als Duncan mich damals um den Gefallen gebeten hat, einen seiner Männer aus dem Gefängnis zu befreien, lag mir nicht viel an der Hintergrundgeschichte. Es war mir egal, weil ich grundsätzlich gern Geschäfte mit Duncan mache, gerade solche, die mir Gefallen versprechen, wenn ich im Gegenzug nicht viel zu tun habe.

Jetzt liegen die Dinge ein bisschen anders. Jetzt weiß ich, was das zwischen ihnen ist, und ich sehe es völlig anders als er. »Wenn du ihn doch nicht in der Nähe von den Zwillingen und ihrer Freundin wissen willst, warum hast du dann darauf bestanden, ihn aus dem Knast zu holen? Er wäre die nächsten Jahre sicher dort drin verwahrt gewesen und hätte sich ihr nicht nähern können.«

Duncans Miene ist dunkel. »Nachdem sich herausgestellt hat, dass er nicht der war, für den er sich ausgegeben hat, und nicht das getan hat, was ich dachte, was er getan hat«, hebt er leise an, »konnte ich ihn nicht die Strafe absitzen lassen. Das verträgt sich nicht mit meinen Werten. Allerdings kann ich ihn auch nicht ungestraft damit durchkommen lassen und ihn noch dazu in die Nähe seiner Ex lassen. Die größte Strafe für einen Loser wie Caleb ist es, stumpfer Drecksarbeit nachgehen zu müssen, und wesentlich besser, als ein entspanntes Leben im Knast zu führen.«

Aus jedem Wort höre ich heraus, dass es tatsächlich nur um die persönliche Fehde zwischen ihm und den Zwillingen, Calebs Ex und ihrer Vergangenheit und der Zukunft, geht, die sie ihm verwehren will. *Er will ihn persönlich leiden lassen.*

»Er wird keinen Schritt mehr nach London machen«, sichere ich ihm mit meinem besten Lächeln zu. Denn das wird er tatsächlich nicht. Caleb will diese Episode seines Lebens hinter sich lassen, auch wenn das bedeutet, dass er vom Leben seines Kindes vollkommen ausgeschlossen wird. Ich verstehe, wieso es ihm damit so scheiße geht. Ich würde an seiner Stelle völlig anders reagieren. Ich würde kämpfen. Ich würde alles, was sich mir in den Weg stellt, vernichten und in Flammen aufgehen lassen, um mein Kind zu sehen.

Ich würde alles für sie tun, alles dafür, sie noch einmal sehen zu dürfen.

Mein Lächeln verrutscht für wenige Augenblicke, als der Gedanke sich eine brennende Schneise in meine Eingeweide frisst.

»Danke.« Er besieht mich kurz, als wollte er noch einmal prüfen, wie ehrlich meine Absichten sind, doch das Lächeln, das in meiner Miene klebt, ist lange einstudiert und wasserfest. *Zumindest jetzt.* »Wir hören voneinander.« Er tippt sich an die Schläfe, dann wendet er sich der Treppe zu und verschwindet nach oben. Ich verfolge noch kurz über die Kameras, deren Bilder ich live auf mein Handy gesendet bekomme, wie er das Foyer des Museums durchquert und kurz darauf durch den Haupteingang ins Freie tritt.

»Arschloch«, murmle ich, nachdem er mein Museum verlassen hat. Mit wenigen Klicks aktiviere ich die Alarmanlage, bevor ich mich auf den Weg zurück in meinen *Kerker* mache.

Zu Caleb. Und *unserem* Mädchen, das immer mehr in unsere Scheiße hineingezogen wird, von der ich noch nicht wirklich weiß, wie ich sie regeln soll, dass alle Beteiligten am Ende zufrieden sind.

Kapitel 3
Caleb

»Hat er dir sehr wehgetan?« Edens leise Stimme dringt durch den Raum, nachdem sie wirklich sehr lange für ihre Verhältnisse geschwiegen hat. Es ist genug Zeit verstrichen, dass Ciel und Duncan außer Hörweite sind.

Oder sein sollten. Ich gehe nicht davon aus, dass beide an der Tür stehen und lauschen, dafür wird Ciel schon sorgen. Er kennt Edens Plapperdrang schließlich auch zur Genüge.

»Er musste das tun«, wiegele ich ab. »Es geht schon.«

»Du blutest«, flüstert sie erstickt. »Und du klingst furchtbar. Vielleicht hat er deine Nase gebrochen.«

»Selbst wenn.« Ich lache und versuche möglichst galant, das Rotz-Blut-Gemisch neben mich zu spucken, um das siffige Gefühl in der Nase loszuwerden. »Mir wurde schon ein paarmal die Nase gebrochen. Das heilt wieder.«

Eden sagt nichts dazu.

Sie ist keine Prinzessin, die ein Problem mit derartigen Körperflüssigkeiten hat, wie man es bei ihrem gesellschaftlichen Stand vermuten würde. Nein, Eden ist verdammt tough. Sie kann einstecken, austeilen und vor allem ertragen. Hin und wieder habe ich ihr in den letzten Stunden angemerkt, wie sehr sie ihre Unterleibsschmerzen belasten, aber sie jammert nicht.

Nicht mit einem Wort.

»Wie geht es dir?«, frage ich daher. »Ciel wird kommen, sobald er Duncan losgeworden ist, und dann ...«

Ich halte inne, weil ich ein dumpfes Geräusch vor der Tür vernehme. Okay, er hat sich wirklich beeilt. Oder es gab doch ein Problem. Innerlich wappne ich mich gegen alles.

Bevor Eden etwas erwidern kann, springt die Tür erneut auf. Ciel sieht nur knapp zu mir, bevor er direkt auf Eden zusteuert. Er sinkt vor ihr in die Knie und befreit sie stumm und mit raschen, geübten Bewegungen von den Fesseln.

»Musste das wirklich sein, Ciel?«, zischt sie und lässt sich von ihm auf die Beine helfen.

»Das musste sein«, komme ich ihm zuvor. »Sagte ich dir doch eben bereits.«

Ciel sieht grinsend zu mir, während er Eden in Richtung Tür schiebt. »Wie er sagt, Eden.« Er sichert sich ab, dass sie stehen bleibt und nicht gleich wieder vor Schmerzen zusammensackt, dann kommt er auf mich zu. Sein Sakko ist er losgeworden und steht jetzt nur noch in schwarzer Stoffhose und weißem Hemd vor mir. Stil hat er, das muss ich ihm lassen. Er ist das absolute Gegenteil von mir und trotzdem empfinde ich für ihn wesentlich mehr Sympathie als für andere Typen in unserem Business. Allen voran zwei seiner Landesgenossen. »Wie hast du das mit dem Veilchen geschafft?« Er neigt den Kopf und mustert mein Gesicht interessiert, das Grinsen auf seinen Lippen wirkt weder besonders belustigt noch abfällig. Vielmehr ... ernsthaft interessiert.

»Erst hat Eden es probiert.« Bei dem Gedanken daran, wie sanft sie mich geschlagen hat – auf meine Anweisung hin –, muss ich wieder lachen, Eden hingegen macht schnaubend ihr Unverständnis für diese Handlung deutlich. Ciel und ich ignorieren sie. »Als ich davon nicht mal 'ne rote Wange behalten habe, habe ich mir selbst eine deiner Pistolen über die Schläfe gezogen.«

Ciel stößt die Luft zwischen den Zähnen aus. »Respekt.«

»Hat zwei Anläufe benötigt«, wiegele ich ab und wackle mit den Handgelenken. »Wärst du so nett und machst mich auch los oder hörst du auf deinen Best-Buddy-Duncan und lässt mich hier Staub ansetzen?«

Er tritt kommentarlos vor, zieht den Schlüssel aus seiner Hosentasche und schließt die Handschellen auf. Dann reicht er mir die Hand, zieht mich nach oben und klopft mir knapp auf die Schulter. »Danke.«

Beiläufig nicke ich seine Geste ab und strecke meine Arme. Sie kribbeln noch immer, weil ich eine scheißunbequeme Position eingenommen habe, damit es so echt wie möglich wirkte. Mir ist klar, dass ich mit dieser Aktion Ciels Arsch gerettet habe. Oder zumindest seine Position vor Duncan und den Twins – und allein das ist Grund genug dafür, dass ich es getan habe. Ich will Ciel nicht in die Pfanne hauen. Nicht ihn, der mir seine Sicherheitscodes anvertraut und dafür sorgt, dass mein Neuanfang in Frankreich nicht das ist, was sich halb London für mich wünscht. Ciel ist okay.

»Kümmern wir uns jetzt um Eden?« Meine Stimme klingt noch immer nasal, doch das kratzt mich nicht. Ich wurde in meinem Leben schon häufig verprügelt. Solange mein Bewusstsein noch mitspielt, ist alles in Ordnung. Ich habe oft den Jammerlappen gespielt, weil einem das erschreckend viele Türen öffnet. Oder sagen wir: Es hat mir ermöglicht, Worte zu hören, die nicht für meine Ohren bestimmt waren. Menschen werden unvorsichtig, wenn sie dich unterschätzen. Ich könnte mit meinem Wissen jetzt an gänzlich anderer Position stehen, hätte ich damals nicht meinen gesamten Menschenhass mithilfe von Drogen versucht zu betäuben.

Scheiße passiert. Noch mal aber nicht.

Aber Ciel muss ich nichts vormachen, um ihn unvorsichtig werden zu lassen. Er *ist* unvorsichtig im Umgang mit mir, genau wie ich mit ihm. Er weiß, was mein Problem ist, genauso wie ich seins kenne. Und da sich unsere Probleme erschreckend ähneln – wenn auch nur in Parallelen –, legen wir uns nur selbst Steine in den Weg, wenn wir gegeneinander arbeiten.

Wir haben längst verstanden, dass wir uns nützlicher sind, wenn wir uns unterstützen. Er kann Hilfe in seinem Business gebrauchen und ich habe keinen

Bock, unterbelichteten Handlangerjobs nachzukommen.

Ciels Grinsen wird eine Spur echter und gelöster. »Was schwebt dir vor?«

»Ihr wisst schon, dass ich hier stehe und alles hören kann?«, quakt Eden von der Tür. »Warum redet ihr ständig über mich, als wäre ich nicht da?«

»Weil du sowieso kein Mitspracherecht hast, Kleines«, säuselt Ciel und wirft ihr sein einstudiertes Charmebolzen-Lächeln zu, das sie augenblicklich verstummen lässt.

»So, wie ich das sehe, braucht sie dringend eine heiße Dusche.« Ciels Kopf ruckt zu mir herum. Ich erwidere seinen fragenden Blick mit einem eindeutigen Grinsen. »Es war kalt auf dem Boden«, führe ich meine Worte aus.

»Das geht so natürlich nicht.« Ciel wendet sich ab, schnappt sich Eden und wirft sie kurzerhand über seine Schulter. Sie zappelt und sieht mit aufgerissenen Augen zu mir. Ich zwinkere ihr zu und laufe den beiden hinterher. Sie weiß, was jetzt passieren wird. Und ich glaube, das ist etwas, das wir alle drei nun sehr dringend gebrauchen können.

Als wir Ciels großzügiges Badezimmer erreichen, lässt Ciel sie von der Schulter und stößt sie sanft, aber fordernd in den Raum. »Du hast ein paar Sekunden, um dich deinen Frauensachen zu widmen.«

»Ich soll wa...?« Der Rest ihrer perplexen Worte geht im Türknallen unter.

Ciel sieht mich feixend an; ich beschließe, Eden ein wenig auf die Sprünge zu helfen. »Kümmere dich um deinen Tampon oder was auch immer du benutzt«, rufe ich durch die geschlossene Tür.

»Den braucht sie gleich nicht.« Ciel lehnt sich mit verschränkten Armen an die karge Betonwand und sieht zu mir. Seine Lippen sind zu einem feixenden Grinsen verzogen.

»Mrs-Ich-tue-gern-prüde-weil-sich-das-so-gehört wird ihn trotzdem wechseln«, behaupte ich. Aber wie Ciel sagt: Sie braucht ihn nicht für das, was wir mit ihr vorhaben.

Ciels Grinsen wandelt sich und für wenige Sekunden wirkt er besorgt. »Wie ging es ihr heute?«

»Das Gras hat geholfen«, erkläre ich knapp. »Hast du diesen Arzt schon erreicht?«

Ciel schüttelt den Kopf. »Ungünstigerweise nicht. Der treibt sich gern in der Weltgeschichte herum. Ich glaube, er hat etwas von Hawaii gesagt. Kann noch etwas dauern.«

Ich verdrehe die Augen. »Hawaii. Scheint ordentlich zu verdienen mit seiner illegalen Klinik.«

»Wenn du wüsstest. Der muss gar nicht mehr arbeiten und macht es nur wegen seiner Berufsehre.«

»Wie nett von ihm.«

»Nicht wahr?« Ciel schmunzelt, dann klopft er gegen die Tür. »Wie weit bist du, Eden?«

Als hätte sie darauf gewartet, drückt sie die Klinke herunter und lässt uns herein. Sie steht nach wie vor mit dicker Jogginghose und noch dickerem Pullover vor uns. Ihre Wangen sind von einer leichten Röte überzogen, die meine Worte von eben nur unterstreichen.

»Fertig, aber ich weiß nicht, was ihr jetzt von mir

wollt. Mir wäre es lieber, wenn ihr mich einfach ins Bett gehen lasst.« Ihre Stimme wackelt und verrät damit ihren inneren Zwiespalt. Nein. Madame will etwas ganz anderes – und sie will, dass wir uns genau das nehmen. Vorzugsweise, ohne sie großartig um Erlaubnis zu bitten.

Ciel und ich tauschen einen wissenden Blick, dann macht er den ersten Schritt und zieht ihr den dicken Stoff über den Kopf. »Haben wir dir nicht eine warme Dusche angekündigt?«

»Mit euch beiden?« Ihre Stimme ist rau und ihr Blick verschleiert, als sie zwischen uns hin- und hersieht. Ciel kümmert sich derweil um sein eigenes Hemd. Ich greife in meinen Nacken, erwische meinen Hoodie und zerre ihn mir ebenfalls über den Kopf.

»Also mit euch beiden«, stammelt Eden leise und steigt aus ihrer Jogginghose.

»Die Unterwäsche«, erinnere ich sie, streife meine Jeans inklusive Boxershorts ab und gehe an ihr vorbei direkt unter die riesige gläserne Dusche. Dass Edens Wangen noch röter werden und sie ihren Blick nicht in meinem Gesicht halten kann, spüre ich, ohne hinzusehen.

»Regel Nummer eins, Süße«, Eden quietscht, als Ciel kurzerhand das übernimmt, was ich ihr aufgetragen habe, »du machst besser das, was wir dir sagen, andernfalls könnte es Konsequenzen für dich haben.«

Er schiebt sie nackt in meine Richtung und sie kommt dieser wenig subtilen Aufforderung sichtlich ungern nach. Sie tapst unsicher unter den Wasserstrahl, den ich inzwischen angestellt und eine ordentlich warme Temperatur eingestellt habe.

»Was habt ihr vor?«, wispert sie und sieht zu mir auf. Ehe ich antworten kann, tritt Ciel hinter sie, legt eine Hand an ihren Hals und zieht sie an seine Brust.

Ihre Gesichtszüge entgleisen und ich kann mir vorstellen, was sie an ihrem Hintern fühlt. Edens nackter Körper ist anbetungswürdig. Mein Schwanz ist hart, seit wir in das Bad getreten sind und sich abzeichnet, was gleich passieren wird. Ciel wird es nicht anders gehen.

Ich teile meine Frauen selten, daher habe ich nicht sonderlich viele Erfahrungen darin, wie das genau abzulaufen hat. Und ich habe noch weniger Interesse an nackten Männern, aber unsere Konstellation ist so besonders, dass sich die Frage gar nicht stellt, wie wir es mit ihr handhaben wollen.

Eden will uns beide.

Und das soll sie bekommen. Es ist ohnehin sicherer für sie, wenn wir uns gegenseitig im Auge behalten. Weder Ciel noch ich sind sonderlich vertrauenswürdig und konstant im Umgang und in unserem Handeln. Eden aber will keiner von uns nachhaltig verletzen.

Es ist besser so.

Für uns alle.

»Wonach sieht das denn aus, Peach?« Ich beuge mich zu ihr und halte dicht vor ihren Lippen mit meinen inne. »Wer wollte brennen?«

Ich sehe, wie es in ihren hellen Augen blitzt, als ich ihr die Worte entgegenraune. Worte, die sie selbst benutzt hat, großspurig, wie sie ist.

»Aber ... aber jetzt ist mir gerade nicht so nach Sex«, flüstert sie sichtlich gehemmt. »Ich habe mir Sex generell etwas anders vorgestellt.«

Ciel hinter ihr schnalzt mahnend. »Das liegt an deiner besonderen Situation. Bis wir die nicht behoben haben, wird keiner von uns dir mehr auf diese Weise näherkommen.«

Eden wendet Ciel sichtlich irritiert den Kopf zu, doch ich fange ihn wieder ein, indem ich meine Finger um ihr Kinn schließe und zu mir drehe. Ihr Atem kommt gehetzt, als sie mich verunsichert ansieht.

»Also doch kein Sex?«

Ciels leises Lachen geht im Rauschen der Regendusche unter. Seine folgenden Worte verstehe ich dennoch. Und Eden ganz bestimmt auch. »Ein erstes Mal steht dir noch bevor, Kleines. Wenn wir deine süße Pussy schonen müssen, bleiben uns noch genug andere Spielmöglichkeiten.«

Perfekt. Wir beide haben also denselben Plan.

Ich lehne mich weiter vor, inhaliere den Duft ihrer nassen Haare und küsse ihre Wange. »Du wolltest, dass ich dein Erster bin, richtig?« Hektisch nickt sie. »Dann lass es mich jetzt sein.« Sie steht so eng zwischen mir und Ciel, dass ich ihren hämmernden Herzschlag an meiner Brust spüren kann, genauso wie ich ihn an ihrem Hals pulsieren sehe. Sie weiß, was wir hier andeuten. »Und auch wenn wir uns erst einmal deinem sündigen Arsch widmen ...« Ich lasse meine Hand zwischen ihre Beine wandern und brauche nicht lange, um den kurzen Faden ihres Tampons zu ertasten. Wusste ich es doch. »... brauchst du den hier trotzdem nicht.«

Eden gibt ein undefinierbares Geräusch von sich, als ich vorsichtig, aber entschlossen an dem Tampon ziehe.

»Lass ihn«, sagt Ciel scharf und schließt seinen Arm fester um ihren Oberkörper, weil sie erneut anfängt zu zappeln. »Deine Moral brauchst du nicht, wenn du dich mit uns beiden einlassen willst, Kleines.«

»A-aber das ... das ist mir unangenehm«, keucht sie und starrt mir mit roten Wangen nach, als ich mit wenigen Schritten aus der Dusche trete und den Tampon im Mülleimer entsorge. Im Gegensatz zu dem Bild, das sehr viele Menschen von mir haben, habe ich nicht das geringste Problem mit Körperflüssigkeiten jedweder Art. Es ist nur – wie mehrfach gesagt – deutlich einfacher, wenn einen die Umgebung als empfindlichen, peinlichen Loser abstempelt, als wenn sie dich respektieren.

»Dir muss nichts unangenehm sein«, erwidere ich, als ich kurz darauf wieder vor ihr bin und ihr nerviges Gezappel damit beende. Sie zieht hektisch die Luft ein, als ich meine Hand an ihre Wange lege.

»Caleb«, stöhnt sie und kneift die Augen peinlich berührt zu.

Ich weiß, was sie meint. Aber weil ich ein Arsch bin, stelle ich mich unwissend. »Was denn, Baby?« Ich schlinge meine Finger um ihr Kinn und drücke leicht zu, damit sie mich wieder ansieht.

»Da ... da ist Blut«, keucht sie erneut und ihre Augen zucken zu meiner Hand.

»Ach das meinst du.« Ich lache leise, beuge mich vor und lecke über ihre Unterlippe. Gleichzeitig fahre ich mit der anderen Hand zielgerichtet zwischen ihre Beine. Sie zuckt schon wieder zusammen, was erneut von Ciel unterbunden wird. »Das stört mich nicht, Peach. Dich sollte es auch nicht stören. Es wird uns bei dem, was wir nun mit dir vorhaben, sogar noch gut behilflich sein können.« Ich reibe kurz über ihre Klit. Sie erschauert und ihre Wimpern flattern hektisch, als sie mich kurzatmig ansieht.

»Wobei?«, keucht sie leise. Das Grün ihrer Augen wird jede Sekunde dunkler und zeugt von der Lust, die längst durch ihre Adern peitscht.

Sie will das. Das ist eindeutig. Doch nach wie vor steht das Unverständnis in ihren Augen, was genau wir nun mit ihr vorhaben, ohne dass wir uns großartig abgesprochen haben. Aber das müssen wir auch nicht. Unser Fahrplan ist eindeutig und sieht nur eine Richtung vor.

»Blut ist ein hervorragendes Gleitmittel.«

Sie stöhnt leise – überrumpelt, erregt und mit dem letzten Funken Moral –, als ich meinen Finger genauso sanft in sie presse.

Es ist, wie Ciel angekündigt hat. Ihre Pussy werden wir nett behandeln. Alles andere … nicht unbedingt. Und ich wette, sie wird es lieben.

Weil sie genauso verdorben ist wie wir. Sie muss es nur noch lernen.

Kapitel 4
Eden

In meinem Kopf herrscht dichter Nebel, der nur wenig zusammenhängende Gedankenfragmente durchlässt.

Calebs Hand bewegt sich so ungehemmt zwischen meinen Schenkeln, berührt mich ohne jegliche Zurückhaltung, dass ich schon nach wenigen Minuten ähnlich zügellos zwischen den beiden Männern stehe und versuche, meine vor Lust bebenden Gliedmaßen zumindest halbwegs unter Kontrolle zu behalten. Nicht im Griff habe ich jedoch die Laute, die aus meiner Kehle dringen. Caleb presst seine Lippen auf meine, sein Finger reizt mich, neckt mich, quält mich. Ciel begrenzt mich in meinem Rücken, sein Daumen kreist an meiner Halsseite und ich habe das Gefühl, dass seine Finger sich langsam, aber immer deutlicher um mich schließen.

Und zudrücken. Ich bekomme wenig Luft, doch jegliche Angst, die ich je vor Ciel hatte, ist verschwunden. Und so tanzen die Sternchen vor meinem Auge, das Wasser der Regendusche rinnt über mein Gesicht und Calebs Zunge fordert meine unerbittlich heraus, während Ciels Härte sich fordernd gegen meinen Po drängt. Ich stöhne, keuche, hechle und es dauert nur Sekunden, dann presse ich meine Hüfte im Takt von Calebs Fingern an seine Hand, um die dringend benötigte Reibung an meiner Klit einzufordern. Ciels leise Geräusche, weil ich meine Hüfte ebenso an ihm reibe, befeuert das Glühen in mir, das sich exponentiell in mir ausbreitet. Jegliches Gefühl, dass ich es unangenehm finden könnte, verpufft mit der zunehmenden Erregung.

Und die beiden Männer, die absolut kein Problem darin sehen, sind diesem Gefühl nicht gerade hinderlich. Im Gegenteil. Sie vermitteln mir so viel Sicherheit, dass mir mein erster Zyklustag mit jeder Sekunde mehr egal ist. Dabei ist der üblicherweise nicht nur der schmerzintensivste, sondern auch der blutungsstärkste.

Doch dann ist da eben Blut. Wir befinden uns in einer Dusche.

Es ist egal, weil das Wasser es sowieso von uns wäscht.

So einfach.

Mein gesamter Körper steht unter Strom und das nicht abgeflaute Adrenalin, das Calebs spontane Improvisation in mir ausgelöst hat, sorgt ebenfalls dafür, dass ich nach immer mehr lechze.

Mehr Caleb.

Mehr Ciel.

Mehr Abenteuer.

Mehr echtes Leben.

Ich gehöre zu ihnen. Zu einem verurteilten Knastinsassen und einem Entführer, der mich tot sehen wollte. Aber das will er nicht mehr.

Und selbst wenn ich mit meiner Einschätzung der beiden Männer völlig danebenliege: Dann ist das eben so. Alles ist besser, als an Stevens Seite ein Leben zu leben, in das ich seit zwanzig Jahren gedrängt werde und das ich nicht leben will. Ich will das hier, weil es so viel mehr ist als das, was ich mir je erträumt habe.

»Genau so, Peach«, raunt Caleb, als er kurz von mir ablässt, um mich nach Luft schnappen zu lassen. »Denk nicht nach. Lass es zu. Lass *uns* zu.«

»Ja«, keuche ich impulsiv. »Ich will euch und alles und …« Ich pruste, weil das Wasser mir ungehindert in die Nase und die geöffneten Lippen läuft und meine restlichen Wörter im Hustenanfall ersticken.

Calebs Lächeln, das sich daraufhin auf seinem Gesicht ausbreitet, sorgt neben der Lust für ein warmes Kribbeln in meinem Bauch, das etwas anderes bedeutet. Etwas, das noch eine Nuance ausgeprägter wird, als ich an der Schulter herumgedreht werde und in Ciels Gesicht sehe. Seine blonden Haare sind durch das Wasser dunkler, die Wassertropfen perlen von seinem hellen Bartschatten und seine vollen Lippen bilden ein wissendes Lächeln.

Ich habe noch nie Männer wie sie getroffen, die erstens so sehr von sich selbst überzeugt sind (zu Recht, in diesem Fall) und zweitens so gut in mein Innerstes sehen können wie diese beiden.

Nie hätte ich gedacht, dass ich einen Mann finden werde, der meine dunklen Fantasien wahr werden lässt – und sie noch übertrifft. Denn seien wir ehrlich: Wer malt sich aus, von einem Kerl grün und blau geprügelt zu werden?

Ich nicht.

Und nun sind es gleich zwei. Zwei Männer, die absolut unterschiedlich sind, zwei, die sich hassen müssten, genauso wie ich sie hassen müsste. Doch da ist kein Hass zwischen uns.

Da ist etwas ganz anderes. Etwas völlig Gegensätzliches. Wenn ich sie lasse, könnten sie meine dunklen Retter sein. Sie retten mich vor meinem grauen, vorbestimmten Leben und ziehen mich in ihre Dunkelheit; genau dorthin, wo ich hinwill.

Darüber könnte ich glatt ein Buch schreiben. Ich spüre förmlich, wie die Kreativität zurück in meine Glieder kriecht. Alles in mir glitzert, sprüht und funkelt. Vielleicht ist das beste Wort für meinen Zustand »lebendig«. Ja, ich fühle mich verdammt lebendig und, so traurig, wie es klingt: zum ersten Mal überhaupt. Ich kann mich nicht daran erinnern, mich je so losgelöst gefühlt zu haben wie jetzt in diesem Moment unter der Dusche mit diesen beiden Männern.

Ich erwidere Ciels Grinsen so erfüllt, wie ich mich gerade fühle, dann umfasst er mein Gesicht und unsere Lippen treffen hungrig aufeinander. Gleichzeitig landet Calebs Hand auf meinem Hintern. Er knetet ihn, während er mich mit der anderen an meinem Rücken nach unten drängt. Ich entkomme dem Druck, indem ich mich an Ciels Brust abstütze. Einer verdammt muskulösen Brust, die unfassbar gut nach Mann und einem exklusiven Parfum riecht, das sich unter dem Wasser nicht verflüchtigt, sondern nur noch intensiver wird.

Ich bin in meinem persönlichen Himmel gelandet – auch wenn ich das zwischenzeitlich eher nicht habe kommen sehen.

Ciel löst sich von meinen Lippen, sieht mir kurz in die Augen, dann nimmt er meine Handgelenke, zieht mich sanft von sich und ... geht vor mir auf die Knie.

»Halt dich an den Fliesen fest, Peach«, übernimmt Caleb sogleich die Anweisung. Seine Stimme klingt durch das prasselnde Wasser verwaschen, doch ich verstehe ihn genau. Ciel lässt mich los, um meine Oberschenkel zu umfassen, gleichzeitig falle ich mit dem Oberkörper weiter vor und komme Calebs Aufforderung damit nach. Meine Hände berühren kaum die kühlen Fliesen, da spüre ich seinen Finger, der sich zwischen meine Arschbacken zwingt – an die Stelle, die wirklich noch verdammt jungfräulich ist. Doch ich komme nicht dazu, auch nur einen Gedanken daran zu verschwenden, denn da reißt Ciels Zunge mich in den nächsten gedanklichen Strudel. Sie schnellt gegen meine Klit, was einen Schauer durch meinen Körper feuert.

»Um Gottes willen«, keuche ich angespannt und lehne meine Stirn ebenfalls an die kühlen Fliesen. Ich ahne, nein, falsch: Ich weiß, dass ich diesen Halt gleich dringend brauchen werde.

»Perfekt, bleib so entspannt, dann wird es dir gefallen, Baby.« Passend zu seinen Worten verschwindet Calebs Finger tiefer zwischen meinen Arschbacken. Meine Hände verkrampfen sich, suchen nach Halt, als er jeden Widerstand überwindet und vorsichtig, aber immer tiefer in meinen Hintern eindringt. Ciels Zunge schnellt immer wieder aufs Neue über meinen Kitzler und löst ein Beben nach dem anderen aus. Eine Gänsehaut kriecht trotz des heißen Wassers über meinen Rücken, als der erste Vorbote des Orgasmus sich verdammt schnell in meinem Becken sammelt.

Unter mir höre ich Ciel ein dunkles Lachen ausstoßen. Er beißt in meine Perle, was mich schon wieder zusammenzucken lässt. Ein Keuchen dringt aus meiner Kehle und gleich noch eins, als Calebs Finger sich rhythmisch in mir bewegt.

»Das gefällt dir, Kleines, nicht wahr?« Ciels Hände an meinen Oberschenkeln sorgen dafür, dass ich ihm nicht entkommen kann. Nicht dass ich das will. »Du machst dich verdammt gut zwischen uns.«

Zwischen uns.

»Fuck, ja«, knurrt Caleb hinter mir und nimmt einen zweiten Finger dazu, um mich zu dehnen. »Das ist ein geiler Anblick.«

»Gott, verdammt, ja«, stimme auch ich mit etwas Verzögerung hinzu. »Das ...«, wieder ein leises Stöhnen, »... ist so gut.«

»Und du hast noch nicht mal einen Schwanz in dir.« Caleb lacht dunkel auf, dann trifft mich seine freie Hand auf der Pobacke. »Bist du bereit?«

Ciel übernimmt das Antworten für mich. »Sie ist triefend nass«, bringt er mit vor Lust verhangener Stimme hervor, bevor seine Zunge in meiner Pussy abtaucht. Er leckt mich trotz des Blutes ebenso ungehemmt. Und allein das bringt mein Innerstes auf ganz besonders dunkle Weise zum Kochen. »Und du schmeckst so verflucht gut, du süßes Ding«, schiebt er mit verdammt rauchiger Stimme hinterher. Sein Atem trifft auf meine Klit und heizt mir zusätzlich ein.

Meine Reaktion ist lediglich ein lang gezogenes Stöhnen. Wenn sie so weitermachen, explodiere ich in den nächsten Sekunden, und das vor allem wegen ihrer schmutzigen Worte.

»Lass mich kurz«, fordert Caleb in dem Moment und als hätte Ciel genau damit gerechnet, richtet er sich auf – und ich mich mit ihm. Mit klopfendem Herzen stütze ich mich erneut auf seiner Brust ab, während mein Blick zu seinem Gesicht huscht. Seine Lippen schimmern rot, und doch zögert weder er noch ich und unsere Münder prallen gehetzt aufeinander, als wären sie Magnete, die sich anziehen. Er schmeckt nach Kupfer, nach mir selbst und nach ihm, was reicht, dass sich meine Mitte verlangend zusammenzieht.

Es ist so verboten.

Und so verdammt gut.

Seine Zunge taucht tief in meinen Mund, seine Hände an meinen Wangen sorgen dafür, dass ich mich keinen Millimeter weit bewegen kann.

Nur am Rande bekomme ich mit, wie Calebs Finger in mir abtauchen. Sie entfachen die ohnehin schon in mir glimmende Glut, die sich nun in ein ganzes Feuerwerk verwandelt, als er gezielt meinen G-Punkt reizt.

»Noch nicht, Kleines«, raunt Ciel an meinen Lippen, gleichzeitig lässt er mich los, umschließt meine Brust und kneift kurz darauf in meinen steinharten

Nippel. Aus Reflex beiße ich ihm in die Unterlippe, stöhne vor Schmerz, vor Überraschung, und kurz darauf noch einmal, als Caleb seine Finger aus mir zurückzieht. Doch nicht weit. Er kehrt zu meinem hinteren Ausgang zurück und verreibt die warme Mischung meiner Körperflüssigkeiten auf meinem Anus, bevor er langsam, quälend langsam, erneut in mich stößt.

Seine Worte von eben wabern durch mein berauschtes Hirn. *Blut ist ein hervorragendes Gleitmittel.* Er meinte das ernst. Oh. Mein. Gott. Wie verrückt ist das!

»Du müsstest dich gerade sehen«, flüstert er plötzlich an meinem Nacken, dann landet seine Hand an derselben Stelle. »Ciel«, weist er harsch an. »Ich will sie ficken. Jetzt. Du bist im Weg.«

Ciel knurrt ungehalten, lässt es sich aber nicht nehmen, den Kuss noch ein paar Sekunden auszudehnen, bevor er wie gefordert von mir ablässt und wieder auf die Knie sinkt. Durch den fehlenden Halt finde ich mich mit den Händen kurze Zeit später wieder an die Fliesen gelehnt vor, als Caleb mein Becken zu sich heranzieht und mit dem Oberkörper weiter nach vorn drückt.

Und dann geht es so schnell, dass ich nicht ganz hinterherkomme, was zuerst passiert. Calebs Schwanz übernimmt das, was zuvor noch seine Finger getan haben, wieder trifft Ciels Zunge auf meine Klit.

Sie sind überall.

Caleb stößt sich langsam in mich und mein Körper lässt ihn ein, als hätte er schon viel Übung darin. Es tut nicht weh, ist aber zugegebenermaßen etwas ungewohnt. Ich werfe den Kopf in den Nacken, meine Haare kleben mir nass im Gesicht und ich pruste sie hektisch weg, was nicht sonderlich erfolgreich ist.

Ciel stöhnt gegen meine Perle, beißt hinein und Caleb zieht sich aus meinem Arsch zurück, nur um in der nächsten Sekunde wieder hineinzustoßen. Immer fester. Immer schneller. Und dann weiß ich, warum ich mich festhalten sollte.

Meine Beine zittern, meine Hände rutschen immer wieder von den nassen Fliesen. Ich fühle mich, als würde ich fallen, auch wenn ich das faktisch gar nicht kann, weil ich von vier Händen gehalten werde und sowieso maximal auf Ciel stürzen könnte.

Ciel unter mir stößt ein begeistert klingendes Grollen aus, zieht mich fester an seinen Mund und Caleb folgt dieser Bewegung. Sie schieben und halten mich so mühelos zwischen ihnen, dass ich mich unweigerlich frage, wie oft sie das schon gemeinsam getan haben. Aber das haben sie nicht, richtig?

Wann denn?

Und ... mit wem?

Allein der Gedanke bereitet mir Bauchschmerzen, die beinahe mit meinen Menstruationsbeschwerden mithalten könnten. Ich will nicht, dass sie das, was sie mit mir tun, auch nur ansatzweise mit anderen Frauen machen.

Scheiße, ich will sie nur für mich.

Calebs dunkles Stöhnen holt mich aus meinen abdriftenden Gedanken, seine Bewegungen werden ruhiger, bis er schließlich tief in mir pulsierend innehält. Er streichelt über meinen Po, Ciel hält ebenfalls inne. »Alles okay?«, fragt er mit heiserer Stimme.

Erst da realisiere ich, dass sie mich meinen. Sie haben gespürt, dass ich mir völlig falsche Gedanken mache.

»Gott, nein«, brumme ich und wackle, so gut es geht, mit meiner Hüfte. »Ich habe mir nur gerade ausgemalt, ihr hättet das schon einmal geübt, so perfekt, wie ihr miteinander harmoniert.«

Caleb ist der Erste, der leise lacht. »Das liegt an dir, Peach. Du machst es einem wirklich leicht.« Er nimmt sein Becken zurück und treibt sich erneut in einer kreisenden Bewegung in mich, dabei krallen sich seine Finger fester in meine Hüfte. »Viel zu gut. Dein Arsch ist so eng, so ...« Er stöhnt und ich stimme mit ein, als Ciel sich erneut auf meine Klit stürzt. Er zieht sie sanft und gleichzeitig doch verdammt schmerzhaft zwischen seine Zähne und dann überkommt es mich einfach so. Durch den anrauschenden Orgasmus verkrampfe ich mich, biege den Rücken durch und weiß nicht, wohin mit mir. Caleb geht es ähnlich. Mit einem tiefen Knurren rammt er sich nun doch eine Nuance zu fest in mich, sodass ein heißer Schmerz durch meinen Körper peitscht. Ich kann spüren, wie er sich in mehreren Schüben in mir entlädt. Als er sich zurückzieht, zittere ich am ganzen Körper.

»Fuck«, flucht er und ersetzt seinen Schwanz mit seinen Fingern. Ein dunkles und gleichsam heißes Gefühl erfasst mich, als er mit seinem Daumen über meinem Anus kreist. Obwohl ich ihn nicht sehen kann, spüre ich seinen glühenden Blick auf die Stelle, in die er sich eben gestoßen hat. »Das ist ein Anblick, der …« Er räuspert sich. »Du willst nicht wissen, was ich denke.«

»Ich kann es mir vorstellen«, wirft Ciel ein, der auf die Füße kommt. Und dann tauschen sie ohne viele Worte die Position. Ciel drückt mich weiterhin mit nach hinten gestrecktem Po gegen Caleb, der nun vor mir auf die Knie sinkt, um mit meinem Gesicht auf einer Höhe zu sein.

Dann ist es Ciel, der seinen Finger kurzerhand in meinen Arsch gleiten lässt.

»Ihr seid so …« Ich breche ab und blitze Caleb mit glühenden Wangen an. Er erwidert meinen Blick grinsend.

»So was, Peach?« Sein Daumen legt sich an meine Wange. »So versaut?«

Hastig nicke ich und keuche schon wieder, als Ciel mich mit zwei Fingern langsam zu ficken beginnt.

»Tja, Kleines, zwei Männer zu wollen, bedeutet auch zwangsläufig, zwei Runden zu bekommen.« Seine Hand kommt klatschend auf meinem Hintern auf. »Du wirst so voll von uns sein, dass du tagelang tropfen wirst.«

Mein Hals verengt sich, ohne dass einer von ihnen ihn umfasst. »Ich … was?«, krächze ich.

Caleb lacht trocken auf, umfasst mein Gesicht fester, dann küsst er mich und erstickt so sämtliche Widerworte im Keim. Nicht dass ich welche habe. »Das hier fängt wirklich an, mir Spaß zu machen«, raunt er, als Ciel keine Zeit verliert. Ich konzentriere mich auf seine Schwanzspitze, die gegen meinen Arsch drängt.

»Nicht ... nicht so ...« Ich weiß nicht einmal, was ich sagen will. Nicht so schnell? Nicht so ... verboten, weil mir Calebs Sperma noch aus dem Hintern tropft?

Das ist doch völlig egal. Mein Körper brennt noch immer lichterloh und ich will verdammt noch mal weiterbrennen.

»Hab dich nicht so«, brummt Ciel. »Du musst uns nichts vorspielen.« Und mit diesen wahren Worten ist er mit einem Stoß in mir. Gleichzeitig verirren sich Calebs Finger in meine Pussy, während er mit seinem Handballen wie zufällig über meinen Kitzler reibt. Dabei beißt er mir in die Unterlippe.

Es passiert so viel auf einmal, dass ich ihn nur mit geweiteten Augen ansehe. Meine Hände liegen auf seinen Schultern und meine Nägel bohren sich in seine Haut, was ihn nicht zu stören scheint. »Einmal ist noch drin«, flüstert Caleb dicht vor meinen Lippen und bewegt seine Finger schon wieder so passend zu Ciels Bewegungen, dass ich binnen Sekunden erneut kopflos zwischen ihnen gefangen bin. Nur mit leicht vertauschten Rollen.

Und dann ist es, wie Ciel angekündigt hat. Auch er vögelt mich ohne jede Zurückhaltung. Immer tiefer. Immer härter, immer rücksichtsloser. Gleichzeitig sind es Calebs Finger, die mich zum Orgasmus treiben. Ich wimmere all die Eindrücke heraus und schreie auf, als ich nicht mehr weiß, wie ich es aushalten soll. Caleb zieht meinen Kopf geistesgegenwärtig zurück, dass das Wasser nur mehr auf meinen Rücken trifft, dann pumpt auch Ciel sein Sperma in meinen Arsch, der sich nun wirklich viel zu voll anfühlt. Aber auch das ist mir egal. Ich schreie und stöhne wieder all die auf mich zurasenden Empfindungen heraus.

Ciel zieht sich aus mir hervor, nur um seinen Finger in meinen Hintern zu stoßen. Er stöhnt. Tief und dunkel, und verteilt ihre Säfte auf mir. Immer wieder schiebt er das Sperma zurück, keucht dabei und ich weiß, ohne hinzusehen, dass er sein Tun genau beobachtet.

»Ich will das auch sehen.« Calebs Stimme trieft vor Lust.

»Komm her. Der Anblick ist so geil.«

»Achtung, Peach. Nicht umfallen.« Caleb lässt mich los, greift meine Unterarme und positioniert sie an den Fliesen. Als er sich davon überzeugt hat, dass ich genug Halt habe, umrundet er mich. Ich stehe nach vorne gebeugt vor ihnen, strecke beiden Männern meinen Po entgegen. Ciels Daumen kreist noch immer um meinen Anus.

»Verflucht«, keucht Caleb, als er ebenfalls einen Blick darauf erhascht. »Gott, das ist ... das ist verdammt heiß.«

»Willst du auch?«

»Was für eine Frage.« Er legt seine Hand auf meinen Arsch, knetet ihn, dann zieht Ciels Daumen sich zurück. Ich keuche erstickt, als Caleb seine Position sofort übernimmt. Ein schmatzendes Geräusch entsteht, als er seinen Finger in meinen Anus drängt. Vor und zurück. »Spürst du das, Peach? Das alles ist für dich.«

»Nur für dich«, fügt Ciel an.

Nur für mich. Warum klingt das so gut?

»Da... danke.« Erschöpft lehne ich meine Stirn auf meine Handflächen. Meine Sinne sind wie betäubt und so lasse ich mich wie eine Puppe von Caleb in eine aufrechte Position bringen, bevor er mich an die Fliesenwand schiebt. Dankbar lehne ich mich mit dem Rücken dagegen, froh über jeden Halt, den ich bekommen kann. Das warme Wasser rauscht weiter auf uns herab und verschleiert mir die Sicht auf die zwei Männer, die sich, einer links, einer rechts von mir, aufbauen. Calebs Körper ist von Tattoos bedeckt, Ciels hingegen frei von Bildern und makellos. Fast zu perfekt. Als er sich an mir vorbeilehnt, um ein Duschgel von der Ablage zu nehmen, zucken seine gewölbten Brustmuskeln.

Sie sind so unterschiedlich, und doch harmonieren sie so unfassbar gut miteinander. *Mit mir in ihrer Mitte.*

Auf Calebs Lippen liegt ein wissendes Lächeln, als sie sich das Duschgel hin- und herreichen, dann sind wieder vier Hände auf mir. Diesmal aber auf andere Weise.

Sanft.

Ja beinahe liebevoll waschen sie mich. Sie lassen keine Körperteile aus, nur die Stellen zwischen meinen Schenkeln heben sie sich auf.

Als Caleb schließlich derjenige ist, der seine Finger erneut durch meine Pofalte fahren lässt und sich der Stelle nähert, die sie beide auf sehr eindrucksvolle Weise für sich eingenommen haben, halte ich instinktiv die Luft an.

Ciels Hand streift über meine Schulter, dann

schiebt er meine Haare sorgsam auf eine Seite. Als sich seine Lippen meinem Hals nähern, kann ich das entzückte Stöhnen nicht unterdrücken. Ein leises Brummen löst sich aus seiner Kehle. Und dann raunt er nur ein Wort, doch dieses so schwer, so bedeutungsschwanger, dass es unterhalb meines Rippenbogens flattert. »Danke.«

Und das allein reicht, um zu wissen, dass sich erneut etwas geändert hat.

Diesmal nicht nur zwischen den beiden Männern, sondern uns dreien.

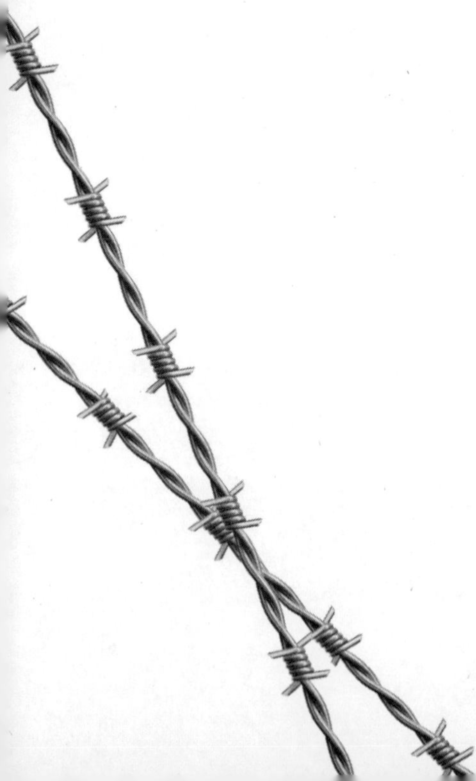

Kapitel 5
Ciel

»Das ist ja wohl nicht dein Ernst!« Edens Fauchen belustigt mich. Sie steht mitten in meinem Wohnbereich, die Arme in die Seiten gestemmt, und ihre Wangen sind so rot, dass sie ihren Haaren Konkurrenz machen.

Sie ist süß, wenn sie sich aufregt. Und ich habe Spaß daran, sie etwas zu ... nun, nennen wir es ärgern, wenn ich sie schon mit ziemlicher Sicherheit nicht töten werde, was tatsächlich nur an ihr liegt. Reizt sie mein Monster nicht, wird es ihr nichts tun. Ich denke, das hat sie begriffen.

»Wir sind uns doch alle einig, dass dein Vater nur aufhört, nach dir zu suchen, wenn du tot bist.«

»Aber da wird ihm auch ein abgeschnittener Finger nicht helfen«, kreischt sie weiter und schüttelt wild den Kopf. »Guckst du keine Crime-Dokus? Man kann hervorragend ohne Finger leben und ein Beweis für den Tod ist das noch lange nicht!«

»Natürlich gucke ich keine Crime-Dokus, ich

spiele schließlich die Hauptrolle«, erinnere ich sie amüsiert und schneide weiter.

Caleb sitzt unweit von ihr entfernt auf dem Sofa und gleicht eine Tabelle ab, ohne sich von Eden beeindrucken zu lassen. Er hat in den letzten Wochen schleichend das Management meiner Drogenrouten übernommen, ein paar Dealer entsorgt, neue eingestellt und meinen Verkauf strategischer organisiert.

Ich gebe zu, ich hatte ein paar Lücken im System, weil ich mich vorrangig um die Kunstraube kümmere. Drogen sind lästig, bringen aber eine Menge Kohle und wenn man Untergrundherrscher sein will, muss man die Interessen aller Kunden bündeln. Sie kommen zu mir, wenn sie etwas brauchen. Egal was. Meinetwegen kann Caleb sich diesen Bereich unter den Nagel reißen. Mich juckt es nicht, vor allem, da er mir anstandslos die Gewinne herüberschiebt, ohne sich großartig bereichern zu wollen. Im Gegensatz zu Duncans Berichten ist Caleb verdammt loyal, gewieft und er denkt mit.

Schmunzelnd lösche ich das Gemüse in der Pfanne vor mir mit den geschnittenen Tomaten ab und rühre sie mit dem Holzlöffel unter. Eden jammert weiter. »Caleb, sag doch auch mal was! Das meint er nicht so, richtig? Er ist manchmal so schwer einzuschätzen.«

Er brütet weiter über einem Dokument, ohne aufzusehen. »Klär das mit ihm«, ist seine wenig hilfreiche hingenuschelte Antwort. Bei seinem abwesenden Ton zweifle ich daran, dass er überhaupt mithört, worüber Eden und ich uns nun seit mehreren Minuten unterhalten.

Ich grinse weiter in mich hinein. Seit dem Abend vor einigen Wochen, an dem Caleb sich gänzlich auf meine Seite gestellt hat und wir Eden in der Dusche zu so etwas wie *unserer* gemacht haben, liegen die Dinge anders. Vor nahezu jeder Person muss ich mich zwangsläufig verstellen. Doch nicht vor Caleb – und nicht vor Eden. Und das ist verdammt angenehm. Es ist nett, nicht mehr jeden Abend allein in meinem Keller herumzuhängen, es ist noch netter, mit Caleb jemanden zu haben, mit dem ich vorbehaltlos reden kann, und noch netter, zwischendurch unseren Spaß mit Eden zu haben; dann, wenn sie sich nicht gerade hinter ihrem Laptop verkriecht. So wie sie meint, ist der Knoten geplatzt und sie kommt bei ihrem neuen Manuskript schnell voran. Sie will gar nicht großartig heraus, sondern igelt sich freiwillig in meinem Keller ein, und doch kann das kein Dauerzustand bleiben.

Es herrscht nach wie vor keine Zuckerwattestimmung, schließlich gibt es noch unzählige Probleme. Unter anderem das, dass mein Kontakt zu der illegalen Klinik immer noch irgendwo auf der anderen Seite der Welt verweilt und in der Sonne grillt. Wir können Eden nicht einfach im hiesigen Krankenhaus vorstellen, genauso wenig wie sie diesen Keller verlassen kann. Ich habe sie ein paar Nächte mit nach draußen genommen, aber tagsüber ist es mir zu heikel. Und das muss aufhören.

Ihr Vater ist die Schlüsselfigur und damit das eigentliche Problem.

Mit Schränken scheint sich wirklich eine verdammt große Menge Geld und Ansehen machen zu lassen. Durch meine Kontaktmänner bei der Polizei habe ich erfahren, dass eine immens große Summe auf Edens Auffinden ausgeschrieben wurde. Ihr reicher Daddy sucht sie überall und scheut weder Kosten noch Mühen. Obwohl Eden es sich zu keiner Sekunde anmerken lässt, merke ich doch, dass sie Angst hat, er würde sie finden. Und dabei sind wir drei uns alle einig, wie auch in vielen anderen Punkten. Eden geht nicht zurück zu ihrem Vater und ihrem versprochenen Verlobten.

Die Preisfrage ist nur: Wie?

Die sicherste Lösung, sie abzuknallen und zu verscharren, ist keine mehr, seit ich Gefallen an ihr gefunden habe und sie mich trotz meiner anderen Seite nicht zum Teufel wünscht.

»Komm schon her, Süße.« Ich winke sie mit dem Messer in der Hand zu mir heran und Eden zögert nicht, sondern kommt auf mich zu. »Vertrau mir. Das ist die beste Lösung.« Ich deute mit der Messerspitze auf das Holzbrett.

Sie sieht mir kurz in die Augen, dann seufzt sie und platziert ihre Hand darauf. »Wenn du meinst. Du bist länger in diesem Business tätig als ich. Aber mach schnell, ja?«

Grinsend lehne ich mich vor, lege meine linke Hand auf ihre Finger, um sie unten zu halten, und setze die Klinge an ihrem kleinen Finger an. Sie zieht ihre Hand nicht weg, sondern presst ihre Augen zusammen, um nicht hinzusehen. Ihr Atem kommt hektisch und trifft auf meine Hand.

Ich übe leichten Druck aus, sehe, wie die Klinge in

ihre helle Haut schneidet. Sie zuckt nicht zusammen, jedoch flattern ihre zusammengepressten Lider, als sie sich mühsam zusammenreißt, nicht doch hinzusehen. Sie würde sich allen Ernstes von mir den Finger abschneiden lassen, damit wir die Illusion ihrer Entführung aufrechterhalten können. Und das in dem Wissen, dass dies wirklich ein recht unkluger Schachzug wäre. Ein abgeschnittener Finger ist kein Beweis für den Tod eines Menschen, lediglich ein weiteres Drohmittel. Und wir müssen ihrem Vater nicht drohen. Er nimmt längst in Kauf, dass sein unschuldiges Töchterchen der organisierten Kriminalität zum Opfer fällt, weil er sich weigert, die Summe zu zahlen.

Ich nehme das Messer weg, führe stattdessen ihre Hand an meine Lippen und küsse jede einzelne ihrer Fingerkuppen. »Das lassen wir besser. Aber es ist schön zu sehen, wie weit du für deine Freiheit gehen würdest.« Sie öffnet ihre Augen, blitzt mich forsch an.

»Ich wusste, dass du bluffst.«

»Eden, provozier ihn nicht«, schaltet Caleb sich von hinten ein. Er hat also doch ganz genau zugehört und sieht sich nun in der Pflicht einzugreifen. »Er schneidet dir sonst doch noch einen Finger ab, einfach, um seine Skrupellosigkeit zu beweisen, weil du sie langsam nicht mehr siehst.«

Ich erwidere ihren Blick mit einem breiten Grinsen. »Wie er sagt. Du wirst unvorsichtig, Kleines.« Auch wenn ich meine, dieses Geplänkel mit ihr gut im Griff zu haben. Ich hätte ihr *nicht* den Finger abgeschnitten, einfach, um etwas zu beweisen.

Eden seufzt wissend. »Ich will endlich mit euch

mitkommen«, nölt sie und zieht ihre Hand zurück. »Ich will, dass mein Vater uns in Ruhe lässt, ich will …«

»Das geht nicht von heute auf morgen«, unterbreche ich sie. »Und die Jobs sind zu gefährlich für dich. Hab noch ein bisschen Geduld.«

»Ich habe schon wochenlang Geduld. Und du warst derjenige, der darauf bestanden hat, dass ich mich strafbar mache«, erinnert sie mich und schielt auf das köchelnde Essen in der Pfanne. Kurzerhand halte ich ihr den Kochlöffel vor die Lippen.

»Pusten, sonst verbrennst du dir noch die Zunge«, mahne ich, als sie ihren Mund schon öffnet. »Und wir alle drei wissen, dass du freiwillig hierbleibst, also sparen wir uns einfach dieses Diebinnending. Du wirst schon noch früh genug mit auf Raubzüge dürfen.«

Sie blitzt mich erneut in einer amüsiert-genervten Mischung an, bevor sie vorsichtig auf das Gemüse pustet. »Braves Mädchen«, lobe ich sie und sehe dabei zu, wie sie ihre Zunge hervorschnellen lässt, um von der Sauce zu kosten.

»Was?«, fragt sie und leckt sich über die Unterlippe. »Kein Spruch, dass ich die Zunge noch brauchen werde?«

Meine Augenbrauen wandern in die Stirn. »Das weißt du sowieso. Ist ja in deinem Interesse, deine Zunge zu schonen, sonst könnte es später wehtun, wenn du unsere Schwänze lutschst. Schmeckt's?«

Ihr Lächeln wird breiter. »Sehr gut. Ich könnte mich daran gewöhnen.«

»Ich auch.« Und das ist die verdammte Wahrheit. Ich mag es, meine Geschäfte nicht länger allein zu führen. Ich mag es, für die beiden zu kochen, und verdammt, ich liebe es, wenn Eden tatsächlich das macht, was ich eben angesprochen habe. Denn das tut sie. Oft. Und so, wie sie es tut, liebt sie es auch.

Ich wollte nach der Sache von damals nie wieder eine Beziehung, ich wollte unabhängig sein, mein eigenes Ding machen, um nie wieder das zu fühlen, was ich damals gefühlt habe. Aber ich führe keine Beziehung mit Eden, es ist etwas anderes und fühlt sich verdammt gut an, auch wenn es keinen Namen hat. Und deshalb lasse ich es nun einfach laufen und habe keine Ahnung, wohin uns das führen wird.

Für wenige Sekunden verkeilen sich unsere Blicke ineinander, bis ihrer sich plötzlich trübt. Sie seufzt schwer, dreht sich um, doch da erwische ich sie am Oberarm und ziehe sie über den Tresen zu mir heran. »Was ist los?«

Sie weicht meinem Blick aus. »Das mit meinem Dad ...« Sie seufzt wieder. »Ich weiß nicht, wie es klappen soll, dass er mich jemals in Ruhe lässt. Du siehst ja. Ich bin schon so weit, mir wirklich von dir einen Finger abschneiden zu lassen, aber ...«

»Aber das hilft uns nicht«, falle ich ihr in den Satz. »Ganz genau. Ich sehe aktuell tatsächlich nur zwei Möglichkeiten, wovon eine keine ist.« Ich lasse sie los und deute auf die Schublade. »Deck mal den Tisch und du, Caleb, kannst deinen Hintern auch langsam mal bewegen und nicht uns die ganze Arbeit machen lassen.«

Caleb sieht mit einem vielsagenden Blick auf und hebt das iPad in die Luft. »Auch Arbeit.«

»Unwichtig. Komm schon.«

»Welche zwei Optionen?«, will Eden nervös wissen.

»Das klären wir später.«

Sie will noch etwas sagen, doch ich bringe sie mit einem Fingerzeig in Richtung des großen Esstisches unterhalb der Glasdecke zum Schweigen. Seufzend kommt sie meiner stummen Anweisung nach.

Caleb erhebt sich, reibt sich über die Stirn und kommt dann auf uns zugeschlendert. »Scheiße, Mann. Was ist das schon wieder für ein Zeug? Krötenschenkel?« Herablassend sieht er auf die Gemüsepfanne hinunter und hebt eine Braue. »Kannst du nicht mal was Vernünftiges kochen?«

Verärgert schiebe ich die Pfanne nach hinten und trockne mir die Hände an einem Spültuch ab. »Du bist jedes Mal der Erste, der Nachschlag verlangt und die Töpfe ausleckt, wenn ich nicht hinsehe, also halt's Maul.« Damit drücke ich ihm die Teller in die Hand, die Eden schon aus dem Schrank genommen hat. Sie steht etwas abseits von uns und schüttelt lachend den Kopf. Obwohl sie nur eine Jogginghose und ein weißes Top trägt, sieht sie verdammt sexy aus. Vielleicht liegt das an ihrem Oberteil, das den Ansatz ihrer zierlichen Brüste zeigt sowie ihren gesamten flachen Bauch. Ihre Haare trägt sie in einem hohen Zopf, aus dem sich einige Strähnen gelöst haben. Ihre Wangen sind noch immer gerötet, weil sie vor dem Kochen dafür gesorgt hat, dass wir in dieser entspannten Stimmung sind.

»Ich glaube, es kratzt nicht an deiner harten Hülle, wenn du Ciel mal sagst, wie gut er kochen kann.«

Ich zwinkere ihr zu und schnappe mir die Topflappen, um den Fisch aus dem Ofen zu nehmen. »Kluges Ding. Hör auf sie, Caleb. Wenn du nicht ständig meckern würdest, könnte ich dir auch mal entgegenkommen und dein Lieblingsessen kochen. Wobei, Pommes kannst du auch noch selbst in den Ofen schmeißen«, verarsche ich ihn lachend.

Caleb murmelt irgendwas, verdreht die Augen und schnappt sich zwei Bierflaschen aus dem Kühlschrank.

»Wein«, korrigiere ich ihn.

»Eden trinkt Bier, richtig?«

Sie zuckt mit den Schultern. »Eigentlich wollte ich heute nüchtern bleiben, ich muss gleich noch eine Szene schreiben, bei der ich all meine Gehirnzellen sortiert brauche.«

Caleb schnaubt amüsiert und öffnet die Flaschen an der Esstischkante. »Du arbeitest zu viel, Peach. Gönn dir auch mal was.«

»Ich gönne mir mit euch ziemlich viel«, gibt sie frech zurück, ist mit einem großen Schritt bei ihm und schmiegt sich an seine Seite. Allein, ihnen dabei zuzusehen, wie Caleb seine Hand auf ihren nackten Bauch legt, sie an den Tisch drängt und sie küsst, macht mich hart.

Nicht eifersüchtig. Nur hart.

Ich weiß, dass Eden uns beide will, und sie hat genug Ausdauer für uns. Zudem ist sie verdammt experimentierfreudig, weil sie alles Erlebte in ihren Büchern verarbeitet. Uns soll es recht sein.

Wie nahezu jeden Abend, den wir gemeinsam verbringen (was nicht so häufig ist, wie es klingt, schließlich sind Caleb und ich oft genug abends unterwegs), herrscht eine entspannte und genauso sexuell aufgeladene Stimmung. Eden genießt das Essen, stöhnt entzückt, was ihr prompt provokante Sprüche von uns einbringt. Sie sitzt mal auf meinem Schoß, mal auf Calebs. Später endet auch dieser Abend mit einer nackten Eden auf dem Esstisch, die unseren Nachtisch spielt.

Ich weiß, dass es nicht lange gut gehen kann, was wir hier abziehen. Und doch habe ich wenig Motivation, an unserer Situation etwas zu ändern.

Dafür habe ich seit diesem einen Abend endlich wieder Spaß. Echten Spaß. Und ein Gefühl im Bauch, das sich verdammt gut anfühlt.

Und mit Caleb an unserer Seite fühle ich mich sicher. Sicher, nicht schon wieder derart aus der Haut zu fahren, etwas zu tun, was ich eigentlich nicht tun will.

Kapitel 6
Caleb

Den Brief zwischen den Händen sitze ich hinter dem Steuer von Ciels Wagen und starre durch die verdreckte Windschutzscheibe.

Als ich ihn heute Morgen in Ciels Post gefunden habe, hat es mich in den Fingern gejuckt, ihn zu lesen, doch meine verfickte *Angst* hat mich davon abgehalten. Sie tut es noch immer.

Vor ungefähr drei Monaten habe ich Duncan gefragt, wie weit Paiges Schwangerschaft vorangeschritten ist.

Sie hat in den letzten Wochen nicht mehr geschrieben – dass ausgerechnet heute, drei Monate später, ein neuer Brief eintrifft, lässt nur einen Schluss zu.

Ich will nicht lesen, was sie mir zur Geburt meines oder besser: *unseres* Kindes schreibt. Und doch muss ich wissen: Geht es ihr gut? Geht es dem Kind gut?

Wie zur Hölle stellt sie sich vor, dass es nun weitergeht? Sie will mich nicht in ihrem Leben, so viel ist klar. Warum schreibt sie mir dennoch ständig, hält mich auf dem Laufenden und klingt dabei mindestens genauso traurig wie wütend?

Sie soll mich einfach in Ruhe lassen. Damit komme ich klar. Ich habe hier zu tun, ich habe Eden, die mich über Wasser hält. Eden ist keine der Nullachtfünfzehn-Schlampen, die man hier und in London an jeder dreckigen Straßenecke im Überschuss findet.

Eden hat Charakter.

Eden bohrt nicht nach.

Eden akzeptiert mich und Ciel so, wie wir sind.

Das Leben in Paris habe ich mir völlig anders vorgestellt, und doch … doch sehe ich hier nun meine persönliche zweite Chance. Und ich bin gewillt, sie zu ergreifen.

Dieser verdammte Brief aber ist in der Lage, all meine Vorsätze zu kippen. Sie sind ohnehin auf einem wackligen Gerüst errichtet und es reicht ein Luftzug, um es in sich zusammenstürzen zu lassen.

Paiges Brief ist eine verdammte Bombe, die einen Krater in den Boden reißen würde.

Das kann ich gerade nicht gebrauchen.

Deshalb schiebe ich ihn nun ins Handschuhfach und nehme stattdessen die Waffe, um sie unter meinem Hoodie in meinem Hosenbund zu verstauen.

Noch einmal atme ich tief durch, dann werfe ich einen Blick nach draußen. Das Viertel, in dem ich nun meine Fühler ausstrecke, gehört zu den gehobeneren, wie ich von Ciel weiß. Die wenigen Clubs, die sich hier finden, konkurrieren mit Luxusrestaurants um die gut betuchte Kundschaft.

Es ist vergleichsweise sicher, daher denke ich nicht, die Knarre heute zu brauchen. Aber wer weiß das schon so genau!

Nachdem ich mich noch einmal versichert habe, dass auf den Straßen alles ruhig aussieht, springe ich aus dem Wagen. Während ich direkt die mit einem roten Samtvorhang verhangene Tür ansteuere, betätige ich den Knopf der Zentralverriegelung und visiere den leicht untersetzten Typen an, der den Eingang sichert.

Träge hebe ich einen Mundwinkel, als sein Blick an mir herabzuckt. Ja, ich sehe nicht aus wie Ciel.

Nein, ich habe nicht vor, meine zerrissenen Jeans und den schwarzen Hoodie mit dem Print von *The Clash* gegen Ciels Schnöselkleidung einzutauschen. Gerade dieser mit dem *London-Calling*-Aufdruck befindet sich schon seit mehr als zehn Jahren in meinem Besitz. Meine Kleidung ist ein Zeichen meiner politischen Einstellung – nicht meines Wohlstandes.

War es schon immer und ich habe nicht vor, damit aufzuhören.

Aber vielleicht sollte ich mir mal einen neuen Pullover leisten. Die Gitarre ist kaum mehr als solche zu erkennen, so sehr wurde der Aufdruck durch zahlreiche Waschladungen in Mitleidenschaft gezogen. Recht dünn ist der Stoff obendrein und eigentlich zu kalt für die winterlichen Temperaturen.

Ich setze diesen Punkt auf meine imaginäre To-do-Liste, während ich eine Zigarette aus der Packung in meiner Hosentasche fische. »Alles klar?«, frage ich und schiebe sie in meinen Mundwinkel. Er weiß, wer ich bin. Ciel hat mich angekündigt und ich weiß, wie ich nach außen wirke.

Nämlich genau so, als würde dieser Laden hier gleich mir gehören.

»Alles klar«, erwidert der Türsteher mit unüberhörbarer Skepsis in seiner Stimme, von der ich mich nicht verunsichern lasse. »Dachte, Ciels Stellvertreter ist ein wenig ... stilvoller.« Ohne Hast zünde ich die Zigarette an, nehme einen ersten Zug und nehme ihn erneut mit meinen Augen ins Visier, als der Rauch langsam aus meinem Mund entweicht.

»Erstens bin ich nicht sein Stellvertreter und zweitens musst du ja zum Glück nicht die Entscheidung treffen, ob du mich hereinlässt oder nicht. Heb dir das für die Gäste auf.« Damit schiebe ich mich an ihm vorbei. »Wo finde ich deinen Boss?« Allein ein erster Blick reicht, um zu erkennen, dass an diesem Nachmittag noch nicht viel Betrieb herrscht. Anwesend sein sollte er trotzdem, schließlich habe ich mich tatsächlich von Ciel ankündigen lassen.

Er verengt die Augen, deutet aber mit zwei Fingern nach rechts. »Um die Theke rum und dann erste Tür.«

»Vielen Dank.« Ich deute eine spöttische Verbeugung an, dann trete ich ins Innere des Ladens. Alles hier drin schreit billiger Puff: der rote, ausgetretene Teppich, die ramponierten Ledersofas, die kleine Bühne mit Poledancestangen.

Sagte ich gehobenere Gegend?

Das trifft auch zu; in richtig billigen Clubs fliegen dir die Geschlechtskrankheiten schon zu, wenn du nur die verseuchte Luft einatmest. Das ist hier zum Glück nicht der Fall.

An der Theke sitzen einige der Frauen, die hier ihrem tristen Lebensunterhalt nachkommen. Es reicht ein Blick, um sie einer Kategorie zuordnen zu können.

Nichts gegen diesen Job. Ich habe genug Zeit in dieser Branche verbracht, hatte genug Kontakte zu den Frauen (mal weniger, mal mehr intensiv ... ihr wisst schon), um zu wissen, wie sich die zwei Gruppen voneinander unterscheiden. Es gibt die Art Prostituierte, die es nur des Geldes wegen machen und dafür sehr, sehr tief sinken. Vor allem tief in die Knie.

Diese Frauen sind nach einigen Jahren nur noch Schatten ihrer selbst und bemitleidenswerte Kreaturen.

Und dann gibt es noch die Art selbstbewusste Frauen, die ihren Wert kennen und sich dementsprechend verhalten und verkaufen.

Ich kenne nur ein Etablissement, in dem letztere Gruppe ausschließlich vertreten ist, und das ist, wie ich neidlos zugeben muss, Duncans Edelschuppen. Er sorgt mit einer akribischen Auswahlpolitik dafür, dass nur gefestigte Charaktere für ihn arbeiten, außerdem entlohnt er seine Frauen mehr als großzügig.

Seine Nutten sind zu einem sehr großen Teil Frauen; keine seelenlose Ware.

Weil das so ist, rennen ihm die Leute in London die Bude ein und andere Zuhälter ziehen nach und nach die Schwänze ein. Ich hatte auch einige dieser Billigläden am Laufen, einfach weil Kleinvieh auch

Mist macht. Sexarbeit war nie mein Metier und wird es auch nicht mehr werden.

Am meisten Spaß hatte ich damit, meinen Nachtclub zu leiten und die Leute zu Schrammelpunk durch die Nacht tanzen zu lassen. Ausschließlich das. Musik. Bands. Schwitzen zu drei Akkorden. Mehr nicht.

Aber damit wird man nicht reich und irgendwann kommt jeder an den Punkt seines Lebens, an dem man sich entscheiden muss: Geld oder Spaß? Karriere oder Auf-der-Stelle-Treten? Boss oder Randfigur? Liebe oder Sex?

Diese Liste ließe sich ewig fortführen.

Ich habe nicht immer die richtigen Entscheidungen getroffen. Mit dem Wissen von heute würde ich auf jeden Scheiß verzichten und lieber das *Diavolo* zu einem gefragten Nachtclub hochziehen.

Ohne Drogen.

Ohne all den Scheiß, der mich am Ende alles gekostet hat, was mir wirklich wichtig war.

Dumm gelaufen.

Ich habe mich damit abgefunden.

Ich spüre die Blicke der Frauen auf mir, als ich, ohne sie zu beachten, an ihnen vorbeigehe und auf die Tür zusteuere.

»Hast du dich verlaufen, Kleiner?« Eine Frau schiebt sich mir in den Weg. Eine sehr füllige Frau, die, ihren Kurven nach zu urteilen, entweder die Fetisch-Freier bedient oder die Puffmutter ist.

Da sie ein Spültuch über der speckigen Schulter trägt, in die ihr roter Spitzen-BH-Träger einschneidet, und sie einen Blick aufgelegt hat, mit dem Hundemütter ihre Welpen verteidigen, vermute ich Letzteres. Möglicherweise auch beides.

Gut, ziemlich sicher beides. Hier kann es sich niemand leisten, nicht in der Horizontalen zu arbeiten. »Deine Preisklasse ist das hier nicht.«

Ich bleibe stehen und ziehe an der Kippe, um die in mir keimende Wut zurückzudrängen. Wenn ich wollte, würde sie ganz schnell verstummen und alles tun, was ich will, weit über ihre Grenzen hinaus.

Ein Kribbeln erfasst mich, prickelt unangenehm auf meinem Nacken, als all die Bilder in mein Hirn schießen, die ich sorgsam verdränge. Sie ist nicht mein Typ, und doch hätte mein altes Ich nicht gezögert, ihr ihren Platz zu zeigen. Und zwar mit nichts Geringerem als meinem Schwanz in einer ihrer Öffnungen. Vielleicht auch in allen.

Scheiße, verdammt, er sollte mir heiliger sein, als ihn in so einer Schlampe zu versenken. Immerhin habe ich in meinem Suff so weit denken können, dass ich immer ein Kondom benutzt habe. So viel Weitsicht war dann doch in mir vorhanden, allein schon wegen Paige.

Sie war die einzige Frau, die ich je ohne Gummi gevögelt habe – bis Eden aufgetaucht ist.

Und Eden ist nun auch der Grund, warum ich meinen Blick von der Frau abwende, deren Titten ungefähr fünfmal so riesig sind wie ihre und die aus den Körbchen ihres BHs herausquellen wie ein Hefeteig.

»Wenn du all eure potenziellen Kunden so zickig behandelst, stellt sich mir nicht die Frage, warum ihr Minus macht.« Ich schlendere an ihr vorbei. »Der

Kunde ist König und so solltet ihr ihn auch behandeln. Überlasst die Türpolitik den Männern da draußen.« Nun werfe ich ihr doch einen weiteren, letzten Blick zu. »Dein Platz ist auf den Knien, Mädchen.«

Ihre Wangen färben sich rot und sie schnappt nach Luft, als sie in all ihrer Fülle auf mich zukommt. Ich verenge die Augen und schnipse die Asche der Zigarette in ihre Richtung, was sie innehalten lässt. »Vorsicht«, warne ich sie. »Ich schieße schnell mit Worten und noch schneller mit etwas anderem. Wenn du nicht willst, dass ich dir und deinen kleinen Weibern den Gehorsam und die ›Gastfreundlichkeit‹ in den Schädel ficke – auf den Knien, der Reihe nach –, hältst du Abstand von mir.« Als sie tatsächlich stehen bleibt und mich wütend anstarrt, schnalze ich unwirsch. »Ciel hat diesen Geschäftszweig echt vernachlässigt. Aber nun weht hier ein anderer Wind.« Unbehelligt sehe ich zu den zwei jungen Frauen an der Theke, die mich verschreckt anstarren. Immerhin zwei, die meine Autorität nicht infrage stellen. »Soll ich mit euch anfangen?« Ich deute auf die jüngste der beiden, die ihren kleinen BH im Gegensatz zu ihrer Chefin nicht einmal ansatzweise ausfüllt.

Vermutlich bedient sie hier die genau gegensätzlichen Fetische. Mit ihren seitlich geflochtenen Zöpfen und dem knappen Schulmädchenrock braucht es nicht viel Fantasie, sich vorzustellen, welche Art Männer sich die Kleine leisten.

Aber lieber so, als wenn sie ihre Fantasie an echten Kindern ausleben.

»Ciel, also. Er sagte, dass jemand Neues kommt.«

Die Dicke versperrt mir mit ihren Ausmaßen die Aussicht auf das junge Mädchen. Ihr Blick ist nach wie vor wenig begeistert, aber immerhin sehe ich einen Funken Reue darin aufblitzen. Sie fürchtet um ihren Job. Richtig so.

»Caleb«, stelle ich mich vor. »Das ist in Zukunft der Name, der euch kümmert. Ciel hat andere Sorgen als euren kleinen, schäbigen Club.«

»Wir sind kein ...«

»Und wie ihr das seid«, unterbreche ich ihren aufkeimenden Protest schneidend. »Bewerte potenzielle Kunden nie nach ihrem Aussehen. Du kannst nie wissen, was für ein Typ sich hinter seiner Erscheinung verbirgt.« Ich trete ein weiteres Mal an ihr vorbei und gelange endlich zur Tür. »Dass ich das überhaupt sagen muss. Das sollte Regel Nummer eins sein.« Kopfschüttelnd lasse ich die Frauen stehen und betrete den Gang. Die in mir aufwallende Wut – so viel geballter Menschenhass – frisst zusätzlich zu dem elendigen Gefühl ein Loch in meinen Magen, das Paiges Brief von heute Morgen in mir ausgelöst hat.

Hinter mir höre ich die Puffmutter etwas keifen, das mich nicht länger interessiert. Frauen wie sie geben ihre eigene Unfähigkeit nur zu gern an die Untergebenen weiter. Dieser Laden braucht einen Austausch des gesamten Personals.

Aber eins nach dem anderen. Erst mache ich mir ein Bild von allen Etablissements, die unter Ciels schützender Hand arbeiten.

An einer Holztür, an der ein schiefes Schild mit der Aufschrift *Chef* hängt, bleibe ich stehen.

Nobel. Nicht.

Seufzend klopfe ich an, warte nicht ab, ob ich hereingebeten werde, sondern trete ein. Hinter einem mit Aschenbechern und Akten übersäten Schreibtisch sitzt ein schlaksiger Mann mit Dreitagebart und Geheimratsecken. Im Mundwinkel hängt eine bis auf den Filter heruntergerauchte Kippe und als er aufblickt, begegne ich einem trüben Blick aus grauen Augen.

»Du kommst von Ciel?«, will er mit rasselnder Stimme wissen und deutet mit knochigen Fingern auf den durchhängenden Ledersessel vor dem Tisch. Ich nehme nur ungern Platz.

»Ab sofort läuft das hier alles über mich.« Ich sitze stocksteif da und wage es auch nicht, meine Ellenbogen irgendwo abzulegen, dafür werde ich meine eigene Zigarette in einem der übervollen Aschenbecher los. »Damit ihr in Zukunft wisst, mit wem ihr es zu tun habt …« Ich lasse den Satz ins Leere laufen.

Ihm ist ebenso klar, dass das hier keine simple Vorstellungsrunde ist. »Elaine«, brummt er. »Sie ist manchmal etwas forsch.« Dass er sich schon für sie entschuldigt, ohne dass ich etwas gesagt habe, sagt schon sehr viel über diesen Laden.

»Sie ist eine Abschreckung für die Gäste«, knurre ich und schüttle zusätzlich zu meinem Unmut den Kopf. »Kein Wunder, dass ihr in den Miesen steht. Es reichten zwei Minuten, um das festzustellen. Ich will gar nicht wissen, wie viele Gäste sie mit ihrer Art schon in ein anderes Bordell getrieben hat.«

»Ciel hat sich nie darum gekümmert.« Der Typ, dessen Namen ich mal wusste, aber wieder vergessen habe, räuspert sich geräuschvoll. »Wir haben immer gezahlt.«

»Ihr zahlt seit mehr als sechs Monaten zu wenig«, erwidere ich gelangweilt und lasse meinen Blick durch den dunklen Raum schweifen, um ihn nicht ansehen zu müssen. Ciel weiß das. Ciel hat aber keinen Bock auf diesen Scheiß und ich weiß genau, warum. Aber nur weil er keinen Bock auf dreckige Nuttengeschäfte hat, ist es kein Weg, diese Nachlässigkeit zu ignorieren. So etwas spricht sich im Business schneller rum als der Tod der Queen und ehe man sichs versieht, tanzen sie einem alle auf der Nase herum.

Sein abschätziger, verwaschener Blick liegt auf mir, als er nervös nach dem Paper greift und sich mit zittrigen Fingern das Tabak-Gras-Gemisch darin eindreht. »Zwanzig Prozent mehr, das ist das, was alle anderen zahlen. Plus zehn Prozent obendrauf, bis ihr den Rückstand nachgeholt habt«, mache ich ihm mein Angebot, das keins ist, und sehe mich dabei gespielt interessiert um. »Es sei denn, ihr wollt die Summe, die ihr uns schuldet, direkt im Ganzen begleichen.« Sein Gesicht wird fahl und er schiebt sich zittrig die Kippe zwischen die Lippen. Kopfschüttelnd tastet er nach seinem Feuerzug auf den Unterlagen.

Ehe er es findet, lehne ich mich vor und gebe ihm Feuer. Über die kleine Flamme sieht er mich kurz an.

»Ihr nehmt die Zinsen, verstehe.« Ohne das überhebliche Grinsen zuzulassen, stehe ich auf. »Mehr wollte ich auch gar nicht. Ich schätze, in Zukunft wird hier öfter jemand auftauchen.« Ich bewege mich in

Richtung Tür. »Qualitätssicherung und so. Auf eine gute Zusammenarbeit.«

Ich straffe die Schultern und suche das Weite.

Ich weiß, warum Ciel an diesem Geschäftszweig festhält, es verübeln, dass er sich nicht darum kümmern will, kann ich ihm aber nicht.

Ziemlich sicher meinte Duncan nicht diese Art Drecksarbeit, der ich in Frankreich nachgehen soll, aber was Duncan denkt oder nicht, ist mir scheißegal. Und Ciel glücklicherweise auch.

Es hätte mich mit meinem Exil-Kumpel wesentlich schlimmer treffen können.

Ich komme bis in den verqualmten Barbereich, dann schiebt sich die Dicke wieder vor mich. Genervt bleibe ich stehen und mustere sie kühl.

»Gibt es noch etwas Dringendes?«

Sie senkt ihren Blick und ihre angeklebten Wimpern bewegen sich hektisch. Das hier geht ihr ziemlich sicher gegen den Strich. Sie ist eine Frau, die Anweisungen gibt und nicht zu Kreuze kriecht. »Es tut mir leid. Ich wusste nicht, wer du bist. In Zukunft …«

Ich winke ab und unterbreche sie damit. »In Zukunft kennst du deinen Platz. Darauf haben wir uns doch geeinigt.« Ich will mich an ihr vorbeidrängen, doch sie lässt mir mit ihrem massigen Körper kein Durchkommen. Stattdessen deutet sie nach rechts auf den dunklen Flur, von dem die Arbeitszimmer der Mädchen abgehen. Zeitgleich erhebt sich das junge Ding mit den Zöpfen und kommt mit kurzen Trippelschritten auf mich zugeschwebt.

Fuck.

Ich ahne, was das hier für eine Art der Entschuldigung werden soll.

»Nein, dafür habe ich jetzt keine Zeit«, würge ich beide direkt ab und weiß, dass ich damit gegen ziemlich viele ungeschriebene Gesetze unserer Geschäfte verstoße. »Spar dir deinen Speichel für die zahlenden Freier auf.«

Das junge Ding bleibt stehen und ich erkenne das stumme Flehen in ihren Augen. Natürlich weiß ich, was gleich passieren wird. Scheißegal, ob nun wirklich ihre Schuld oder nicht: Sie wird von dieser Elaine einen Einlauf bekommen, dass sie es nicht geschafft hat, mich milde zu stimmen.

Nicht mein Problem.

»Ich bin schnell und danach wirst du bessere Laune haben«, bringt sie leise heraus und macht den letzten Schritt auf mich zu. Ehe ich sie daran hindern kann, greift sie an meinen Gürtel und sinkt auf die Knie.

Die nächste Handbewegung geht direkt an meinen Schwanz in der Jeans. Fuck.

Ich verenge die Augen, erwische sie am Handgelenk und hindere sie daran, weiter an mir herumzureiben. Es geht mir tierisch auf den Sack, dass alle Welt etwas von Einvernehmen heuchelt, während Männern unterstellt wird, sie würden alles ficken, was sich ihnen anbietet.

Jahrelang habe ich das gemacht.

Aber weil ich es wollte. Das ist ein kleiner, aber wesentlicher Unterschied.

Sie keucht leise, als meine Finger sich immer fester

um ihr schlankes Gelenk legen. Ja, ich tue ihr weh. Und das ist Absicht. Mit einem mahnenden Blick will ich sie auf die Beine ziehen, doch sie bleibt dicht vor mir hocken und bettelt mich nun förmlich mit ihren Augen an, es zuzulassen. Da fallen mir die zahlreichen blauen Flecke auf ihrer blassen Haut auf; die Blutergüsse auf den kleinen Brüsten, die Kratzspuren an ihrem schlanken Hals.

Mein Magen sackt ab. Hier gibt es ganz andere Probleme als nicht gezahlte Rechnungen an Ciel.

Aber ich kann die Kleine nicht einfach einpacken und hier herausholen, auch wenn ihre verschreckten Augen mich genau darum anbetteln.

»Du bist so ein Nichtsnutz, Rose. Nicht einmal einen Blowjob bekommst du auf die Reihe!« Die Dicke taucht neben uns auf und streckt ihre speckigen Finger nach dem Mädchen aus. Sie verkneift sich einen Schmerzenslaut, als sie an ihren Haaren zur Seite gezerrt wird. »Sie ist noch nicht so lange dabei«, brummt Elaine entschuldigend in meine Richtung. »Bei deinem nächsten Besuch wird sie wissen, was zu tun ist, um einen Mann um den Finger zu wickeln.«

Alles in mir schreit mich an zu verschwinden.

Aber die Kleine weint.

Ich sehe es ganz deutlich, als sie zur Seite flüchtet und ihren mageren Körper mit ihren noch magereren Armen umschlingt. Manisch wippt sie auf den nackten Zehen – was unüblich ist, normalerweise tragen Frauen wie sie kilometerhohe Absätze – und murmelt leise etwas vor sich hin.

»Du bist schnell, sagst du?« Nun bin ich derjenige,

der an meinen Gürtel greift und die Schnalle öffnet. »Beweis es mir. Ich habe wirklich keine Zeit dafür, aber eine Chance gebe ich dir.«

Weil ich keine Zeit habe, ihr *richtig* zu helfen. Zumindest nicht so schnell. Aber wenn sie sich jetzt Mühe gibt, wird sie von ihrer Zuhälterin wenigstens nicht erneut verprügelt.

Gott. Ich weiß wieder, warum ich dieses Milieu so verabscheue. Und doch bin ich nicht viel besser, als ich sie erreiche und in ihre Haare greife, um sie vor mir auf den dreckigen Boden zu pressen. »Zeig mir, dass dieser Laden mehr zu bieten hat, als der erste Eindruck für einen Anschein erweckt.«

Meine Stimme ist eiskalt und ich sehe, wie sie bei meinem Tonfall zusammenzuckt. Sie ist ganz sicher nicht freiwillig hier.

Wieder streift mich ihr flehender Blick, als sie den Kopf in den Nacken legt und sich über die zerrissenen Lippen leckt. Nichts in mir hat wirklich Bock darauf, ihren Mund zu vögeln.

Mein Schwanz reagiert dennoch auf die abgefuckte Situation. Auf den ist immer Verlass.

Er wird noch härter, als ich aus dem Augenwinkel erkenne, wie Elaine sich neben uns aufbaut und ihrem Mädchen direkt auf die Finger – oder vielmehr den Mund – sieht.

Ich überlasse es der Kleinen, den Reißverschluss zu öffnen, schiebe dann aber ihre Hand zur Seite. Wer weiß, was sie für Keime an ihren Fingern hat.

»Mund auf«, knurre ich sie an und umfasse ihr Kinn grob mit meiner freien Hand. Das hier ist nichts, was mir sonderlich viel Überwindung abverlangt. Ich habe schon unzählige Münder gefickt, deren Besitzerinnen ich verachtet habe. Ich kann Sex hervorragend von *Sex* trennen.

Den, den ich gernhabe. Den, der in mir etwas anderes auslöst als Hass.

Ein kehliges Geräusch dringt aus meiner Kehle, als die Kleine ihre Lippen um meinen Schaft schließt. Ein billiges Schauspiel für Elaine. Hier dran reizt mich nichts.

Das Mädchen hält sich an meinen Oberschenkeln fest und bewegt ihren Kopf in einstudierten Bewegungen auf und ab. Ihre Zunge tänzelt ebenso geübt an mir herum, ihr Speichel sorgt dafür, dass sich diese schmatzenden Geräusche in ihrer Kehle bilden.

Genervt lege ich den Kopf in den Nacken, als sich Bilder vor mein inneres Auge schieben, die ich in dieser Situation nicht gebrauchen kann. Eden, wie sie vor mir kniet. Eden, wie sie meinen Schwanz mit ihrer Zunge verwöhnt. Eden, die – könnte sie mich gerade sehen – Todespfeile in meine Richtung abschießen würde.

Aber ich werde nie wieder den Fehler machen und einer Frau versuchen zu erklären, dass das hier rein gar nichts mit Spaß zu tun hat. Das hier ist Machtausübung. Arbeit.

Dreckiges Geschäft, vor dem ich mich selbst ekle.

Ich schlitze lieber Menschen auf, als Nutten zu ficken. Aber erzählt das mal einer Frau. Die glaubt euch das nicht.

Ich habe es bei Paige versucht – ihr zu erklären,

dass das, was ich für den Job mache, null Komma null mit dem zu tun hat, was sie und ich hatten.

Hat sie nicht verstanden.

Und ich war zu diesem Zeitpunkt schon viel zu sehr in meinem Wahn und geblendet, als dass ich es auch wirklich versucht hätte in Ordnung zu bringen.

Das Einzige, was passiert, als ich eine Sekunde zu viel an Eden denke, ist, dass mein Schwanz an Härte verliert. Verflucht.

Grollend lege ich meine Hand fester um den Hinterkopf des Mädchens unter mir, ziehe sie auf meinen Schwanz und sorge mit der nötigen mechanischen Reibung dafür, dass Elaine sieht, was sie sehen soll, damit sie dieser ... Rosalie, Rosa oder wie auch immer die Kleine heißt, etwas Schonfrist einräumt. Jetzt schlappzumachen, hätte noch schlimmere Konsequenzen für sie, als wenn ich ihr großzügiges Angebot abgelehnt und mich direkt aus dem Staub gemacht hätte.

Mit einem Stöhnen lege ich den Kopf in den Nacken, damit ich sie nicht länger ansehen muss, gleichzeitig bringe ich beide Hände an ihren Kopf und übernehme ihren Job kurzerhand selbst. Es tut mir leid für sie, dass ich nicht von ein bisschen Lutschen komme, schon gar nicht bei dieser schlechten Performance, die sie abgibt. Da regt sich gar nichts.

Erst jetzt, als meine Gedanken ihren eigenen Film spinnen und ihr ersticktes, wimmerndes Würgen dem machthungrigen Teil in mir zuspielt, sammelt sich so etwas wie Hitze in meinen Lenden. Es ist keine Lust.

Es ist entfesselter Hass, der in mir wütet.

Hass auf dieses ganze verdammte System, das ich gleichermaßen hasse wie liebe.

Ich spüre ihre Tränen unter meinen Fingern, ihr Gurgeln, als ich mich immer tiefer in ihrem Hals vergrabe. Immer wieder aufs Neue lasse ich mein Becken vorschnellen, nur darauf bedacht, das hier so schnell wie möglich über die Bühne zu bringen.

Als es so weit ist, lasse ich nicht zu, dass sie sich von mir löst, um mir in bester Porno-Manier die Zunge entgegenzustrecken. Ich bin paranoid, was das angeht, und habe schon ein Kind, das ich nicht sehen darf.

Ich brauche kein zweites. Und schon gar keins von einer abgefuckten Nutte, die alles tun würde, um dem Sumpf zu entkommen.

Ich komme tief in ihrem Hals. Stoße mich ruhiger und beherrschter in sie, bis ich alles losgeworden bin, dann schiebe ich meinen Schwanz zurück in die Hose und halte mit der anderen Hand weiter ihren Kopf umfasst. Sie fällt zurück und ein Blick auf ihr tränennasses Gesicht verrät, dass ich sie alles andere als nett behandelt habe.

Aber besser, als verprügelt zu werden und die nächsten Einkünfte vollständig abgeben zu müssen. Ich kenne dieses Business und seine ungeschriebenen Regeln. Das wird in Paris nicht anders sein als in London.

»Schluck das alles«, brumme ich und sehe genau zu, wie sie meiner Anweisung nachkommt. »Mund auf«, fordere ich anschließend und reiße ihr Kinn zu mir. In ihren schimmernden Augen blitzt die Angst auf, ich könnte sie gleich noch einmal benutzen, dabei kontrolliere ich lediglich, dass sie mein Sperma wirklich komplett heruntergewürgt hat.

Und das hat sie.

Um es sich selbst in die Pussy einzuflößen, müsste sie es schon auskotzen, und ich denke nicht, dass sie mit dieser Methode Erfolg hätte.

Und falls wer an dieser Stelle den Kopf schüttelt: Ich habe exakt dieses Szenario schon auf einer Clubtoilette erlebt.

Verzweifelte Frauen sind bereit, sehr, sehr weit zu gehen.

Und dieses Exemplar Frau vor mir ist sehr verzweifelt. Aber nicht wegen mir. Nein, mir schenkt sie einen dankbaren Blick, als sie sich aufrappelt und kurz darauf verzieht.

»Euer Glück, dass eure Mädchen besser sind, als es der erste Eindruck vermuten lässt.« Ich richte meine Jeans, als ich an Elaine vorbeigehe und sie absichtlich mit der Schulter streife. »Jetzt arbeitest du noch an deiner Gastfreundlichkeit und der Laden hat wieder eine Zukunft.«

Sie hasst mich schon jetzt, das verrät ihr verkniffener speckiger Gesichtsausdruck.

Aber das ist gut.

Kapitel 7
Caleb

Der restliche Tag verläuft besser. Geschäftlich nicht unbedingt; schließlich standen heute vor allem Clubs auf meiner Liste, die Ciel aus guten Gründen vernachlässigt hat – weil sie ihn beschissen haben und er sich zu fein war, sich darum zu kümmern –, aber immerhin konnte ich meinen Schwanz in der Hose lassen.

Als ich am Abend ins Foyer von Ciels Museum trete und dem Wachmann zunicke, kribbelt es in meinem Nacken und das schwere Gefühl in meinem Magen nimmt mit jedem Schritt zu.

Ich kenne es, auch wenn ich es sehr lange nicht mehr gefühlt habe. Schon gar nicht in dem Ausmaß.

Genervt von mir selbst ziehe ich meine Karte durch den Sensor, dann schwingen die Glastüren zu Ciels persönlichem Wohnbereich auf. Es war ein verfickter Blowjob.

Mehr nicht.

Ich hatte dabei ja nicht einmal Spaß.

Und doch würde Eden mir daraus einen Strick drehen, wüsste sie davon. Was mich gleich zum nächsten Problem bringt: Es geht Eden im Grunde rein gar nichts an, was ich mit meinem Schwanz mache und in welches Loch ich ihn stecke.

Theoretisch.

Der Bereich unter der Glasdecke liegt völlig verwaist vor mir und ich weiß nicht, wie ich das finden soll. Mit diesem dreckigen Gefühl im Bauch und Paiges Brief, der unangetastet in meiner hinteren Hosentasche steckt, traue ich mir selbst nicht mehr über den Weg. Ich hasse das Gefühl, wenn man selbst nicht mehr völlige Kontrolle über sich hat.

Und gleichzeitig liebe ich den Kontrollverlust in einem Rausch. Weil das der einzige Zeitraum war, in dem ich abschalten konnte. Die nagenden Hassgefühle verdrängen. Wenn auch nur für kurze Zeit.

Ich werfe mein Zeug auf das Sofa, rolle einmal mehr die Augen, weil Ciel sogar die Decken jeden Morgen faltet, in denen Eden sich abends einwickelt, und kann ihn in meinem Kopf schon motzen hören, dass meine Sachen einen Platz haben. Aber gerade habe ich einfach nur das Bedürfnis, mir die Ereignisse des frühen Tages vom Körper zu waschen.

Dafür ziehe ich die Schuhe aus und schleiche beinahe über den Flur. Auf Höhe von Edens Zimmer beschleunigt mein Herz und ich kämpfe gegen das nervige schlechte Gewissen an.

Ja verdammt. Vielleicht hätte ich das Mädchen sich selbst überlassen sollen.

Als ich sehe, dass Edens Tür angelehnt ist, halte

ich die Luft an und bleibe trotzdem kurz stehen, um einen Blick in ihr Zimmer zu werfen. Eden sitzt mit angezogenen Knien auf dem Schreibtischstuhl (niemals habe ich jemanden so affenartig und gleichzeitig derart produktiv arbeiten sehen); ihre Finger fliegen über die Tastatur ihres MacBooks. Ihre Wangen sind herrlich gerötet, ihr Zopf gelöst und einige rote Strähnen fallen ihr ins Gesicht. Verdammt, sie sieht derart scharf aus, wie sie über ihrem Manuskript brütet und mit vollem Herzblut darin aufgeht. Ihre Lippen bewegen sich leicht, als sie die Worte tippt, und ich kann genau sehen, wie sich ein eigener Film in ihrem Kopf abspielt.

Sie bemerkt mich nicht und ich werde einen Teufel tun, sie jetzt zu stören. Dafür verziehe ich mich in mein Zimmer und nehme im angrenzenden Bad eine lange Dusche. Als ich mich eine Stunde später wieder heraustraue, ist das Bild vor Edens Tür noch immer dasselbe. Das kenne ich schon: Wenn sie einmal angefangen hat, zieht sie das teilweise den ganzen Tag durch, und manchmal auch bis tief in die Nacht. Ciel ist dazu übergegangen, ihr das Essen an diesen Tagen einfach vor die Nase zu stellen, weil sie dazu neigt, ihre Bedürfnisse kurzerhand zu vergessen.

Es ist süß, wie sie sich komplett darin verliert.

Wie sie sich begeistern kann; etwas, das viele Menschen nicht mehr können.

Ich ja auch nicht.

Aus dem Wohnbereich dringt kein Geräusch, aber mein schlechtes Gewissen drängt mich dazu, meine Beine zu bewegen.

Kurz darauf stehe ich vor Ciels Schlafzimmer – er bewohnt den größten Raum hier unten, logisch – und ich trete ein, ohne zu klopfen.

»Wenn ich mir gerade einen heruntergeholt hätte, würde ich nicht aufhören, nur weil du hier reinstürmst«, lässt Ciel mich nonchalant wissen und hebt nicht einmal den Kopf. »Wär trotzdem cool, wenn du vorher klopfen könntest. Das gehört sich so.«

»Warum sollte mich das abschrecken?«, frage ich genauso entspannt zurück und schiebe die Tür leise zu. »Ich kenne deinen Schwanz.«

Ciel brummt nur leise und fährt mit dem fort, was auch immer er da tut. Ich bewege mich durchs abgedunkelte Zimmer, das größtenteils von den kleinen Leuchten in Fußhöhe beleuchtet wird, und lasse mich auf der Tischkante nieder. »Was machst du denn da?« Neugierig spähe ich auf die ausgebreiteten Baupläne eines Gebäudes, die vom warmen Lichtschein einer Schreibtischlampe ausgeleuchtet werden. Vermutlich lehne ich mich nicht allzu weit mit der Annahme aus dem Fenster, es handelt sich hierbei um irgendein Museum, das er vorhat in nächster Zeit um das ein oder andere Stück Kunst zu erleichtern. »Kennst du nicht alle Museen im näheren und weiteren Umkreis wie deine Westentasche?«

»Selbst wenn das so wäre«, er sieht knapp auf und der überhebliche Ausdruck auf seinem Gesicht macht genau deutlich, dass er mir dahingehend zustimmt, weil Ciel eben nicht der bescheidenste Kerl ist, »gehört es trotzdem zu einer ordentlichen Vorbereitung dazu, mich genau mit den Begebenheiten auseinanderzusetzen.« Er nimmt einen roten Textmarker und umkreist eine Stelle auf dem zerknitterten Plan. »Aber das hier ist in Berlin.«

»Berlin?«, wiederhole ich überrascht. »Du willst nach Deutschland?«

Ciel nickt, ohne aufzusehen. »Ja. Das ist das Jüdische Museum, wenn du es genau wissen willst. Hab einen Auftrag von der polnischen Regierung bekommen. Die Deutschen nennen da ein Gemälde ihr Eigen, das sie sich im Krieg unter den Nagel gerissen haben. Jetzt ist die Rückgabefrist verjährt und die Polen gucken in die Röhre, weil Deutschland behauptet, es gehöre nach ihren Gesetzen rechtmäßig ihnen.«

»Die Regierung?«, wiederhole ich auch das und nun habe ich Ciels Aufmerksamkeit.

Er sieht stirnrunzelnd auf und erklärt sichtlich genervt: »Die Regierung. Ich mache wesentlich lieber Geschäfte mit den Obrigkeiten, statt mich mit Kleinganoven abzugeben.«

Ich stoße ein leises Lachen aus. »Du klingst wie ein Spießer, echt, ey. Bezahlen sie dich wenigstens ordentlich oder setzen sie drauf, dass du sie aus irgendwelchen noblen Absichten mit deiner Expertise unterstützt?«

»Natürlich bezahlen sie mich.«

»Aber nicht so wie andere.«

»Nicht so wie schmierige Mafiabosse, korrekt«, spielt er das Klischeespiel mit und richtet sich nun gänzlich auf. »Ich helfe trotzdem, wo ich kann. Meine Sympathien liegen in dem Fall bei den Polen.«

»Verstehe, verstehe.«

Ciel greift nach einer Wasserflasche und mustert mich, während er sie aufschraubt. »Du bist aber nicht hier, um mit mir über meinen nächsten Raub zu plaudern. Du langweilst dich bei dem Thema.«

Es ist keine Frage, das hat er inzwischen schon recht deutlich festgestellt. Diese Arbeit ist mir zu langwierig, bedeutet zu viel Vorbereitung und erfordert zu viel Geduld, die ich nicht habe. »Wie war dein Tag? Gab es Probleme?«

Ich reibe mir den Nacken. »Nicht wirklich.«

Ciel trinkt einen Schluck, dann stellt er die Glasflasche klirrend vor sich ab. »Und unwirklich? Probleme mit den Zahlungen?«

Ich schüttle den Kopf, Ciels Augen verengen sich gleichzeitig und er stößt ein wissendes Seufzen aus. »Komm schon, spuck's schon aus. Was ist los?«

Ich wundere mich gar nicht erst, dass er weiß, dass mich etwas beschäftigt. Etwas abseits der normalen Themen, die bei meinen Ausflügen in mein neues Gebiet eben zwangsläufig anfallen. Aufräumarbeiten, wie ich sie nenne. Natürlich gibt es Probleme mit ausbleibenden oder zu niedrigen Zahlungen, die aber bekomme ich selbst in den Griff.

Mit wenigen Worten berichte ich ihm von meinen Clubbesuchen und schließe mit: »... und dann habe ich sie meinen Schwanz lutschen lassen, damit sie keine Prügel mehr einstecken muss.«

Ciel nickt langsam, sein Blick unablässig auf mein Gesicht gerichtet. »Und? Ist es nicht das, was du jahrelang getan hast?«

»Ja.«

»Wolltest du es nicht tun?«

»Doch«, knurre ich und reibe mir den Nacken. »Aber ... aber es fühlt sich falsch an.« Ich hebe bedeutungsvoll beide Augenbrauen. »Jetzt. Vor allem jetzt.« Ciel sieht mich stumm an und bringt mich damit zum Reden. »Ich kann das wunderbar trennen und habe die Kleine schon vergessen, als ich meinen Reißverschluss geschlossen habe. Ach. Schon währenddessen. Aber ich habe das Gefühl, ich müsste mich vor Eden rechtfertigen. Ich hätte sie ... betrogen.«

Ciel räuspert sich. »Nun ... gewissermaßen hast du das.«

Ich verdrehe die Augen, weil diese Gespräche, die ich in einer erschreckenden Regelmäßigkeit mit ihm führe, immer gleich ablaufen. Ironischerweise genauso regelmäßig mit vertauschten Rollen. Mal übernimmt er den Part, mir den Kopf geradezurücken, mal ich ihm. Und manchmal saufen wir einfach zusammen, bis keiner mehr einen plausiblen Rat für den anderen auf die Kette bekommt.

Ciel ist ’ne coole Socke, auch wenn er nicht danach aussieht.

»Ist ja nun nichts Exklusives mit uns, also ...«

»Ich bin mir ziemlich sicher, dass Eden das anders sieht, würdest du sie danach fragen.«

Ich beiße mir auf die Unterlippe, denn klar, natürlich hat er recht. Das, was in den letzten Wochen zwischen Eden, mir und Ciel passiert ist, lässt sich am ehesten in die Kategorie Beziehung einordnen, auch wenn da mindestens ein Mann zu viel in der Gleichung steht, um aufzugehen. Vielleicht haben wir deshalb nie darüber geredet, was genau das eigentlich ist. Aber ehrlich? Wir kochen zusammen (oder zumindest lasse ich mich bekochen und verteile meine Wäsche überall, die Eden regelmäßig einsammelt, dafür übernehme ich für die beiden tatsächlich gewisse andere Drecksarbeit, und das völlig freiwillig), wir sehen ständig gemeinsam kitschige Filme (wegen Eden), Dokus über Kunst (wegen Ciel) und meinetwegen schallt durch die hohen Kellerwände oft Drei-Akkord-Schrammelpunk – und niemand der anderen beiden beschwert sich ernsthaft darüber. Und natürlich der elementare Part: Wir vögeln. Nicht zu dritt, aber als ich eben meinte, ich kenne Ciels Schwanz, war das durchaus ernst gemeint. Ich sehe nicht weg, wenn Eden ihn mit ihren sündigen Lippen bearbeitet, und mache mir auch nicht die Mühe, ihm extra auszuweichen, falls er mir im Eifer des Gefechts damit zu nahe kommt.

Es geht um uns drei.

Und jede andere Partei, die sich dazwischendrängt, ist zwangsläufig eine zu viel.

»Soll ich es ihr sagen?«, frage ich und schnappe mir einen herumliegenden Kugelschreiber, um meine Finger zu beschäftigen. Normalerweise würde ich jetzt rauchen, aber das klemme ich mir in Ciels Zimmer. Er würde mich sowieso bei der ersten Andeutung rauswerfen und bei dieser Frage brauche ich seine Meinung.

Ich will es nicht schon wieder versauen.

Ciel lehnt sich zurück und verschränkt die Arme,

während er mich ruhig mustert. »Warum hast du es gemacht?«

»Hab ich doch gesagt«, brumme ich und lege den Kopf in den Nacken, um genervt zur Decke zu starren. »Ich wollte nicht, dass die Dicke ihre Unfähigkeit an ihrem Mädchen auslässt.«

»Hat es dir gefallen?«, hakt Ciel ruhig nach.

Ich reiße die Augen auf und feuere ihm seinen Scheißstift entgegen. »Nein, Mann! Hörst du mir überhaupt zu?«

»Ja sicher. Und da hast du deine Antwort.« Er steckt den Stift zurück in seinen Stifthalter, bei dessen Kauf er wohl unter spontan aufgetretener Geschmacksverirrung gelitten hat. Wer sonst würde goldene Schreibtischaccessoires in Form von Paris' Wahrzeichen kaufen und wahrhaftig benutzen?

Aber zurück zum Wesentlichen. Ciel spricht unbeirrt weiter. »Du hast bei Paige erlebt, was passiert, wenn du ihr die Wahrheit sagst. Es hat nichts bedeutet? Dann sag es ihr nicht. Dein Gewissen macht das nicht mit?« Ciel lehnt sich auf seinen Ellenbogen vor und mustert mich. »Dann geh da jetzt rüber, leck sie in den Himmel und in Zukunft verkneifst du dir derartige Aktionen.«

»Ich komme mir vor wie ein Arsch«, brumme ich. »Dabei ... dabei war es ja wirklich nicht in meinem Interesse, sie ... ach, fuck.« Ich hätte gern einen Joint.

»Eben. Und ganz offiziell betrügst du Eden nicht. Dein schlechtes Gewissen kommt nur daher, dass du in Wahrheit ein kleines Sensibelchen bist.«

Ich verziehe das Gesicht, sage aber nichts.

»Willst du unbedingt dein Gewissen erleichtern? Dann geh hin und sag es ihr. Wenn du Bock auf Stress hast, Eden ein schlechtes Gefühl machen willst und …«

Ich hebe knurrend eine Hand, um ihn zu unterbrechen.

Denn wie immer komme ich zu der Erkenntnis, dass Ciel recht hat.

Ein paar Sekunden schweigen wir, dann greift Ciel nach einem aufgeschlagenen Notizbuch (mit Eiffelturm-Print, wir lassen das mal so stehen) und fischt den Stift erneut aus seiner Halterung.

»Was soll ich damit?«, frage ich irritiert, als er mir das Notizbuch auf den Oberschenkel schlägt.

»Brauch ein paar Stichpunkte zu dem Mädchen. Sie arbeitet nicht freiwillig da, meinst du?«

Ich greife nach dem Stift und senke meinen Blick auf die leere Seite. Mit wenigen Worten halte ich ihm das Äußere der jungen Frau fest und murmle dabei: »Nein, ziemlich sicher nicht. Sie hat mich angesehen, als hoffe sie darauf, ich würde sie retten.«

»Manchmal sehen die auch nur so aus, weil sie denken, dich damit um den Finger zu wickeln, um in der Hierarchie aufzusteigen.«

Ich schnaube halb belustigt, halb beleidigt, weil Ciel ernsthaft in Erwägung zieht, ich könnte darüber nicht selbst nachgedacht haben. »Glaub mir. Ich kenne den Unterschied zwischen billiger Verführungskunst und ernsthafter Verzweiflung nur zu gut.«

»Gut. Ich kümmere mich darum, dass sie da rausgeholt wird.«

»Zeitnah.«

Er nickt und sieht zu, wie ich nervös auf dem Kugelschreiberende herumdrücke.

»Und was ist dein eigentliches Problem, Caleb?«

Ich schließe die Augen.

Ciel brummt verstehend. »Hast du ihn gelesen?« *Natürlich hat er den Brief heute Morgen gesehen.*

Ich schüttle den Kopf, ohne aufzusehen.

Das Leder seines Stuhls gibt ein leises Ächzen von sich, als er sich erhebt, dann höre ich seine Schritte, als er den Tisch umrundet. Eine warme, große Hand legt sich auf meine Schulter. »Komm. So verbissen, wie Eden heut gearbeitet hat, braucht sie auch eine Pause.«

Ich stolpere hinter Ciel her. »Ich will sie nicht benutzen, um ...«

»Du benutzt sie nicht«, fällt Ciel mir harsch in den Satz. »Du hast etwas bei ihr gutzumachen.«

Ich halte die Klappe, dankbar, dass Ciel diese Entscheidungen für mich trifft und mich nicht drängt, Paiges Henkersnachricht zu lesen.

Stattdessen finde ich mich kurz darauf auf der Schwelle zu Edens Zimmer vor. Ciel klopft gegen den Türrahmen und lehnt sich mit der Schulter dagegen.

Sie blickt auf, streckt ihre Arme und blinzelt ein paarmal, als bräuchte sie einen kurzen Moment, um zurück in der Realität anzukommen. Der cremefarbene Pullover rutscht hoch und entblößt ihren schlanken Bauch. Ich will meine Hände um ihn legen, sie vor mir festhalten und ... das geht nicht. Ich kann Eden nicht so ficken, wie ich es gerade wirklich gern würde. Und bräuchte. Hoffentlich ist Ciels illegaler Klinikkontakt bald am Start. Das hier ist kein Zustand – für uns alle. Sie will auch endlich erleben, was *echten* Sex ausmacht.

Eden gähnt und reibt sich die Augen. »Oh, verdammt.« Sie lacht leise und kommt auf die Füße. Ihr Blick zuckt schuldbewusst zu Ciel. »Es ist sicher schon viel zu spät, oder?«

Er winkt ab. »Ich weiß ja, wie das mit Künstlern ist. Dein Essen steht im Kühlschrank.« Er sieht zu mir. »Deins auch.«

Ich grinse ihn an. »Was dagegen, wenn ich mich erst dem Nachtisch widme?«

»Nicht, wenn du mir was übrig lässt«, gibt er zurück und winkt uns mit einem Finger hinter sich her. »Und ich will zusehen.«

Eden sieht amüsiert zwischen uns hin und her, hängen bleibt ihr Blick an mir, als ich mich in Bewegung setze, um sie persönlich in den Wohnbereich zu bringen. Ich weiß schon genau, wie ich mein schlechtes Gewissen unter Kontrolle bekomme.

Eden quietscht, als ich sie mir kurzerhand über die Schulter werfe und Ciel folge. Sie lacht, zappelt herum und fängt sich dafür nur einen Schlag auf ihren Arsch, der in den Yogahosen so verdammt sexy in meiner Hand liegt, dass mein Schwanz zuckt.

Das hier ist eine Beschäftigung, die uns beiden gefällt.

Und Eden.

Und Ciel ziemlich sicher auch.

Er steht am Kühlschrank, als ich Eden mit dem Rücken voran auf seinem Küchenblock ablege. In einer

Bewegung zerre ich ihr die Hose samt Höschen von den Hüften und spreize ihre Beine.

Bei dem rosigen, glänzenden Anblick, der sich mir dort bietet, muss ich schlucken. Möglicherweise bohre ich meine Finger etwas zu fest in das zarte, helle Fleisch ihrer Oberschenkel. Sie kichert, als ich keine Zeit verliere und meinen Mund auf ihre Mitte senke.

»Ich ... Caleb, nicht ... oh.« Sie verstummt, als ich meine Zunge gegen ihre Klit schnellen lasse. Sie schmeckt verdammt süß und ist bereits jetzt so nass, dass ich ahne, mit was für Szenen sie sich in den letzten Stunden gedanklich abgegeben hat, auch wenn sie immer wieder behauptet, Sexszenen zu schreiben, ist harte Arbeit.

Während ich das denke, wird mir klar, wie scheinheilig ich bin.

Dieser kack Blowjob war auch Arbeit und ich bin tief im Hals des Mädchens gekommen.

Frustriert stoße ich ein Knurren aus, dessen Vibration ein Zucken in Edens Körper auslöst. Ciel hat wirklich recht. Es bringt nichts, ihr mit Worten zu erklären, was ich warum getan habe. Ich werde es nicht wieder machen. Dafür werde ich ihr jetzt zeigen, woran ich wirklich interessiert bin. Und mein Schwanz – der in der Hose bleiben wird.

Dabei will er nur dieses süße, unschuldige Mädchen, das sich gerade nach allen Regeln der Kunst vor mir auf der Marmorplatte räkelt.

Mit einer Hand an ihrer Hüfte, um sie unten zu halten, fahre ich mit der Zunge ihre Schamlippen nach. Sie zuckt wieder und ihre Hüfte kommt mir verlangend entgegen.

Normalerweise würde ich mir an dieser Stelle einen schmutzigen Spruch nicht verkneifen können, weil ich weiß, wie sehr Eden auf Dirty Talk abfährt. Aber jetzt ... jetzt fühlt sich alles heuchlerisch an.

Ich will zum ersten Mal nicht reden. Keine Worte.

Lediglich Taten.

Und Schreie. Ich will sie verdammt noch mal zum Schreien bringen.

Erst als ich ihren nassen Eingang langsam erkunde, nehme ich die zweite Hand von ihr. Sie biegt keuchend den Rücken durch, presst sich mir entgegen. Ohne Probleme stoße ich in sie und ihr süßer Saft benetzt meine Zunge. Knurrend ersetze ich meine Zunge mit meinem Finger und dringe langsam in sie ein. Ihre inneren Muskeln umschließen mich, Edens Bauch zuckt im Rhythmus zu ihren hektischen Atemzügen. Meine Hand wandert von ihrer Hüfte unter ihren Pullover, ich zerre das Körbchen ihres BHs nach unten und knete ihre kleine, aber dafür perfekt handliche Brust. Ihr Nippel ist steinhart und sie stöhnt tief und genussvoll, als ich ihn zwischen meinen Fingern rolle, während ich sie mit meinem Zeigefinger ficke und mich gleichzeitig mit meiner Zunge ihrem empfindlichsten Punkt widme.

»O Gott, Caleb... das ... das halte ich nicht lange aus«, wimmert sie erstickt, was mich nur noch mehr anstachelt, sie so schnell wie möglich zum Kommen zu bringen.

Es wird nicht ihr einziger Orgasmus bleiben.

Bei Weitem nicht. Ich werde so lange weitermachen, bis die Schuldgefühle in meinem Kopf aufhören zu rotieren. Erst wenn das schwere Gefühl in meinem Magen sich verzogen hat. Erst wenn alle Erinnerungen an den Tag mit neuen, von Edens hemmungslosem Stöhnen untermalten Bildern überschrieben sind.

Ich massiere ihre Titten mit einer Hand, immer gröber, immer fester, malträtiere ihre geschwollene Klit mit meiner Zunge, nur ihre Pussy behandle ich vorsichtig.

Sie wird trotzdem so nass, dass ich glaube, dass sie keinerlei Schmerzen haben dürfte.

Aber ich kenne sie mittlerweile. Ein Finger ist okay – vielleicht auch zwei –, alles andere bereitet ihr spätestens im Nachhinein Schmerzen. Und das will ich nicht.

Schmerzen beim Sex sind geil, aber nicht danach. Nicht, wenn die Erregung abflaut und es rein körperliche Probleme sind, die sie erzeugen.

Während ich immer weitermache, Edens Geruch sich in jeder Faser meines Körpers ausbreitet und ich darin versinke, nehme ich nur am Rande wahr, wie ein Teller klirrend neben uns abgestellt wird.

»Beeil dich, Caleb.« Ciels Stimme klingt harsch, und doch ist es die reine Geilheit, die ich aus ihr heraushören kann. Er guckt gerne zu, aber lange hält er nicht durch, auch wenn er es sich immer wieder vornimmt.

Meine Lippen verziehen sich zu einem Grinsen, als ich höre, wie Edens Stöhnen von seinem Mund gedämpft wird. Das kann er machen.

Aber noch bin ich nicht gewillt, meinen Platz zwischen ihren Schenkeln aufzugeben. Ich habe etwas gutzumachen und Ciel hat solange seinen Schwanz in der Hose zu lassen.

Auch er kümmert sich mit einer Hand um ihre freigelegten Titten, ich fahre genauso damit fort. Eden zerfließt zwischen uns, und das in ganz wortwörtlichem Sinne.

Sie läuft dermaßen aus, dass ich ihren Geschmack noch tagelang auf meiner Zunge schmecken werde.

Mein Schwanz drückt schmerzhaft hart gegen meine Jeans, als sie sich ihrem Orgasmus lautstark hingibt. Ciel hört dennoch nicht auf, sie zu küssen, und ich nicht, sie mit meiner Zunge zu foltern. Scheißegal, dass das Essen wieder kalt wird.

Ich werde nicht eher hiermit aufhören, bis Eden im siebten Orgasmushimmel schwebt.

Kapitel 8
Eden

Ich befinde mich in einem dunklen Tunnel. Mein Zeitverständnis ist gänzlich erloschen, meine Körperfunktionen auf Eis gelegt. Ich fühle nichts außer der nackten Angst, die mein Herz immer schneller pochen lässt. In diesem Takt fliegen meine Finger über die Tastatur.

Seit einigen Tagen läuft es verflucht gut. Ich weiß nicht, wann ich zuletzt einen solchen lang anhaltenden Schreibflow hatte, dass alles um mich herum verblasst und ich eins mit meiner Protagonistin werde. Aber es fühlt sich unheimlich gut an.

Gleich trifft sie auf den Typen, der …

Ein Geräusch lässt mich herumfahren. »Gott, Ciel!«, rufe ich, als ich ihn dicht hinter mir stehen sehe, sein frischer Duft zieht in meine Nase, kurz bevor mich ein Wassertropfen auf der Schläfe trifft. Ich wische ihn nicht weg. Ciel trägt nur ein Shirt und Boxershorts, seine Haare sind von der Dusche, die er anscheinend gerade genommen hat, noch feucht.

»Hey, das klingt spannend, mach weiter und lass dich nicht von mir stören«, witzelt er und beugt sich über meine Schulter, um nun ganz offensichtlich mitzulesen.

Mein Herz beruhigt sich nur langsam, was vor allem an dem Mann liegt, der mit seinem Grinsen und diesem unaufdringlich maskulinen Parfum hinter mir steht und meinen ganz persönlichen Protagonisten abbildet.

Einen von ihnen.

»Jetzt hast du mich rausgebracht«, murre ich und sehe zwischen meinem geöffneten Manuskript auf dem Laptop und seinem Gesicht hin und her. Wenn er mir so nah ist, kann ich keinen klaren Gedanken fassen. Und dann ist die Realität plötzlich wesentlich interessanter als meine fiktiv aufgebaute Welt. Das kenne ich von früher nicht.

»Brauchst du eine Pause?«, will er schmunzelnd wissen und küsst mich auf die Schläfe.

»Bist du deswegen hier? Um mal wieder Sex einzufordern?«

»Jetzt lass das nicht klingen, als wäre das etwas Schlechtes.«

»Ist es, wenn du mich beim Arbeiten störst.«

Ciels leises, dunkles Lachen scheucht die Schmetterlinge in meinem Bauch auf. Seine Lippen bleiben dicht an meiner Haut, als er leise raunt: »Lüge.«

Mit diesem andauernden Flattergefühl im Magen, das mit jedem Tag, den ich hier bei ihm in seinem Keller verbringe, zunimmt, erwidere ich sein Lächeln. Er weiß, was das bedeutet, und so lasse ich mich von ihm vom Schreibtischstuhl ziehen. Kurz darauf liege ich auf meinem Bett und Ciel stützt sich über mir auf, nachdem er mir kurzerhand die Yogahose von den Beinen gezogen hat. Nicht dass mich das stört. Ich mag es, wenn sie forsch vorgehen, ohne mich wirklich zu zwingen. Das macht keiner von ihnen.

»Eigentlich wollte ich mit dir über unser weiteres Vorgehen sprechen, aber wenn du nicht die Finger von mir lassen kannst, bin ich der Letzte, der …«

»Jetzt dreh den Spieß nicht um.« Lachend schiebe ich meine Unterarme über seine Schultern und kurz darauf liegen seine Lippen auf meinen. So viel zu meiner Selbstbeherrschung.

Doch seine ist nicht wesentlich ausgeprägter. Schnell versinken wir in einem Kuss, der mit jeder Sekunde an Intensität zunimmt. Sein Becken drängt sich fordernd und zugleich spielerisch an meine Mitte, die lediglich von einem recht durchsichtigen Slip bedeckt ist. Seine rechte Hand rutscht unter meinen Pullover, streicht über meinen Bauch, hoch zu meinen Brüsten. Er knurrt leise an meinen Lippen, als er spürt, dass ich heute Morgen auf einen BH verzichtet habe.

»Ich wollte erst mit dir reden«, brummt er dann und hebt den Kopf, um mich vorwurfsvoll anzusehen.

Das Pochen in meinem Becken ignorierend, streiche ich mir eine Strähne aus dem Gesicht und nicke rasch. »Dann rede.« Mein Blick zuckt zur Tür. Eigentlich rechne ich damit, dass Caleb jede Sekunde dazustößt, denn so oft, wie das hier in den letzten Wochen auf ähnliche Weise ablief: Nie hatte ich etwas mit einem von ihnen allein. Manchmal hat einer allein angefangen, aber immer kam der andere kurze Zeit später dazu oder hat wenigstens zugesehen, bevor er anschließend meine alleinige Aufmerksamkeit gefordert hat. Aber jetzt bleibt meine Zimmertür verschlossen.

Ciel folgt meinem Blick und stützt sich mit den Armen weiter über mir auf, um mir Raum zu lassen. »Caleb ist nicht da«, erklärt er auf meine unausgesprochene Frage. Sein Blick wird dunkler, vorsichtiger. »Stört dich das?«

»N-nein«, sage ich gehetzt, dabei bin ich mir nicht sicher, ob es mich nicht doch stört. Wir haben nie darüber gesprochen, was genau das eigentlich zwischen uns ist, nur irgendwie war immer klar, dass es etwas zwischen uns *dreien* ist. »Aber vielleicht solltest du vorher wirklich sagen, was du sagen wolltest.« *Und vielleicht kommt Caleb dann ja doch noch.*

»Klar.« Ciel setzt sich auf und ich tue es ihm gleich. Sein intensiver Blick ist nach wie vor auf mein Gesicht gerichtet. Vermutlich ahnt er, was in mir los ist. Doch er sagt nichts dazu. »Ich würde gern versuchen, den legalen Weg zu gehen«, hebt er dann schließlich an und sinkt mit dem Rücken gegen die Wand, an der das Bett steht. »Du bist erwachsen, du musst dir offiziell von niemandem vorschreiben lassen, wo du lebst und bei wem und ...«

Mein aufgebrachtes Schnauben lässt ihn kurz innehalten. »Wie stellst du dir das vor, Ciel? Soll ich einfach zurückgehen, meine Sachen packen und mich verabschieden?« Ich lache frustriert auf und vergrabe meine Hände wütend in den grauen Bettlaken. »Mein Vater lässt mich nicht einfach gehen! Das macht er schon mein ganzes Leben. Er triezt mich, er drängt mich, er erpresst mich, er …« Ich kneife die Augen zusammen und visiere Ciel an. »Wirklich, du musst mir glauben. Er würde mich einsperren und notfalls zum Altar prügeln, ich …«

Ciels Gesicht verdunkelt sich, als ich meine letzten Worte ausspreche, was mich wieder innehalten lässt. »Ich habe nicht vor, dich allein zu ihm zurückgehen zu lassen«, sagt er dann schneidend. »Wir fliegen zusammen. Du eröffnest deinem Daddy, dass du die Entführung fingiert hast, um von ihm wegzukommen. Du stellst mich als deinen Verlobten vor und dann verschwinden wir.«

Ich sehe ihn mit aufgerissenen Augen an. »Ist das dein Ernst?«

Ciels Miene bleibt unbeweglich. »Mein voller Ernst.«

»Du … du willst mich aber nicht wirklich heiraten, oder?«

Er hebt unbeeindruckt eine Augenbraue. »Nein, natürlich nicht.«

So harsch, wie er die Worte über die Lippen bringt, löst es ein Gefühl in meinem Magen aus, das sich schwer dort absetzt. Ich blinzle irritiert. Warum fühlen sich seine Worte wie eine Abfuhr an?

»Das wird trotzdem nicht funktionieren«, sage ich leise und senke meinen Blick auf die Laken zwischen meinen Fingern. Mein Herz rast schon wieder. »Er wird mich nicht einfach freigeben und mit dir mitgehen lassen.«

»Das lass mal meine Sorge sein.« Ciel umfasst

meine Hände und stößt mich in der nächsten Sekunde wieder unter sich. Breit ragt er über mir auf und gegensätzlich sanft umfasst er mein Kinn. »Ich kann sehr überzeugend sein. Es ist keine Option, dass du auf ewig vor ihm auf der Flucht bist. Er hat keinerlei Handhabe, über dein Leben zu bestimmen, Kleines. Aber sicher wird er seine Wachhunde auf dich hetzen, um dich im Blick zu behalten, und dich bei der ersten Verfehlung nach Hause holen, notfalls mithilfe der Polizei. Daher ist es ebenfalls keine Option, dass du demnächst groß in mein Business einsteigst. Du wirst dich zurückhalten, genauso wie Caleb uns nicht nach London begleiten kann. Er müsste eigentlich noch immer im Knast sitzen und das Risiko, dass er dort auffliegt, ist viel zu groß. So, wie ich das sehe, bleibt also nur diese eine Möglichkeit. Du kannst hier leben, deine Bücher schreiben und mit mir und Caleb unter dem Radar leben, bis das Interesse deines Vaters an dir abgeklungen ist. Wie klingt das?«

»Gut«, hauche ich ehrlich und halte mich an seinen Oberarmen fest. »Viel zu gut. Das wird nicht funktionieren.«

»Ganz zur Not habe ich Mittel und Wege, unsere Interessen anderweitig durchzusetzen«, raunt er und lehnt sich vor, um meinen Hals zu küssen. »Die meisten Leute knicken ein, wenn sie mit echten Waffen konfrontiert sind. Wir schaffen das. Du musst mir nur vertrauen.« Er hebt den Kopf. »Tust du das?«

Ich nicke schlicht, weil es die Wahrheit ist. Dennoch nagen die Zweifel in meinem Hinterkopf. Ciel wird meinen Vater und Steven und *alle* nicht einfach überzeugen können, dass ich nicht länger bei ihnen bleibe. Andererseits hat er natürlich recht. Ich bin volljährig. Ich bin nicht auf ihn angewiesen. Und ich traue Ciel durchaus zu, dass er Respekt einflößend genug ist, dass es vielleicht doch klappen könnte. Wir müssen es wenigstens probieren.

Ciel lächelt milde, dann liegen seine Finger auf meinem Kinn. »Danke.« Wieder küsst er mich zärtlich, bevor er sich erneut, diesmal mit einem schmutzigeren Grinsen auf dem Gesicht, über mir aufstemmt. »Und vorher stelle ich dich einem Kollegen vor. Er ist endlich wieder zurück in Paris und so viel Zeit haben wir dann auch noch, bevor wir dich aus deiner Familienklaue befreien.«

»Deinem Kollegen?«, hake ich nach und runzle die Stirn.

»Ja, ein befreundeter Arzt, der sich wesentlich besser auf dem Gebiet der Gynäkologie auskennt als ich. Ich kann dich nur schlafen legen und die Narkose überwachen.« Er grinst, doch mich bringt diese neue Information über ihn dazu, mich unter seinem Arm hervorzuducken und aufzusetzen. Er folgt meinem Beispiel seufzend.

»Du bist Arzt?«

»Ich war es«, antwortet er knapp. »Anästhesist.«

»Und warum …?«

»Weil sich mit den illegalen Arbeiten wesentlich mehr Kohle machen lässt und ich nicht mein Leben damit verschwenden will, mir den Arsch im Krankenhaus aufzureißen«, unterbricht er mich ruppig mit der Antwort auf die Frage, die ich nur angedeutet habe.

Ich verenge die Augen. Er lügt. Oder zumindest verschweigt er mir einen großen Teil der Wahrheit, das ist eindeutig in dem nervösen Zucken seiner hellen Iriden zu erkennen. Und noch etwas kann ich in seinem Blick erkennen: Mehr wird er mir nicht sagen.

»Lass mich raten: Das wird in keinem offiziellen Krankenhaus stattfinden?«, frage ich stattdessen.

Ciels Miene wird weicher. »Natürlich nicht. Das ist dir doch klar.«

Ich seufze und mustere ihn. »Das hat noch Zeit. Ich lebe damit schon, seit ich meine Tage habe. Ich habe mich dran gewöhnt. Lass uns erst die Sache mit meinem Vater regeln.«

Ciel schnaubt und lässt sich auf den Rücken fallen, nahezu gleichzeitig umfasst er meine Mitte und zieht mich auf seinen Bauch. Rittlings auf ihm sitzend, stütze ich mich mit meinen Händen auf seiner Brust ab und sehe ihm ins Gesicht.

»Glaub mir, Kleines. Ich erlebe dich jetzt wie lange … drei Monate? Man kann dich nicht anfassen, ohne dass du Schmerzen hast. Du leidest, wenn du deine Periode hast, du kannst nicht laufen, du wirst ohnmächtig. Das ist nicht normal.«

Ich schlucke. Irgendwo tief in mir ahne ich, dass er recht hat, auch wenn mir immer eingebläut wurde, dass meine Beschwerden normal seien. »Und was, denkst du, habe ich?«

»Lass uns das mit ihm besprechen, bevor ich hier unnötig Diagnosen loswerde, für die ich nicht qualifiziert bin.«

»Aber du hast eine Idee.«

»Die habe ich.«

Ich seufze. »Muss …?« Ich räuspere mich. »Muss ich Angst haben? Ein Tumor, Krebs oder …?«

Ciels Miene entgleist für wenige Sekunden, bevor sich ein sanfter, mitfühlender Ausdruck darüberlegt. »Nein, Süße. Nein.« Er lacht leise auf. »Das ist immer noch nicht dein Todesurteil. Trotzdem ist es wichtig, dass wir das abklären lassen. Und glaub mir …« Seine Hände um meine Taille ziehen mich fester an sich, bis ich dem Druck nachgebe und mit meinem Gesicht dicht vor seinem bin. »Der Sex wird dann so viel besser, wenn du keine Schmerzen mehr hast.«

»Das klingt perfekt«, flüstere ich und suche seinen Blick, den er schon auf meine Lippen gerichtet hält. »Du bleibst bei mir? Und … was ist mit Caleb?«

»Wir begleiten dich beide und passen auf dich auf«, verspricht er mir ernst. Er klingt so ehrlich, dass ich ein gelöstes Seufzen nicht unterdrücken kann und will.

»War das ein Ja?«, hakt er nach und fährt mit seinen Fingerspitzen über meine Schläfe.

Ich schließe die Augen, bevor ich wieder nicke. »War es.«

»Dann haben wir das ja geklärt und du kannst dich umdrehen.« Die Hand, die er noch immer an meiner Hüfte hat, rutscht auf meinen Po und verpasst mir einen leichten Klaps.

»Umdrehen?«

»Umdrehen«, bestätigt er und hilft kurzerhand nach. Als ich mit dem Rücken zu ihm gewandt auf seinem Bauch sitze, verliert er keine Zeit, greift mit beiden Händen an meine Hüfte und zieht mich auf sein Gesicht.

»Ciel«, japse ich überrumpelt, als er meinen String mit einem Finger zur Seite zieht und kurz darauf seine Zunge in mir versenkt.

»Genieß es oder bring dich mit ein, ganz wie du willst.« Er leckt langsam und genießerisch durch meine Spalte, die längst verräterisch nass ist. »Mir ist gerade aber sehr danach, das hier zu tun.«

Und in der nächsten Sekunde, in der sich seine kundige Zunge meiner Klit widmet, greife ich schon nach seiner Boxershorts und ziehe sie hinab, bis mir seine Erektion entgegenspringt.

Ciel brummt begeistert und flüstert dennoch: »Du musst das nicht tun, ich ...«

Ich unterbreche ihn, indem ich meinen Kopf nach unten senke und meine Lippen um seine Eichel schließe. »Okay, tu es doch«, knurrt er, sein Griff um meine Hüfte wird fester, dann zieht er meinen Unterleib wieder auf sich. Ich verkneife mir ein Grinsen, halte mich dafür an seinen Oberschenkeln fest und intensiviere meine Bemühungen. Ich glaube ihm, dass ich auch einfach nur nehmen könnte, ohne dass er eine Gegenleistung fordert. Ich weiß mittlerweile, wie viel Spaß er allein daran hat, mich zu verwöhnen, doch ich habe ebenso Spaß daran, ihm oder Caleb etwas zurückzugeben.

Seine Zunge gleitet in mich und in mir kribbelt jede Nervenbahn, als ich anfange, meinen Kopf auf- und abzubewegen. Ich liebe seinen männlichen Geschmack, das Zucken an meiner Zunge, als seine Erektion immer mehr anschwillt. Ciel ist so mit mir beschäftigt, mit meiner Pussy, die sich verlangend unter seinen sanften Berührungen zusammenzieht, dass er mir mit seiner Hüfte nur leicht entgegenkommt. Dabei ist der passive Part eigentlich nicht unbedingt seine Lieblingsrolle.

Und heute legt er es anscheinend drauf an, mich völlig kopflos zu machen. Seine Zunge fickt mich genau im richtigen Tempo, mit dem perfekten Druck, mit einer Hand massiert er meinen Po – und dann rutscht sein Daumen an meinen Anus. Langsam dringt er in mich ein, während seine Zunge nicht damit aufhört, was sie gerade tut.

Er bringt mich so um den Verstand, dass ich mich nicht wirklich gut auf ihn konzentrieren kann. Ich bewege mein Becken im Takt seiner Bewegungen, stelle das Atmen ein und fiebere auf die Erlösung hin, obwohl ich nicht will, dass dieses Gefühl je abebbt.

Eher halbherzig gleite ich an seinem Schaft entlang, keuche und wimmere unterdrückt, als all die Empfindungen über mich rollen wie ein Lastzug.

Und genau in dem Moment, als ich seinen Schwanz aus meinen Lippen gleiten lasse, um Luft zu holen, zu stöhnen, und den Orgasmus nicht länger zurückhalten kann, wird die Tür aufgestoßen.

Caleb steht in seinem dunkelgrauen Pullover, eine schwarze Lederjacke über den Schultern, im Türrahmen und starrt mich an. Seine Miene ist dunkel, unter seinen Augen liegen tiefe Schatten. Er beobachtet mit gekräuselter Stirn, wie mein Körper sich dem freien Fall hingibt, obwohl ich zitternd innehalte.

»Ach, so läuft das jetzt, ja?«, presst er mit rauer Stimme hervor, bevor er zurücktritt. »Dann macht mal weiter.«

Damit fällt die Tür laut ins Schloss.

Was ... was war das? Tief einatmend sehe ich auf die verschlossene Tür, aber Caleb kommt nicht zurück.

»Ich fürchte, du willst es jetzt nicht mehr beenden?« Ciel hebt mich seufzend von sich und zieht seine Boxershorts zurecht. Mit hochroten Wangen zupfe ich meinen String an die richtige Stelle und schlüpfe dankbar in die Hose, die er mir kurz darauf entgegenhält.

»Gleich, ja? Kann ich kurz mit ihm reden?« Es ist mir furchtbar unangenehm, Ciel nun so *unfertig* sitzen zu lassen, genauso unangenehm aber, von Caleb erwischt worden zu sein. Denn genauso fühlt es sich an. Als hätte ich ihn mit Ciel betrogen – dabei haben wir nie über uns geredet oder gar Regeln aufgestellt.

Ciel steht auf, greift noch einmal, begleitet von einem leidenden Tonfall, an seine Boxershorts, dann hält er mir seine Hand entgegen, um mir aufzuhelfen. »Schon okay. Immerhin bist du auf deine Kosten gekommen, das war sowieso mein Ziel.«

»Du bist so süß.« Grinsend lehne ich mich vor und hauche ihm einen Kuss auf die Wange. »Und du bekommst deine Revanche, versprochen.«

»Ich weiß. Red mit ihm. Das sollte er nicht in den falschen Hals bekommen.«

Ich werfe ihm noch einen dankbaren Blick zu, dann schlüpfe ich aus dem Zimmer, um Caleb zu suchen.

Kapitel 9
Ciel

So sollte das nicht laufen. Jetzt hat sie schon damit angefangen, ihn zu blasen, und ich bin geiler als vorher.

Trotzdem lege ich nicht selbst Hand an mich, sondern ziehe mich in mein Zimmer zurück, um mich anzuziehen. Ich setze darauf, dass Eden ihr Versprechen gleich wahrmacht, nachdem sie mit Caleb gesprochen hat.

Seufzend schnappe ich mir ein frisches schwarzes Hemd aus meinem begehbaren Kleiderschrank und ziehe mich an. Dabei lausche ich, doch kein Ton dringt durch die schwere Tür.

Es ist nicht so, dass ich mir Sorgen um sie mache, aber ich sehe es durchaus im Bereich des Möglichen, dass sie nun erst einmal mit Caleb weitermacht, und das würden meine Eier nicht durchhalten.

Doch als es schon nach wenigen Minuten an meiner Tür klopft, weiß ich, dass sie weder gerade mit Caleb vögelt noch ebendas gleich mit mir tun wird.

»Was ist los?«, frage ich und schließe den Gürtel meiner Hose, als sie, ohne auf meine Erlaubnis zu warten, in den Raum stolpert.

»Ich habe ihn überall gesucht. In seinem Zimmer, im Wohnbereich, in deiner Waffenkammer. Er ist weg.« Eden hebt unschlüssig ihre Arme in die Luft und sieht mich völlig durch den Wind an. »Wieso haut er denn deswegen ab?«

Ihr steht ins Gesicht geschrieben, wie sehr sie diese vermeintliche Tatsache verunsichert.

Ich gehe stark davon aus, dass er nicht wegen dem abgehauen ist, was er gesehen hat. Aber das sage ich Eden nicht. Es ist Calebs Sache, wann oder ob er sie einweiht. Dafür habe ich eine ganz andere Befürchtung. Schon als ich am frühen Morgen mit ihm bei einem kleineren Job war, wirkte er neben der Spur und noch in sich gekehrter als sonst. Er kämpft mit sich und ist ziemlich sicher in diesem Moment dabei, den Kampf zu verlieren.

Er hat ihn sicher gelesen.

Also müssen meine Eier doch noch warten, aber gerade ist meine Erregung sowieso merklich abgeflaut.

»Ich geh ihn suchen, bevor er noch Scheiße baut.« Mit diesen Worten greife ich nach meinem Jackett und gehe mit wenigen großen Schritten an Eden vorbei, die nach wie vor mitten in meinem Schlafzimmer steht.

»Warte, Ciel.« Eden schiebt sich mir in den Weg und zupft an meinem Ärmel, während sie aus ihren grünen Augen zu mir aufsieht. Die Sommersprossen auf ihrer Nase wackeln, als sie diese sichtlich nervös rümpft. Sie ist verdammt süß und ich mag es nicht, sie so aufgelöst zu sehen. »Was ... also was meinst du mit Scheiße bauen? Denkst du, er reißt sich irgendeine Frau auf?«

Ich kann meine Augenbrauen nicht daran hindern, ganz langsam und sichtlich skeptisch in die Stirn zu klettern. Mit so einer Befürchtung von ihr habe ich nicht gerechnet. »Nein, das meine ich nicht damit.«

Eden weicht zurück und wird blass. Sie erkennt meinen Blick wohl als das, was es ist. »Also ...« Sie räuspert sich. »Wir haben ja nie darüber gesprochen, aber ... ich dachte, also ... also ich dachte, dass ...«

Ich verenge die Augen und trete einen Schritt zurück. Mir gefällt diese Richtung, in die sich das Gespräch entwickelt, nicht.

Mit Caleb kann ich darüber reden. Er versteht mich.

Aber Eden?

Nein.

»Seit wann stammelst du so herum, Eden?«, frage ich und kann den passiv-aggressiven Unterton nicht gänzlich unterdrücken.

Das macht sie wütend, wie ich in ihren blitzenden Augen hervorragend lesen kann. Perfekt. Besser wütend als sensibel und verletzt.

»Vögelt ihr andere Frauen, Ciel?«

Ich neige den Kopf und erwidere ihren Blick fest. »Ich wüsste nichts, was dagegensprechen würde. Und nun lass mich bitte vorbei.«

Eden keucht leise und ihre Wangen färben sich rosa, als sie zurückstolpert. Sie starrt mich noch einige Sekunden in einer Mischung aus Hass, Ungläubigkeit und einer ebenso großen Portion Enttäuschung an, dann reckt sie das Kinn. »Ich komme mit!«

Seufzend halte ich mit der Türklinke in der Hand inne. »Das halte ich für keine gute Idee.« Aber da Eden ein kleiner Sturkopf ist, wird sie sich mit dieser Anweisung nicht abspeisen lassen.

»Doch! Ich ziehe mir nur schnell etwas an.« Sie rauscht an mir vorbei und wirft mir einen schneidenden Blick zu. »Du musst gar nicht erst mit mir diskutieren, Ciel. Wenn du mich hier einsperrst, war das eben das letzte Mal, dass ich deinen Schwanz in den Mund genommen habe.«

Ich schnaube amüsiert. »Das würdest du gar nicht durchhalten.« Aber da sie mir eventuell wirklich behilflich sein kann – je nach Calebs Zustand –, will ich sie gar nicht einsperren.

»Und wie ich das durchhalten würde!« Sie stürmt aus dem Raum und verschwindet Tür knallend in ihrem Zimmer. Ich lasse ihr das durchgehen und warte auf dem Flur, bis sie nach wenigen Minuten in einer schwarzen, engen Jeans und einer ebenso schwarzen Winterjacke aus dem Zimmer tritt und mich keines Blickes würdigt. Obwohl ihre roten Haare, die ihr leicht gewellt über den Rücken fallen, verdammt sexy zu diesem düsteren Outfit passen, schüttle ich abwehrend den Kopf.

»So kannst du nicht rausgehen, du siehst aus wie eine Leuchtreklame, Süße.« Mit wenigen Schritten bin ich bei meiner Kommode, fische eine schwarze, schlichte Mütze heraus und trete auf sie zu. Sie reißt den Kopf ruckartig weg, als ich nach ihren Haaren greifen will.

»Nenn mich nicht so!«

Ich funkle sie belustigt an. »Hör auf, so rumzuzicken. Das steht dir nicht. Deine Haare sind das Auffälligste an dir. Da könntest du gleich zur nächsten Wache marschieren und nach Daddy rufen.«

Sie zieht zischend die Luft ein, dann schüttelt sie ihre Haare auf und macht sich einen strengen Dutt in ihrem Nacken, bevor sie die Mütze aufzieht. »Zufrieden?«

»Erst wenn du aufhörst, mich zu nerven.«

Sie versenkt ihre Hände in den Taschen der Jacke und sieht zu mir. In ihren Augen kann ich alles lesen, was sie gerade umtreibt. Und das ist vor allem die Enttäuschung. Fuck, ich will sie so nicht sehen, ihr aber auch keine falschen Hoffnungen machen.

»Warte«, brumme ich einlenkend, als sie an mir vorbeimarschiert. Sie dreht sich schwungvoll um und mustert mich mit verzogener Miene.

»Was passt dir noch nicht?«

Ich trete auf sie zu, lege meine Hand an ihre Wange und seufze. »Kannst du bitte aufhören, es kompliziert zu machen?«

Sie reißt die Augen auf und meine Hand von sich. »Ich«, zischt sie schrill, »mache es kompliziert? Weil ich dachte, das zwischen uns ist etwas Exklusives?« Sie bohrt mir ihren Finger in die Brust. Ich lasse ihr auch das durchgehen. »Sorry, wenn ich keine Lust habe, mir sonst was einzufangen, nur weil ihr anscheinend wild durch die Gegend vögelt!«

»Darum geht es dir?«, frage ich belustigt, was sie erneut schnauben lässt. »Du hast Angst, dir eine Krankheit von uns anhängen zu lassen?«

Wieder kräuselt sich ihre Nase. *Nein, das ist nicht ihre Befürchtung.* »Mir gefällt der Gedanke nicht. Ich will ... ich kann ...«

»Lass es einfach gut sein, Eden. Bisher hat es dich auch nicht gekümmert, was wir sonst noch so machen könnten, also ...«

»Ich dachte, wenn ihr unterwegs seid, arbeitet ihr! Oder raubt Museen aus, vertickt Drogen, was auch immer. Aber ... aber ...«

»Könntest du bitte damit aufhören«, grolle ich und muss mich zwingen, stehen zu bleiben. Weder Caleb noch ich haben gerade etwas mit anderen Frauen am Laufen, aber das muss Eden nicht wissen. Sein kleiner Blowjob-Ausrutscher mal ausgenommen. Den zähle ich ebenfalls nicht dazu. Aber Eden würde ein Drama daraus machen; eins, das niemand von uns in dieser Situation gebrauchen kann. Manchmal ist es besser, die Dinge nicht beim Namen zu nennen.

Ebenso wie das, was da zwischen uns ist. Es braucht keine Bezeichnung.

»Kannst du nicht einfach zufrieden damit sein, was du hast? Unabhängig davon, was andere haben könnten?«

»Ähm, sorry, aber nein! Ich verstehe gar nicht, was dein Problem ist, Ciel!«

»Mein Problem ist, dass ich keine Lust darauf habe, dass du uns in eine Richtung zwingen willst, in die weder Caleb noch ich gehen wollen!«

»Ich enge euch ein? Ich schränke euch in eurer Freiheit ein? Oder wie darf ich das verstehen?«

Ich reibe mir genervt über den Nacken und setze mich in Bewegung, ohne etwas darauf zu sagen. Eden folgt mir auf dem Fuß. Wir kommen bis zu meinem schwarzen Porsche in der Tiefgarage, ohne dass sie noch ein Wort sagt. Erst als wir auf die Straße fahren, wendet sie mir ihren Oberkörper zu. Ohne dass ich ihren Blick erwidere, spüre ich das vorwurfsvolle und nach wie vor verdammt enttäuschte Blitzen in ihren Augen.

»Ich will bloß wissen, woran ich bin«, sagt sie leiser und wesentlich weniger anklagend als noch vor wenigen Minuten. Ich sage nichts, konzentriere mich auf die Straße vor mir, auch wenn um diese späte Uhrzeit wenig Verkehr herrscht. »Es tut mir wirklich leid, wenn ich denke, dass euch etwas an mir liegt, wenn wir ständig zusammen kochen, essen, Filme sehen …« Sie plumpst aufgebracht zurück in den Sitz und starrt nach vorne durch die Windschutzscheibe. So, wie ihre Stimme bricht, hoffe ich inständig, dass sie nicht gleich anfängt zu heulen. »Wer hat vor ein paar Tagen darauf bestanden, dass ich in deinem Bett liegen bleibe? Wer hat die halbe Nacht mit seinem allem Anschein nach besten Kumpel gequatscht, bevor ihr mich noch einmal geweckt habt, um …?«

»Dass wir uns alle drei gut verstehen, ist ja nun kein Geheimnis«, fahre ich ihr nervös in den Satz. Ich habe keine Ahnung, warum wir nun ausgerechnet darüber diskutieren müssen. Kann sie es nicht einfach gut sein lassen?

»Ich will keine Liebeserklärungen von euch«, flüstert sie. »Ich will weder dich noch Caleb bedrängen … nur der Gedanke, ihr könntet das, was wir haben …«

»Hat keiner von uns«, knurre ich zu Tode genervt und biege auf die Landstraße ab, die uns zu dem Vorort führt, wo ich Caleb vermute. Es ist dunkel, es ist menschenleer und obwohl sie es sich nicht anmerken lassen will, merke ich, wie Eden mit jedem Meter, den wir tiefer in die Nacht fahren, nervöser wird.

Sie bekommt Angst.

Angst vor mir, weil ich mich gerade wie der letzte Vollidiot aufführe, nur weil sie an meiner Hülle kratzt. Nur wegen so einer Scheiße.

Fluchend reibe ich mir über den Nacken und versuche, den panisch klopfenden Herzschlag zu ignorieren. Obwohl sie nichts sagt, erkenne ich an ihrer verkrampften Haltung, dass sie auch daran denkt. An den Tag, an dem ich sie auf dem Feld im Nirgendwo beinahe erschossen hätte, weil sie mir nicht in den Kram passte.

Ich atme tief ein, um zuerst mich zu beruhigen, dann versuche ich, ihr einen entsprechenden Blick zuzuwerfen. Vermutlich denkt sie, ich bekomme gerade einen Schlaganfall, so irritiert erwidert sie ihn.

Fuck. Ich hasse es so dermaßen, mich nicht unter Kontrolle zu haben. Ich reibe mir gestresst über das Gesicht, suche in meinem Kopf nach Worten, die besser klingen als die, die ich im Endeffekt über die Lippen bringe. »Kleines, das ist mein Ernst. Weder Caleb noch ich vögeln irgendeine andere Frau, aber können wir bitte einfach abwarten, dem Ganzen zwischen uns irgendeinen Namen aufzudrücken oder Bedingungen daran zu knüpfen?«

»Dass ihr keine anderen Frauen fickt, wäre ... mein einziger Wunsch«, wispert sie mit brechender Stimme und starrt weiter aus dem Fenster. Immerhin löst sich ihre Haltung. Sie denkt wohl nicht länger, ich karre sie aufs nächste Feld, um sie einfach zu entsorgen.

Ich seufze, halb erleichtert, halb von mir selbst genervt. »Das ist alles? Dann gibst du Ruhe?«

Nun dreht sie den Kopf doch wieder in meine Richtung. »Ich brauche keinen Ring, keine Liebeserklärung und will euch nicht an der Ausübung eurer Arbeit hindern. Also ja. Nur diese eine Sache, und alles kann so weitergehen, wie es gerade läuft, und wir müssen nie wieder einen Ton darüber verlieren.« Ihr Blick wird starr. »Ich bin nur unglaublich schlecht darin zu teilen, was mir ... was ich mag.«

Meine Hand verkrampft sich um das Lenkrad, als ich schon merke, wie ich nicke. Eden war nie kompliziert und wenn ich einer Frau zutraue, es wirklich nicht kompliziert zu machen, dann ihr.

»Dann kein Wort mehr darüber, in Ordnung? Wir sammeln Caleb ein und machen damit weiter, womit wir vorhin aufgehört haben.«

Ich mache mir wirklich keine Sorgen, dass er etwas mit einer anderen haben könnte. Caleb will nur Eden; das hat sein schlechtes Gewissen nach dem Bordell-Blowjob ganz eindeutig gezeigt. Ich lege meine Hand dafür ins Feuer, dass er den nicht noch einmal wiederholen würde, scheißegal, wie viele arme Seelen er damit auch retten würde.

Es ist etwas anderes.

Etwas viel Schlimmeres als ein simpler Fick.

Eden stößt ein erleichtertes Seufzen aus, dann spüre ich ihre kleinen Finger, die sich in meine Hand schieben, die auf der Mittelkonsole liegt. Ich ergreife sie und streichle mit dem Daumen über ihren Handrücken. »Tut mir leid«, schiebe ich nach einer Weile hinterher. »Das ist nicht mein Thema und ich reagiere dabei nicht unbedingt rational.«

»Schon okay«, flüstert sie und drückt meine Hand fester. Sie fragt nicht weiter nach.

Und ich bin ihr dafür mehr als dankbar.

»Was ist das hier?« Edens Stimme klingt noch immer eine Spur zu ängstlich, als wir nebeneinander über den betonierten Platz laufen. Vor uns erstreckt sich das alte Hallenbad, das seit mehr als zehn Jahren für andere Dinge als Schwimmen benutzt wird. Rechts und links türmen sich die alten Tannen und lassen nur einen winzigen Streifen des Mondscheins hindurch, der uns den Weg durch die Nacht weist. Die Natur ist längst dabei, sich die Gemäuer und Plätze zurückzuholen. Auf dem Parkplatz, den wir gerade überqueren, sprießt Unkraut, die Fenster der Halle sind zum Teil eingeschlagen und lassen die Schreie hindurch. Ich umfasse ihre Hand fester und lotse sie an den Autos vorbei, die kreuz und quer verteilt stehen. Auf manchen Motorhauben rekeln sich leicht bekleidete Frauen, auf deren Bäuchen offen Lines gezogen werden, es wird geraucht, gesoffen und um Sieg und Niederlage gewettet.

»Das hier ist so etwas wie der Haupttreffpunkt unserer Szene«, erkläre ich knapp, während ich die Umgebung im Auge behalte. Meine Ankunft bleibt nicht lange unentdeckt. Schon als ich am äußersten Rand des Parkplatzes gehalten habe – weit weg vom Rest –, hatten wir die Aufmerksamkeit aller Umstehenden.

Logisch. Wenn ich mich persönlich aufraffe, um hier aufzukreuzen, bedeutet es meist Ärger und das wissen alle, die unter mir arbeiten oder sich in meinen Kreisen aufhalten.

Sie sieht über ihre Schulter zu mir auf. »Und du bist der Boss?« Ich nicke knapp. »Hm. Ich hätte dir ... mehr Stil zugetraut.«

Belustigt erwidere ich ihren Blick und beschleunige gleichzeitig meine Schritte. Wir haben wegen dieser unnötigen Diskussion viel zu lange gebraucht. Wenn Caleb vorhat, was ich vermute, könnten wir längst viel zu spät sein. »Glaub mir, ich bin auch nicht gern hier.« Aber Caleb fühlt sich hier recht wohl. Sein Leben in London dürfte in den letzten Jahren ähnlich ausgesehen haben. Ich überlasse es ihm sehr gern, hier an der Front für Ordnung zu sorgen, damit ich mich den angenehmen Dingen meiner Arbeit widmen kann. Der teuren Kunst und deren Raub.

Eden presst sich an meine Seite, was ziemlich sicher nicht an der Kälte liegt. Je näher wir dem Halleneingang kommen, desto mehr bekommt sie von dem Gesindel zu sehen, das hier abhängt. Nacht für Nacht. Seit Jahren.

»Angst?«, frage ich und kann den überheblichen Ton nicht unterdrücken. Eden kann knallhart sein, aber sie macht nicht den Fehler, Situationen zu unterschätzen. Diese Umgebung ist nichts für junge, unschuldige Frauen, das wissen wir beide. Und tief in sich drin weiß sie ebenfalls, dass ich nicht der charmante Kerl bin, mit dem sie es in den letzten Wochen hauptsächlich zu tun hatte. *Schon lange nicht mehr*.

»Zumindest fühle ich mich hier nicht sonderlich wohl«, gibt sie angefressen zurück.

»Solange du bei mir bleibst, wird dir nichts passieren«, verspreche ich ihr und nicke einem Typen zu, der am Eingang der verfallenen Halle steht und just in dem Moment die Tür aufschiebt. Sie quietscht und ächzt und hängt nur noch halb in den Angeln, doch das kümmert hier niemanden. Mich auch nicht.

»Ciel«, begrüßt mich der Typ, dessen Namen ich nicht kenne, und lässt uns hindurch.

Das Geschrei wird immer lauter, je näher wir dem kommen, was diesen Ort ausmacht. Wir durchqueren die Eingangshalle, in der früher die Eintrittskarten verkauft wurden. Heute werden hinter den Tresen Drogen und Alkohol vertickt, als wäre das hier eine echte Bar. Modergeruch trifft auf die Ausdünstungen feiernder Menschen, Schweiß, Alkohol, und über allem liegt der süßliche Grasgeruch, der immer mehr zunimmt, je weiter wir in die Halle hereinlaufen.

Ich unterdrücke ein Schütteln. Die Luft ist so dick, dass man sie mit einem Messer schneiden könnte und einem das Atmen schwerfällt.

»Und du meinst, hier finden wir Caleb?« Eden

sieht sich mit geweiteten Augen in der Vorhalle um, die ähnlich wie auf dem Parkplatz von Grüppchen belagert wird. Sie folgt mir nur zögerlich.

Einige Männer rufen mir einen knappen Gruß zu, den ich lediglich mit einem Nicken beantworte. »Ziemlich sicher. Er ist oft hier, um …« Ich breche ab. Das muss er ihr selbst erzählen, wenn er denn will. Bislang hat er dahingehend keine Anstalten gemacht. Nur ich weiß, was sein Problem ist, und kann es viel zu gut verstehen. Ich kann absolut nachvollziehen, dass er sich hier regelmäßig die Seele aus dem Leib prügeln lässt – wenn er nicht ständig gewinnen würde. Daher befürchte ich, er wird heute versuchen, seinen Kopf auf andere Weise freizubekommen. Und das soll er nicht. Weil er das eigentlich gar nicht will.

Wir kommen bis zu dem Bereich mit den Umkleiden, dann lässt mich ein Zischen von Eden innehalten. Ich folge ihrem Blick und muss unweigerlich grinsen, als ich erkenne, was sie so schockiert zu mir sehen lässt. Der Anblick fickender Paare ist nichts, was hier sonderlich selten vorkommt. Auch nicht der einer Orgie. Da ist das, was sich auf der morschen Bank abspielt, nichts Besonderes. Eine Frau sitzt auf dem Schoß irgendeines Kerls und lässt sich von einem anderen in den Arsch vögeln, neben ihnen stehen zwei weitere, die sich selbst auf diesen Anblick einen runterholen.

»Du meinst *wirklich*, Caleb ist hier irgendwo?«, wispert Eden erstickt. Auch im Profil erkenne ich ihren sorgenvollen, suchenden Blick genau.

»Ja, aber nicht in irgendeiner Frau«, murmle ich

und packe Eden beherzt an der Hüfte, um sie voranzuschieben. *Bitte nicht schon wieder dieses Thema.*

Sie dreht sich um und läuft rückwärts weiter, um mich dabei ansehen zu können. »Und du? Ist das hier dein Leben?« An ihrem überraschten Gesichtsausdruck erkenne ich eindeutig, wie wenig sie damit gerechnet hat. Aber was bitte hat sie erwartet? Nur weil mein Museumskeller modern und ansprechend ist, gilt das lange nicht für den gesamten Untergrund. Dort, wo Drogen und Gewalt regieren, geht es meist schmutzig zu.

»Das ist mein Leben, richtig.« Da sich ihre Miene bei meinen Worten erneut verzieht und ich ihr an der Nasenspitze ansehe, wie Bilder in ihrem Kopf entstehen, die dort nicht hingehören, spreche ich leise weiter. »Glaub mir, die Frauen hier sind mir zu billig.« Ich rümpfe abfällig die Nase und deute mit dem Kinn auf ein Grüppchen Frauen in Reizwäsche, die in eindeutigen Posen an der Bar stehen und mir noch eindeutigere Blicke zuwerfen. »Ich habe noch nie eine von ihnen aufgerissen und habe nicht vor, damit anzufangen. Zufrieden?«

»Schon gut. Es überrascht mich nur, das ist alles.«

Das kann ich ihr nicht verübeln. Sie hat schließlich bisher rein gar nichts von diesem Teil meiner Arbeit erlebt. Ich rede eindeutig zu viel über Kunst und den Aspekt davon, sie zu rauben und zu verticken. Aber Eden hat – unser Kennenlernen einmal ausgenommen – nie erlebt, was meine Stellung im Untergrund eigentlich bedeutet.

Aus genau einem Grund: Ich wollte es ihr nicht

zeigen. Ich hasse selbst alles hier dran. Und ich will nicht, dass sie mich als diesen Typ sieht, der ich zwar bin, aber doch nicht sein will.

Noch nie habe ich mich hier mit einer Frau gezeigt und bereue es sofort, als ich sehe, wie die Blicke der Koksnutten in Edens Richtung ausfallen. Während sie mich mit ihren Blicken anflehen, zu ihnen zu kommen, bekommt Eden ihren ganzen Hass ab.

Ich ziehe sie fester an meine Seite und senke meine Lippen an ihr Ohr. »Kleines, vermutlich geht die größte Gefahr für dich hier heute nicht von irgendwelchen Junkies aus, sondern von eifersüchtigen Frauen, also …«

»Ich habe nicht vor, dich loszulassen.« Eden grinst mir schon wesentlich gefasster zu und dreht sich in meinem Arm um, damit wir weitergehen können.

Hinter dem Trakt mit den Umkleiden passieren wir einen weiteren Gang, dann erreichen wir die Haupthalle, in der das Geschehen schon in vollem Gange ist. An den geöffneten Flügeltüren stehen zwei Männer, die uns sofort einlassen, als sie mich erkennen. Und dann stehen wir mittendrin. Vor uns liegt das Becken, in dem heute illegale Boxkämpfe ausgerichtet werden statt Schwimmwettkämpfe. Es gibt zwei Ringbereiche, die mit roten Seilen abgetrennt sind. Dicht an dicht gedrängte Menschentrauben verfolgen das Geschehen, brüllen Anfeuerungsrufe oder ihre Wetteinsätze. Es ist laut, stickig und unglaublich heiß. Auch hier wird an allen freien Ecken gekokst, gekifft, Meth genommen oder gefickt.

Die Unterschicht ist nicht gerade einfallsreich in

ihren Tätigkeiten. Während Eden sich noch mit riesigen Augen umsieht, richte ich meine Aufmerksamkeit auf die Kämpfer. Im ersten Bereich prügeln zwei wie wild gewordene Typen aufeinander ein, ohne auch nur den Hauch einer Strategie anzuwenden. Hier sehe ich erst gar nicht genauer hin. Caleb kämpft anders.

Ich manövriere Eden an der Hüfte weiter und versuche, über die vor dem zweiten Ring stehenden Männer hinwegzusehen. Hier ist deutlich mehr los, es ist lauter, voller und das, was im Ring passiert, sieht wesentlich brutaler aus.

Ich brauche nicht lange, um den ganz in Schwarz gekleideten Mann, der in dieser Sekunde seinen zwei Köpfe größeren Gegner zu Boden bringt und auf ihn eindrischt, als Caleb zu identifizieren. Nur er schlägt so präzise, so hart zu, dass ich noch keinen Kampf erlebt habe, den er nicht dominiert hat. Ich habe ihn zwar nicht allzu häufig bei diesen Kämpfen beobachtet, aber oft genug, um zu wissen, dass er allen Gegnern haushoch überlegen ist. Caleb macht das schon sein halbes Leben und weiß genau, was er da tut.

Eden erkennt ihn in der nächsten Sekunde, als der selbst ernannte Ringrichter ihn vom Rücken des Typen zieht und seinen Arm zur Gewinnerpose in die Luft reißt.

Scheiße. Caleb war noch lange nicht fertig und wir sind viel zu weit weg. Ich sehe noch, wie er aus dem Ring stolpert, von grölenden Kerlen in Empfang genommen wird, bevor er in der aufgebrachten Menge verschwindet.

»Komm mit.« Ich schiebe Eden weiter, mitten

durch das johlende Publikum. Caleb wirkte so rasend, so unbefriedigt, dass es nur eine Sache von Minuten sein kann, bis er gänzlich die Kontrolle verliert.

»Caleb *kämpft* hier?«, will Eden verstört wissen und weicht mit einem beherzten Sprung vor mich einem grapschenden Typen aus.

»Finger weg«, knurre ich nach rechts und das reicht, dass einer der Umstehenden dem Typen eins in die Fresse zimmert. Gott, ich liebe meine Rolle, auch wenn ich alles andere hier daran hasse.

»Ja, kommt vor«, antworte ich Eden etwas verspätet auf ihre Frage und manövriere sie weiter, diesmal bedachter, damit niemand mehr seine Hände nach ihr ausstreckt. »Besser, als diese Schlampen zu ficken, nicht wahr?«

Eden verkrampft sich an meiner Seite, sagt aber nichts mehr dazu und lässt sich ungehindert von mir durch die Masse schieben.

Als den meisten klar wird, wer hier gerade mitten durch die Menge marschiert, weichen sie langsam vor uns zurück. Sie beginnen zu tuscheln, machen Platz und so kann ich Eden unbehelligt bis in die angrenzende kleine Halle bringen. Früher waren hier die kleineren Kinderbecken untergebracht, heute dient sie als Partyraum. Uns empfängt eine noch dickere und mit allerlei Substanzen gefüllte Luft, die Eden prompt zum Husten bringt. Der weiße Rauch der Nebelmaschinen kratzt in den Schleimhäuten und wird von bunten Farbblitzen der Lichtmaschine unterbrochen. Die Technomusik dröhnt laut aus den Boxen und übertönt mühelos das Geschrei der nebenan ausgetragenen

Kämpfe. Verschwitzte Körper rempeln uns an und es dauert ein paar Sekunden, bis sich meine Augen an das schummrige Licht gewöhnt haben.

»Bleib dicht an mir dran.« Ich lege meinen rechten Arm um ihre Schulter, vorrangig dafür, sie nicht zu verlieren, dann dirigiere ich sie weiter. Ich glaube nicht, dass Caleb uns gesehen hat, somit hoffe ich, dass sich mein Verdacht bestätigt und ich rechtzeitig komme. Ich bewege mich dicht an dem niedrigen Gitter entlang, das das leere Becken abgrenzt, damit sich bei den dunklen Lichtverhältnissen keine bekiffte Seele die Beine bricht, bis wir den hinteren Teil der Halle erreichen. Hier ist es nicht wesentlich leiser, nicht leerer, dafür stehen hier ein paar abgewetzte Sofas herum, auf denen sich nackte Körper winden.

Caleb ist nicht darunter. Ich drehe hektisch den Kopf und nach einigen weiteren Augenblicken erkenne ich ihn links von mir am Beckenrand sitzen. Um ihn herum stehen ein paar Typen, die ihn für seinen Sieg feiern, Caleb jedoch ist mit etwas ganz anderem beschäftigt und interessiert sich nicht für die Aufmerksamkeit, die ihm entgegengebracht wird. Dicht vor ihm tanzen nackte Frauen, fahren über seine Oberschenkel und seine Brust, doch er ignoriert auch das.

Eden ebenfalls. Dafür stößt sie einen entsetzten Laut aus, als auch sie erkennt, was Caleb im Begriff ist zu tun.

Und das ist der Moment, an dem ich mich von Eden losreiße und nach vorne stürme.

Kapitel 10
Eden

Es war zu harmonisch und irgendwas musste passieren. Das ist der einzige Gedanke, der seit Calebs Auftauchen in meinem Zimmer und seinem anschließenden Verschwinden in meinem Kopf herumgeistert. Ich wusste immer, dass die beiden Männer nicht so harmlos sind, wie sie sich mir in den letzten Wochen präsentiert haben, und doch trifft mich die Realität kälter als ein Eimer Eiswasser, der über meinem Kopf ausgeschüttet wird. Erst Ciel, der neben seinem Aggressionspotenzial ein Bindungsproblem zu haben scheint, das ihn fast genauso reizt, und jetzt Caleb, der mit unergründlicher Miene am Rand des alten Schwimmbeckens sitzt und drauf und dran ist, sich einen Schuss zu setzen.

Mit einer Mischung aus Faszination und Abscheu starre ich auf seine Hände. Hände, die mir meine Fantasien zu Füßen gelegt haben, Hände, deren Berührungen ich restlos verfallen bin und die nun mit geübten Bewegungen ein Band um seinen Oberarm festzurren. Er reißt mit den Lippen eine Kappe von einer Spritze ab, setzt sie an seiner Armbeuge an und dann … ist Ciel hinter ihm. Mit einem beherzten Griff reißt er ihm die aufgezogene Spritze aus der Hand und schleudert sie irgendeinem Typen entgegen, der sie sich kurzerhand unter den Nagel reißt und damit im dichten Nebel um uns herum abtaucht.

Caleb sieht langsam zu ihm auf und braucht, seinem verhangenen Blick nach zu urteilen, ein paar Sekunden, um zu verstehen, wer hier aufgetaucht ist. Schließlich springt er schwungvoll vom Beckenrand und wirbelt auf dem Absatz herum. Er trägt ein weißes Muskelshirt, das ihm verschwitzt am Rücken klebt und dennoch verdammt sexy seine dunklen, tätowierten und genauso muskulösen Arme und seinen Brustbereich betont. Mein Mund wird trocken. Ich stehe leider wirklich auf die kaputten Bad-Boy-Charaktere und Caleb verkörpert diesen äußerlich einfach perfekt.

Innerlich wohl auch, wie ich mir eingestehen muss, als ich einsehe, dass ich ihn kaum kenne. Ich habe trotz allem, was er bereit war mir zu erzählen, kaum eine Vorstellung davon, was er in seiner Vergangenheit getan hat. Was ihn ausmacht. *Wer er eigentlich ist.*

Trotz der schlechten Sichtverhältnisse erkenne ich jedes Zucken auf seinem Gesicht. In seinen Augen tobt ein Wirbelsturm der zerstörerischsten Sorte. Kurz rutscht mein Blick an ihm herab, doch bis auf den schimmernden Schweißfilm, der seine Haut benetzt, deutet nichts weiter an ihm darauf hin, dass er sich vor wenigen Minuten noch in einem Ring mit einem anderen Kerl geprügelt hat. Und das auf eine Weise, dass mein Herz noch immer wild in meinem Brustkorb jagt, weil ich eine verdammte Angst um ihn hatte und noch immer habe. Dabei waren es nur Sekundenbruchteile von diesem Kampf, die ich mitverfolgt habe. Ich stelle mir unweigerlich die Frage, wie oft er Ähnliches in den letzten Wochen bereits getan hat und warum zum Teufel ich nichts davon mitbekommen habe.

Weil er immer gewinnt und deshalb kaum körperliche Spuren davonträgt?

War ich so blind, nicht hinter ihre Fassaden schauen zu können? Habe ich mich so von ihnen einlullen lassen, dass ich nicht mehr gesehen habe, was sie eigentlich ausmacht?

Vermutlich ja. Ich habe es zu sehr genossen, wie es in den letzten Wochen lief. Zwei heiße Männer, ein verstecktes Leben auf der Flucht vor meinem Vater, während ich täglich in meinen Geschichten abtauchen konnte. Ich habe meinen Traum gelebt. Und wie das mit Träumen so ist: Man wacht immer dann auf, wenn es am schönsten ist.

Meine Gedanken werden von Ciel unterbrochen, der Caleb hinterherspringt, ihn am Shirt vor der Brust zu fassen bekommt und mit einem Stoß durch das leere Becken befördert. Der Stoff reißt so laut, dass ich es über den wummernden Bass hören kann. Caleb strauchelt gegen einen Typen, richtet sich jedoch gleich wieder auf. Der Kerl nutzt das, um sich am Rand hinaufzuziehen. Nun sind nur noch die beiden Männer im improvisierten Ring. *Meine beiden Männer*.

Suchend zuckt Calebs Blick von Ciel zu der umstehenden Menschenmenge, bis er an mir hängen bleibt.

Ein dunkler Schatten ziert seine Miene, als er den Kopf ruckartig wieder zu Ciel herumdreht und die Arme herausfordernd ausstreckt.

»Was soll das, Ciel?«

»Das weißt du ganz genau!«, blafft der zurück und geht unbeeindruckt wieder auf Caleb zu. Ein Tosen erhebt sich und die Leute rotten sich immer mehr in Scharen um das Becken herum zusammen. Erst jetzt realisiere ich, dass die Lautstärke der Musik so weit heruntergedreht wurde, weil alle hören wollen, was Ciel hier von sich gibt.

Ich werde gegen das Gitter gepresst und bin gefangen. Doch ich will gar nicht weg. Mein Blick liegt auf den beiden Männern, als wäre er mit besonders festem Kleister an sie geklebt. Ciel beginnt, sein akkurat an ihm sitzendes Hemd an den Ärmeln nach oben zu rollen. Wieder geht ein Raunen durch die Menge. Scheint nicht so zu sein, dass er sich oft selbst die Hände schmutzig macht.

Er soll sich auch gar nicht die Hände schmutzig machen. Nicht an Caleb, Herrgott!

Mein Herz rast ungesund schnell, weil mir nicht viel bleibt, als nahezu regungslos dabei zuzusehen, wie Ciel Caleb erneut am zerrissenen Shirt erwischt, an sich heranzieht und ihm ohne weitere Vorwarnung seine Faust mitten ins Gesicht donnert. Blut spritzt auf den hellblauen Fliesenboden, der an vielen Stellen schon kaputt und von Unkraut überwuchert ist. Die Szenerie wirkt wie in einem verdammten Horrorfilm. Um mich herum wird das Tuscheln und Anfeuern lauter, als Caleb lediglich auflacht und Ciel regungslos mit herabhängenden Armen entgegenblickt. Ciel lässt sich von dieser Haltung provozieren und schlägt erneut zu. Calebs Nase knackt, Blut läuft ihm über die Lippen, die sich in diesem Moment zu einem hämischen Grinsen verziehen. Seine obere Zahnreihe ist vom Blut benetzt, als er leise, schneidend fragt: »Was denn, Ciel? War das schon alles? Mehr hast du nicht drauf, Idiot?«

»Ich habe gerade erst angefangen, du Schwachkopf! Wenn das hier die einzige Sprache ist, die du verstehst, bitte.« Und mit diesen beißend hervorgebrachten Worten stürzt er sich vollends auf Caleb. Ich schreie auf, als die beiden durch den kleinen Beckenbereich taumeln. Calebs Körperhaltung ist nun eine andere als eben im Ring. Es sieht aus, als würde er sich freiwillig von Ciel verprügeln lassen. Einen Schlag nach dem anderen steckt er ein, lässt sich wehrlos gegen den Rand stoßen, bevor er sich mit einem düsteren Lächeln wieder aufrichtet und Ciel herausfordernd ansieht. Der zögert nicht eine Sekunde. Caleb schnauft, als Ciel ihn mit dem Rücken voran gegen die Bande wirft, dann holt er aus und seine Faust kracht gegen seine Wange. Wieder knackt irgendwas und das Geräusch geht in Calebs tiefem, dunklem Stöhnen unter. Doch er richtet sich wieder auf. Schwankend stellt er sich Ciel entgegen, der sich nun mit seinem gesamten Körper auf Caleb wirft. Sie landen mit einem Ächzen auf dem Boden, kugeln über die zersprungenen Fliesen und immer wieder donnert Ciels Faust auf Caleb herab. Er trifft seine Wangen, seinen Bauch, was ihn sich krümmen lässt.

Aber Caleb lässt ihn einfach machen, ohne ebenfalls auszuteilen.

Mein Herz zieht sich zusammen, als ich dabei zusehe, wie die beiden Männer, die mir in so kurzer Zeit schon unglaublich wichtig geworden sind, in dieser heruntergekommenen Location aufeinanderliegen und das Blut mit jedem weiteren Schlag auf dem Hallenboden verteilen.

Eine schrille Frauenstimme neben mir ertönt und ich bekomme erst mit, dass sie anscheinend mich meint, als ihr Ellenbogen in meiner Seite landet und sie hektisch weiterspricht. Wild gestikulierend deutet sie auf Ciel und Caleb, die in diesem Moment wieder auf die Beine kommen – nur damit Ciel Caleb in der nächsten Sekunde wieder zurück auf den Boden stößt.

Mein Magen rebelliert. Ich will das nicht sehen und werfe trotzdem nur einen knappen Blick in ihr übertrieben geschminktes Gesicht. Sie sieht aus wie Barbie mit aufgespritzten Schlauchbootlippen.

Sie mustert mich interessiert, dann wechselt sie in gebrochenes Englisch. »Das ist verdammt heiß, nicht wahr? Ich habe Ciel noch nie selbst kämpfen sehen, aber …« Sie deutet mit ihren schlecht manikürten Fingernägeln auf Ciel, der nun erneut auf Caleb kniet und seinen Arm hebt. »Das ist noch so viel besser, als ich es mir immer vorgestellt habe.« Die Sehnen auf seinem Nacken stehen hervor, auch er ist mittlerweile nass geschwitzt. Und büßt damit kein bisschen an Attraktivität ein.

Nur das Blut von Caleb und dessen gestöhnte

Schmerzenslaute lassen mich diese ganze Show nicht ebenfalls auf kranke Weise heiß finden.

Die Männer sind höllisch attraktiv; jeder auf seine ganz eigene Weise. Aber ich will nicht, dass sie sich gegenseitig solche Schmerzen zufügen.

»Total heiß«, knurre ich, doch so verschleiert, wie sie mich ansieht, hört sie den zickigen Tonfall nicht heraus. In mir wallt das Blut auf, weil ich alles hier dran hasse. Ich hasse es, Ciel dabei zuzusehen, wie er immer und immer wieder auf Caleb einschlägt. Ich hasse diese Frauen, die *meine* Männer ankreischen und wahrscheinlich hoffen, später mit ihnen zu verschwinden.

Die Frau neben mir lacht schrill und kreischt kurz darauf, als Ciel einen erneuten Treffer in Calebs Magen landet, der ihn zum Würgen bringt. Er soll aufhören.

Bitte.

»Scheiße, das ist so krass. Ich hoffe, er bricht heute noch eine andere seiner Regeln und hat nachher etwas Spaß mit uns.« Sie kratzt mit ihren langen Fingernägeln über meine Unterarme, mit denen ich mich auf dem Gitter abstütze. Eine unangenehme Gänsehaut kribbelt auf meinem Nacken, als sich Bilder vor meinem Auge visualisieren, die ich nicht sehen will. Ciel und Caleb, die sich anschließend mit den Frauen vergnügen. *Mit ihr.*

Mein Brustkorb zieht sich zusammen und mein Herz stolpert wild. Ist es das, was Caleb tut, wenn er für Ciel »arbeitet«? Diese Frauen ficken, nachdem er sich im Ring geprügelt hat? Ist das sein Leben im kriminellen Untergrund?

Ich ziehe meine Arme weg, was diese Frau in ihrem knappen Outfit nur noch mehr zum Lachen bringt. »Oh, Mäuschen, du kannst mir nicht erzählen, dass du nicht scharf auf den Boss bist. Das sind alle hier. Und der Neue ist auch nicht von schlechten Eltern. Guck sie dir an!«

Ihr verträumter Blick wandert wieder zu dem Geschehen vor uns.

Ich darf mich nicht einmischen, das ist mir klar, aber als Ciel immer weiter, immer zügelloser auf Caleb einprügelt, reiße ich mich von dem Geländer los, um zu dem offenen Rand zu kommen.

»Süße, du musst warten«, höre ich die schrill lachende Frau hinter mir herrufen. »Erst wenn sie fertig sind, darfst du dich an sie heranschmeißen!«

Ich werde immer wütender, stoße hochgewachsene Männerkörper zur Seite und reiße mir im nächsten Moment die Mütze vom Kopf, weil mir der Schweiß längst an der Schläfe herabperlt. Es ist unerträglich heiß in dieser alten Halle. Über dem Nebel um uns herum sehe ich kleine Dampfwolken von der verschwitzten Menschenmenge aufsteigen. Es ist grausig.

Ich zerre am Reißverschluss der Jacke und torkle durch eine Lücke zwischen zwei Kerlen, als diese sich mit der Masse weiter vorbewegen.

»Wehr dich endlich, verdammte Scheiße!« Ciels dunkle Stimme, in der die Anstrengung mitschwingt, hallt von den Wänden wider, als er Caleb wieder und wieder mit dem Oberkörper gegen den Beckenrand stößt. Er steht dicht vor ihm, das Shirt vor seiner Brust zusammengerafft, und rammt ihn immer wieder dagegen. Und Caleb hängt in seinem Griff, als wäre er eine Puppe. »Lass dich nicht von mir verprügeln wie ein Schlappschwanz!« Ich wende meinen Kopf zur Seite und sehe noch, wie Ciel ausholt und noch schwungvoller auf Calebs Nase eindrischt.

Um Gottes willen. Wenn er so weitermacht, bringt er ihn noch um. Ciel wirkt wie besessen und lässt sich von Calebs Teilnahmslosigkeit anstacheln. »Das. Bist. Du. Nicht!«, knurrt Ciel wütend und mit jedem Wort donnert seine Faust auf Calebs schlaffen Körper unter sich. An seinem zerfetzten Shirt zerrt er ihn wieder auf die Füße, Caleb schwankt zur Seite und richtet sich mühsam auf, um Ciel anzuvisieren. Mit einem blutverschmierten und unendlich ausdruckslosen Lächeln, das mir den Magen verknotet, sieht er ihm fest entgegen.

»Das willst du nicht.«

»O doch, das will ich. Zeig den Leuten hier, wer du bist!«

Caleb bleckt die Zähne, spuckt ein Gemisch aus Blut und Speichel auf den Boden, bevor er die Schultern kreisen lässt. Und dann geht er auf Ciel los.

Ich schreie auf, so laut, dass sich mehrere Gesichter mir zuwenden. Doch die beiden Männer schlagen nun so brutal und rücksichtslos aufeinander ein, dass sie gar nicht mitbekommen, was um sie herum geschieht.

»Hört auf!«, kreische ich und stoße eine halb nackte Frau zur Seite. Mein Schrei verklingt ungehört im Gebrüll der Masse. Tränen der Überforderung treten mir in die Augen, als ich mich weiter durch verschwitzte Körper kämpfe, bis ich einen Typen erreiche, der breitbeinig mit verschränkten Armen vor dem freien Beckenrand steht und anscheinend die Funktion des Ringrichters übernimmt.

»Lass mich durch!«, fordere ich mit sich überschlagender Stimme und stoße auch ihm im Eifer des Gefechts gegen die Brust. Davon lässt er sich nicht beeindrucken. Er bekommt meine Handgelenke zu fassen, um mich vor sich festzuhalten.

»Ganz ruhig, Mädchen«, sagt er mit einem arroganten Lächeln. »Hier herrschen Regeln.«

»Eure Regeln sind mir scheißegal, die beiden schlagen sich noch tot!«, fahre ich ihn wütend an.

Er hebt abfällig grinsend eine Augenbraue und kaut auf seinem Kaugummi herum. »Warst du noch nie hier?«, will er wissen. »Weißt du, was passiert, wenn du einen Kampf unterbrichst?«

»Nein, das weiß ich nicht und das ist mir auch völlig egal! Ich muss da jetzt ...« Er tritt überraschenderweise zur Seite und grinst breiter.

»Bitte«, sagt er einladend und untermauert seine Worte mit einer Geste seiner Hand. »Dann probier dein Glück. Das dürfte interessant werden.« Er grinst wieder übertrieben, aber das ist mir egal.

Ich kann mir vorstellen, was passiert, wenn ich dazwischengehe. Aber ich glaube nicht, dass Caleb oder Ciel mich ebenso sehr schlagen werden. Das werden sie *nicht*. Vielleicht bekomme ich eine Faust ab, weil die beiden so sehr in ihrem Tun gefangen sind, dass sie keinen Blick für ihre Umgebung übrighaben. Aber ich setze darauf, dass dieser sie zur Besinnung bringt. Und daher nehme ich ihn in Kauf.

Ein lautes Raunen geht durch die umstehende Menge, als ich ebenfalls ins Becken springe.

Scheint also auch nicht üblich zu sein.

Mit klopfendem Herzen weiche ich den beiden Männern aus, die in diesem Moment in meine Richtung stolpern und mich nicht sehen. Caleb donnert Ciel dicht neben mir gegen die Bande und nun ist er derjenige, der präzise und ohne jede Vorsicht auf Ciel einschlägt. Doch der wehrt sich. Er bekommt ihn an seinem Shirt zu fassen, was dieser groben Behandlung nun nicht mehr länger standhalten kann und in Fetzen auf dem Boden landet. Oberkörperfrei und mit sich schnell hebender und senkender Brust steht Caleb vor Ciel.

»Lass den Scheiß, das hilft dir nicht«, knurrt Ciel wesentlich leiser, sodass die schreiende Menge seine Worte sicherlich nicht verstehen kann.

»Das kann dir doch egal sein«, bringt Caleb gepresst hervor und starrt Ciel schwer atmend an.

»Ist mir aber nicht egal. Du bist mir nicht egal«, schnauft Ciel so leise, dass ich ihn nur schwer verstehe. Doch es reicht, dass mein Herz sich wieder ruckartig in meiner Brust zu Wort meldet. *Was ist das zwischen ihnen?*

Beide sehen nicht eine Sekunde in meine Richtung. Dafür gehen sie erneut aufeinander los. So dicht neben ihnen erkenne ich, wie Calebs Fingerknöchel aufplatzen, als Ciel seinem Angriff ausweicht und er gegen den Beckenrand schlägt. »Oh, shit«, knurrt er und zieht seine Hand zurück. Noch während er sie ausschüttelt, reißt Ciel ihn zu Boden und holt aus. Das ist der Moment, in dem ich nicht länger zusehen kann.

Ich mache ein paar Schritte vor, erwische Ciel am Oberarm, doch er schüttelt mich ab wie ein nerviges Insekt, ohne mich anzusehen. Er lässt sich auf Caleb fallen, dem nun augenscheinlich seine Hand zu schaffen macht. Er zieht sie mit schmerzhaft verzerrtem Gesicht zurück, rollt sich zur Seite und so landet Ciels Faust auf seiner Schulter und nicht erneut auf seiner Wange.

»Ciel, das reicht«, rufe ich aufgelöst, doch beide sehen sich starr in die Augen und machen weiter. Sie rollen über den Boden und Caleb gehen nun doch die Kräfte aus. Er keucht, Blut läuft ungehindert aus seiner Nase, benetzt den Boden und Ciels Hände.

Mir schießen bei diesem Anblick die Tränen in die Augen und ich stolpere ihnen hinterher. Um uns herum erhebt sich tosendes Gebrüll. Anfeuerungsrufe gehen in den schrillen Schreien der entzückten Frauen unter, die jeden erneuten Schlag mit wildem Klatschen befeuern.

»Lass ihn los, Ciel!«, rufe ich mit zittriger Stimme und zerre nun deutlicher an seinem Arm. Er schleudert mich weg. »Bitte!«, kreische ich gegen die Geräuschkulisse an. »Du sollst ihn nicht töten, verdammt! Das willst du doch nicht!«

Sie hören mich nicht. Schwer atmend kauern sie aufeinander, Caleb hustet und spuckt erneut einen Schwall Blut neben sich. Doch Ciel hebt davon unbeeindruckt erneut die Faust, obwohl Calebs Augenlider immer wieder zufallen. Die Hitze, die von den beiden Männerkörpern vor mir ausgeht, kann ich am eigenen Körper fühlen, so nah bin ich ihnen. Der metallische Geruch vom Blut mischt sich mit dem Geruch nach Schweiß und allerhand Substanzen, die in der Luft hängen. Calebs Miene verzieht sich zum ersten Mal deutlich leidend und mein Herz krampft sich gleichzeitig zusammen.

Und dann handle ich impulsiv. »Ciel, bitte nicht«, flüstere ich und werfe mich mit einem beherzten Sprung auf Calebs Brust. An meiner Wange spüre ich seinen jagenden Herzschlag, das Blut, den warmen Schweiß und dann sehe ich Ciels blutverschmierte Faust über uns aufragen. »Nicht«, wimmere ich. »Bitte nicht, Ciel, er ist …«

Und dann geht es schnell. Mit einem kräftigen Ruck richtet sich Caleb auf, als würde er seine letzte Kraft mobilisieren. Er schlingt seinen Arm um meine Taille, zieht mich zurück. Unsanft lande ich mit dem Steißbein auf den Fliesen, dann fängt Caleb mich unter seinem Arm ein. Ciel steht über uns und starrt hasserfüllt auf uns herab. Da erst wird mir bewusst, was ich getan habe.

Ich habe gebettelt. Ich habe ihn *angefleht*. Schon wieder.

Ich kneife die Augen zu und nun rast auch mein Herz, als Ciel mich anstarrt. Mit einem Blick, der mir unter die Haut kriecht. Sein Körper zittert vor unterdrückter Anspannung und gerade als ich denke, dass er sich nun doch auf mich stürzt, weil ich gegen seine Regeln verstoßen habe, zieht Caleb mich enger an seine nasse Brust.

»Das willst du nicht, Ciel«, bringt er heiser hervor. »Nicht sie. Eden ist nicht sie, hörst du?«

Ciels Hände hängen zu seinen Seiten herab, ballen sich zu Fäusten und seine Iriden zucken wirr hin und her. Dieser Blick macht mir tatsächlich Angst. Ich unterdrücke nur mit Mühe ein leises Keuchen und presse mich fester an Caleb. *Ich habe es nur noch schlimmer gemacht.*

Doch dann atmet Ciel tief ein und ich kann dabei zusehen, wie seine Mimik sich verändert. Das Unkontrollierbare darin verschwindet und weicht einem spöttischen Ausdruck.

»Das hättest du nicht tun sollen, Eden.« Seine Stimme ist eiskalt, als er mit einer Fingerbewegung auf Caleb deutet, der mich prompt loslässt. Ciel reicht ihm seine Hand und ich sehe ungläubig dabei zu, wie er ihm auf die Füße hilft und auf seine Schulter klopft.

Die Schreie der umstehenden Leute branden auf wie eine sich auftürmende Welle. Ich ahne, dass sie alle wissen, was jetzt geschieht. Nur ich nicht. Unwillkürlich suche ich den Rand nach der Tussi von eben ab. Als ich sie schließlich finde, ist ihr Grinsen verschwunden. Sie hat eine Hand auf den Mund gepresst und die Augen aufgerissen, ein Typ redet beruhigend auf sie ein. Scheiße. Ich bekomme das Gefühl, diese Sache vollkommen unterschätzt zu haben.

Ciel wartet, bis Caleb halbwegs sicher neben ihm steht, dann dreht er sich um und breitet seine Arme zur Seite aus, als wäre er ein Herrscher, der zu seinen

Untertanen spricht. Applaus erklingt und wird von Pfiffen durchbrochen.

»Ihr alle wisst, was geschieht, wenn jemand den Kampf zweier Männer unterbricht«, hebt Ciel bedrohlich an und das Grölen wird lauter. Ich hocke bewegungslos auf dem Boden und bekomme es immer mehr mit der Angst zu tun.

Doch dann schüttelt Ciel beinahe mitfühlend den Kopf, als er knapp zu mir sieht. »Das können wir euch heute nicht bieten. Sie gehört zu uns und die Regeln kennt sie noch nicht.«

Vereinzelt erklingen Buh-Rufe, die Ciel jedoch mit einem strengen Blick im Keim erstickt.

Aus dem Augenwinkel erkenne ich, wie die Tussi erleichtert im Arm ihres Begleiters zusammenbricht. Ich bin von ihrer Reaktion irritiert, aber irgendwie ist sie vielleicht doch ganz ... okay. Sie scheint sich um mich gesorgt zu haben.

Aber alle anderen sind enttäuscht. Erneut werden empörte Rufe laut, die Ciel mit einer lockeren, beschwichtigenden Handbewegung durch die Luft beendet. »Ihr kommt trotzdem auf eure Kosten.« Das dunkle Grinsen, das seine Miene ziert, als er zu mir sieht, löst ein nervöses Flattern in meinem Magen aus.

»Und du, Süße, wirst jetzt lernen, dass du dich nicht in alles einmischen solltest.« Diese Worte richtet er leiser an mich, doch die umstehenden Menschen hören sie trotzdem.

Trotz allem löst seine Ankündigung etwas anderes als Angst in mir aus. Und so sehe ich ihm fest entgegen, als er einen Schritt auf mich zu macht.

Kapitel 11
Eden

Ich blinzle gegen das blendende Licht an, das genau auf mich gerichtet ist, als wäre ich die Attraktion des Abends.

Vielleicht bin ich das.

Die Menge brüllt und pfeift weiter, als wäre dies das finale Spiel einer besonders wichtigen Weltmeisterschaft. Es dröhnt in meinen Ohren, und doch schaffe ich es, meine Konzentration auf Ciel und Caleb zu richten, die nun beide dicht vor mir stehen. Caleb atmet tief ein, dann spuckt er neben mir auf den Boden, was mich nicht einmal zurückweichen lässt. Sein düsterer Blick liegt auf meinem, als er sich mit dem Handrücken über den Mund fährt. Seine blutigen Nasenflügel beben, als er tief einatmet. Seine nackte Brust ist blutverschmiert und glänzt vor Schweiß; doch dieser Anblick schreckt mich nicht ab. Im Gegenteil. In meinem Becken glüht eine Hitze, als ich rasch zu Ciel sehe, der nur unwesentlich weniger mitgenommen aussieht. Sein Hemd ist zerknittert, halb offen und schimmert ebenfalls blutig.

»Ausziehen«, brüllt ein Mann von links und die Menge steigt mit ein. Ciel sieht zu Caleb, der wiederum achtlos mit den Achseln zuckt, bevor er erneut einen Schwall Blut ausspuckt. Er verzieht das Gesicht und grinst knapp in meine Richtung. Nicht belustigt. Die Vorstellung ist ihm also nicht zuwider, auch wenn er für kurze Zeit ungehalten zu den umstehenden Leuten sieht.

Ein boshaftes Grinsen zupft an Ciels Mundwinkel, als er knapp zu mir herunter nickt. »Du hast es gehört. Zieh dich aus.«

Ich reiße überrascht die Augen auf. »Bitte ... w-was?«

»Wie war das mit dem Stammeln?« Ciel ist mit einem Schritt dicht vor mir, greift unsanft an den Halsausschnitt meines Hoodies und zieht ihn ruppig über meinen Kopf, bevor er ihn achtlos auf den Boden neben uns fallen lässt. Meine Kopfhaut brennt, als er mehrere meiner gelösten Haarsträhnen erwischt, und doch unterdrücke ich jeden Schmerzenslaut. Da muss ich jetzt wohl durch. Immerhin wurde ich nicht geschlagen und die beiden gehen nicht mehr aufeinander los, das war mein einziges Ziel.

Als mehrere Pfiffe ertönen, realisiere ich, dass ich unter dem dicken Pullover lediglich ein dünnes Satinhemd trage, das nicht viel Spielraum für Fantasie lässt. Ciel zieht leise die Luft ein, Caleb gibt einen ähnlich klingenden Laut von sich, als beide ungeniert auf meine Brüste starren.

»Du kannst froh sein, dass ich längst weiß, wie gut du blasen kannst, ansonsten würde dir jetzt ein anderes Schicksal blühen.« Ciels Stimme ist laut und eiskalt, doch sie macht mir keine Angst. Auch macht er mir keine Angst, als er seine Hand in mein Haar gleiten lässt, nachdem er fast sanft den Zopfgummi gelöst hat. Irgendwie weiß ich, dass er hier den knallharten Untergrund-Boss heraushängen lassen muss. Ich sehe im düsteren Blitzen seiner Augen, dass er es nur ungern macht. Aber ich habe kein Problem damit, wenn er mich zur Demonstration seiner Stellung benutzt. Ich werde alles in meiner Macht Stehende tun, damit er mit mir das zeigen kann, was er augenscheinlich zeigen will. Nur leider habe ich überhaupt keine Ahnung, was er von mir sehen will.

Angst?

Respekt?

Widerstand?

Er wickelt sich mein Haar um seine Faust und zieht meinen Kopf daran zurück. Mein Nacken ist überstreckt und meine Knie reiben über die aufgeplatzten Fliesen, als er mich vor sich in Position bringt. Unsere Blicke treffen aufeinander und lösen einen heißen Schauer in meinem Magen aus. Er beugt sich zu mir herunter, bringt seine Lippen an mein Ohr. Ich bin wie erstarrt und gleichzeitig wie ein Flitzebogen gespannt.

»Darüber sprechen wir noch«, raunt er, nur für mich bestimmt. Ein weiterer Hitzeschauer jagt durch meinen Körper, als sein vom Kampf noch immer schneller Atem auf meine Ohrmuschel trifft. Erst weiß ich nicht genau, was er meint, doch als sein vorwurfsvoller Blick erneut in meine Haare rutscht, wird es mir klar.

Die Mütze.

Mein Gesicht. Meine Haare.

Aber in dieser Winterkluft wäre ich in dieser Halle längst erstickt. Also funkle ich ihn missbilligend an, sage aber etwas völlig Gegenteiliges.

»Es tut mir ...«

Er unterbricht mich schneidend. »Sei ruhig. Du redest nur, wenn du dazu aufgefordert wirst.«

Damit kann ich etwas anfangen. Ich deute ein Nicken an, presse die Lippen zusammen und folge jeder ihrer Bewegungen mit den Augen.

Mit einem deutlich mahnenden Blick lässt er mich los, tritt zurück und nickt in Richtung Caleb. Der atmet noch einmal tief durch, reibt sich über die Wange und nimmt Ciels Position vor mir ein. Wieder meldet sich mein Magen, aber ebenfalls nicht vor Angst. Calebs rechte Wange ist blutig und die rinnende Spur, die ihren Anfang in seiner Augenbraue findet, ebbt nicht ab.

»Hände auf die Oberschenkel, und da bleiben sie«, weist er mich kühl an und reibt sich dabei erneut über die Wange, um das Blut daran zu hindern, über seine Lippen zu laufen. Ich finde sehr vieles an dieser Situation beängstigend, ohne wirklich Angst zu haben. Ich denke nicht, dass sie mir etwas tun werden, aber ich mache mir Sorgen um Caleb, dem es ganz offensichtlich nicht gut geht. Das Blut rinnt aus der klaffenden Wunde an seiner Augenbraue, an der mal sein

Piercing war. Jetzt ist da nur noch Blut. *Und so viel davon.*

Calebs Blick schweift kurz über meinen Kopf, mustert die Menge, dann reißt er mein Top ruckartig nach unten und entblößt meine Brüste. Ein Johlen geht durch das sensationsgeile Publikum und noch eins, als Caleb die linke umfasst und zudrückt. Ich stöhne leise, weil er mich seine in sich brodelnde Wut spüren lässt. Und gleich noch einmal, als Ciel sich dicht neben Caleb stellt und meine andere Brust umfasst. Er zwirbelt meinen Nippel und lässt mich dabei nicht aus den Augen, geht aber deutlich sanfter vor als Caleb.

Keuchend lege ich den Kopf in den Nacken und sehe weiterhin zu ihnen auf. Dass die Menge hinter ihnen ausrastet, ist mir völlig egal. Solange sie keine wildfremden Männer auf mich hetzen, können sie mit mir machen, was sie wollen. Und ich liebe ihre Hände auf mir, daher finde ich nichts an dieser Situation unangenehm. Sie sollen ruhig mit mir ihre Spielchen spielen, anstatt irgendeine Frau vor allen Augen – vor meinen Augen – zu ficken.

»Misch dich nie wieder in Dinge ein, die dich nichts angehen, das kann tierisch in die Hose gehen«, flüstert Caleb unheilvoll und lässt mich los, um an seinen Gürtel zu greifen. Ich lecke mir über die Unterlippe, um zu signalisieren, dass ich bereit bin.

Die Position auf den Knien hockend vor den beiden lässt sowieso nur ein plausibles Szenario zu, was nun geschehen wird.

Mit klopfendem Herzen sehe ich dabei zu, wie er den Reißverschluss seiner schwarzen Jeans herunterzieht, mit einem Griff seinen Schwanz befreit und selbst ein paarmal über seine Länge reibt. Ich schlucke unwillkürlich. Aus irgendeinem Grund finde ich es verdammt heiß, ihm dabei zuzusehen, wie er sich selbst berührt.

»Du bist so gierig«, raunt Caleb so leise, dass die Umstehenden uns nicht hören dürften, dann greift er mit der freien Hand beherzt an meinen Hinterkopf und zieht mich auf seine Erektion. Er gibt mir nur wenige Sekunden Zeit, dann umfasst er grob mein Kinn, hebt es leicht an und bedeutet mir nur mit seinem düsteren Blick, den Mund weiter zu öffnen. Ich komme diesem stummen Befehl nach und lasse ihn für mehrere Minuten meinen Mund vögeln. Er geht nicht gerade sanft vor, aber das muss er auch nicht. Mit jedem Brüllen aus Richtung des Publikums habe ich das Gefühl, dass Calebs Hüfte gröber vorstößt. Und mit ihm rauscht ein Gefühlscocktail durch meine Venen, der mich betrunken macht – und abhängig werden lässt. Mit jedem neuen Stoß, mit jeder Reaktion unserer Zuschauer genieße ich es mehr. Es ist dermaßen verboten wie heiß und das ist genau das, was meine dunkelsten Fantasien aufblühen lässt.

Als Caleb von mir ablässt und Ciel nahezu ohne jeden Übergang übernimmt, blicke ich direkt in seine stürmischen eisblauen Augen. Er geht vorsichtiger vor als Caleb, lässt sich Zeit, mit seiner Eichel meine Lippen nachzufahren, und behält mich dabei genau im Blick. Ich knie regungslos vor ihnen, meine Hände sind schweißnass. Einmal, weil es in dieser Halle unerträglich heiß ist, und außerdem, weil meine eigene Erregung mit jeder Sekunde mehr zunimmt. Ich will mich nicht dafür schämen, dass mir das Szenario, das wohl vor allem eine Bestrafung darstellen soll, mehr als gefällt. Mit aller Kraft, die ich aufbringen kann, presse ich sie auf meine Beine, um ja nicht dem Drang nachzugeben, sie an Ciels Oberschenkel zu legen. Doch ich kann es mir nicht verkneifen, fordernd meine Zunge herauszustrecken, als er beinahe sinnlich weiter mit seiner Schwanzspitze über meine Unterlippe fährt. Es blitzt in seinen Iriden auf, gleichzeitig umfasst er meinen Hinterkopf, dann schiebt er sich vehementer in meinen Mund. Ich unterdrücke ein Stöhnen, als er ebenfalls beginnt, tief und kompromisslos immer wieder aufs Neue zwischen meine Lippen zu stoßen.

Auf meiner Zunge kann ich den salzigen Geschmack seines Lusttropfens schmecken und ich drücke sie unwillkürlich fester an seinen Schaft, was ihm ein dunkles Grollen entlockt, das vom Geschrei der Menge geschluckt wird.

Als mich im nächsten Moment seine Handfläche auf der Wange trifft, habe ich nicht damit gerechnet. »Weiter auf, und du machst nichts anderes, als mich deinen Mund ficken zu lassen, verstanden?«

Sein dunkler Befehlston sorgt dafür, dass sich die kleinen Härchen auf meinem Nacken aufstellen. Die Haut auf meiner Wange glüht von seinem Schlag, doch alles, was ich deswegen fühle, ist pure Erregung.

Nach einigen Sekunden, die sich wie der Himmel auf Erden anfühlen, wechselt er erneut mit Caleb. Das Blut läuft weiter ungehindert über seine Wange und diesmal wischt er es nicht weg, als er meinen Kopf mit beiden Händen umfasst, um sich nun gänzlich an mir auszulassen. Ich lasse mich von ihm, ohne zu zögern, weiter nach hinten lehnen, öffne den Mund und sehe in seine Augen, als er dunkel stöhnend zum Höhepunkt kommt. Der erste Schwall seines Spermas läuft mir in den Hals, der nächste trifft mich auf die Wange. Caleb steht stöhnend über mir, reibt noch einmal über seine Erektion und so landet kurz darauf ein weiterer warmer Schwall seines Samens auf meinem Gesicht.

»Fuck, Peach«, flüstert er leise, legt den Kopf in den Nacken und verharrt so einige Sekunden über mir. Sein Blut tropft auf mich herunter, doch ich bleibe regungslos vor ihm sitzen.

Ciel schiebt sich vor Caleb und muss gar nicht mehr in meinen Mund stoßen. Er hält seinen Schwanz ebenfalls umfasst, bewegt seine Faust grob darüber und greift an meine Haare, um mich vor sich in Position zu zerren, bevor er ebenfalls auf mein Gesicht spritzt und kurz darauf meine Brüste auf dieselbe Weise markiert.

Vielleicht sollte ich die Situation unangenehm finden. Aber das finde ich nicht.

Die Zuschauer um uns herum spenden ihnen Applaus, pfeifen, während an mir das Sperma von Ciel und Caleb heruntertropft.

Alles, was ich denke, ist lediglich, wie gern ich in diesem Moment mit ihnen beiden allein wäre, um selbst das unerträgliche Pochen zwischen meinen Schenkeln loszuwerden. Doch ich befürchte, das sieht ihre Bestrafung nicht vor.

In meinen Ohren entsteht ein Rauschen, als plötzlich Bewegung in die Menge kommt; sie verteilen sich, die Musik wird wieder aufgedreht. Plötzlich ist die Tussi von vorhin dicht vor mir.

»Merde«, flüstert sie mit kratziger Stimme und geht neben mir auf die Knie. »Bist du lebensmüde, Mädchen? Man stört keine Männer im Ring! Du kannst von Glück reden, dass sie nur deinen Mund benutzt haben!« Sie wirft ihre Handtasche neben mich und wühlt mit einer Hand darin rum, während sie mit der anderen mein Kinn umfasst und es von links nach rechts dreht.

»Habe ich gemerkt«, witzle ich und versuche, mich ihrem Griff zu entziehen, doch da hat sie das Gesuchte schon gefunden. Vehement zieht sie ein paar Abschminktücher aus einer knisternden Plastikverpackung und entfernt mir damit die Spuren von den beiden Männern aus dem Gesicht und von den Brüsten.

»Im Ernst«, zischt sie. »Das war dumm von dir.«

»Sie kennt unsere Regeln noch nicht.« Ciels dunkle, bedrohliche Stimme lässt mich den Kopf drehen. In dem dichten Nebel um uns erscheint seine düstere Erscheinung wie das Auftauchen einer dunklen Gottheit. Er umfasst meinen Oberarm und zieht mich auf die Füße. »Danke, aber ihre Bestrafung ist noch nicht vorüber.« Damit zerrt er mich weiter zur Seite, weg von der Frau, die mir doch nur helfen wollte. Ich stolpere in Ciels harschem Griff weiter, zupfe mir das Top zurecht und spüre die Blicke der Männer um uns herum. Ebenfalls sehe ich die Blicke der Frauen, die mich mehr als neidisch ansehen. Ich unterdrücke ein Grinsen und versuche wenigstens, wie ein geschundenes Opfer zu wirken, das gerade vor aller Augen benutzt wurde.

Das wurde ich nicht, aber mir ist klar, dass die Leute genau das sehen wollten – und genau das wollten sie sie sehen lassen. Apropos sie. Wo ist Caleb?

Hektisch wende ich den Kopf, doch von ihm ist nichts mehr zu sehen. Ist er schon wieder abgetaucht? Und Ciel lässt ihn?

Er wollte sich gerade einen Schuss setzen. *Wir können ihn hier nicht allein lassen.*

Doch als ich das gerade loswerden will, erreichen wir den Beckenrand. Ciel nimmt mich an der Hüfte, setzt mich kurzerhand darauf ab und drückt mir mit einem funkelnden Glänzen in den Augen den Pullover gegen die Brust. Ich komme seinem stummen Befehl nach, ziehe ihn mir trotz der Hitze über den Kopf. »Komm mit.« Er stemmt sich hoch, während ich ungelenk auf die Füße komme. Er schleust mich ohne weitere Zwischenfälle durch die tanzende Menge. Ich richte meinen Blick auf meine Fußspitzen und lasse mich von ihm mitziehen. Obwohl er es mich nicht spüren lässt, merke ich, wie es hinter seiner Fassade brodelt. Und ich weiß, dass ich heute haarscharf an einer erneuten Eskalation zwischen uns vorbeigeschrammt bin. Ich hätte ihn nicht anflehen dürfen, aber meine Sorge um Caleb hat mich in diesem Moment nicht mehr klar denken lassen. Dennoch sage ich nichts.

Ich fürchte, meine eigentliche Strafe kommt tatsächlich erst noch. Und ich weiß nicht, ob mir diese ebenfalls gefallen wird.

Kapitel 12
Eden

Als wir ungehindert den Eingangsbereich dieser illegalen Kampflocation erreichen, entspannt sich Ciels Haltung leicht. Er sieht links über meinen Kopf und schon, als ich sein Nicken vernehme, taucht Caleb neben uns auf. Er presst sich ein Handtuch auf die Augenbraue und würdigt mich keines Blickes.

Das ändert sich nicht, als wir Ciels Porsche erreichen. Caleb verkrümelt sich auf die Rückbank und hüllt sich in Schweigen, ich hingegen nehme auf Ciels Anweisung auf dem Beifahrersitz Platz.

Die Fahrt zurück zu Ciels Museum verläuft ähnlich still. Immer wieder zieht Caleb hörbar die Nase hoch, bevor er mit einem tiefen, leisen Stöhnen gegen die Innentür sackt. Jedes Mal, wenn ich seine Schmerzenslaute vernehme, schließt sich eine eiskalte Faust um mein Herz.

Ciel starrt konzentriert durch die Windschutzscheibe nach vorne und nur die Hand, die das Lenkrad umklammert, verrät, wie aufgewühlt er innerlich ist, auch wenn man das an seiner Fassade nicht ablesen kann.

Ich beiße mir auf die Unterlippe, um nicht zu plappern. Ich will so viel sagen, so viel fragen, aber ich mache nichts davon. Stattdessen hocke ich so unbeweglich wie möglich in dem Wagen, presse meine Hände in meinen Schoß und sehe aus dem Augenwinkel, wie Ciel die Sitzheizung auf meinem Sitz einschaltet. Diese Geste flattert in Form eines ebenfalls warmen Gefühls direkt in meinen Magen.

Doch dessen ungeachtet ignorieren beide Männer mich während der gesamten Fahrt und auch als wir eine halbe Stunde später die Tiefgarage unter Ciels Museum durchqueren. Und je näher wir meiner zu erwartenden Maßreglung kommen, desto nervöser werde ich.

Doch vielleicht ist die Strafe lediglich meine völlige Ausgrenzung.

Wie bestellt und nicht abgeholt folge ich ihnen durch den Flur, als ich keinerlei Anweisungen bekomme. Ciel steuert geradewegs seinen Waffenraum an und öffnet eine weitere von hier abgehende Tür mit einem Code, den er in einen kleinen Kasten rechts daneben eingibt.

Dieses Zimmer ist dunkel und lediglich von kleinen, in der Wand eingelassenen Leuchten auf Fußhöhe so erhellt, dass man nicht Gefahr läuft, sich den Kopf an den Regalen zu stoßen. Hier sieht es aus, als würden wir in einem Lager einer gut sortierten Apotheke stehen. Säuberlich beschriftet finden sich hier in hohen Regalen Ciels Handlungsmittel. Seine Drogen.

»Ich wette, du änderst den Code jetzt wieder«, brummt Caleb und stützt sich mit einer Hand an der kahlen Wand ab.

»Du lässt mir ja keine andere Wahl«, erwidert Ciel gelassen.

Ich bleibe unschlüssig in der geöffneten Tür stehen, verschränke die Arme und sehe stumm dabei zu, wie Ciel einen Hocker aus der Raumecke zieht. Er stellt ihn mitten in den kleinen Raum, bevor er sein blutiges Hemd aufknöpft. Er streift es sich ab, wirft es achtlos in die Ecke und geht oberkörperfrei zu einem Waschbecken, das an der Raumecke angebracht ist. Minutenlang wäscht er sich die Hände und Arme, bevor er sie desinfiziert und sich anschließend zu dem hohen Metallregal umdreht. Caleb schleppt sich unterdessen, ohne einen Ton zu sagen – dafür stöhnend –, zu dem Hocker und sinkt darauf. Ciel kramt in einer Kiste, dann dreht er sich zu Caleb um und bedeutet ihm mit einer Handbewegung, das Handtuch sinken zu lassen, das Caleb sich nach wie vor auf sein Gesicht drückt.

Mit eindeutig kundigen Bewegungen tastet Ciel stumm und ohne eine Miene zu verziehen, Calebs Gesicht ab, drückt auf seine Wangen, was Caleb erneut stöhnen lässt, diesmal deutlich schmerzerfüllter.

»Glück gehabt, dachte schon, das Jochbein hab ich dir gebrochen.«

»Schön wär's«, brummt Caleb nur und schließt die Augen.

Dieser Anblick, als Ciel sich vorbeugt und einen genaueren Blick auf Calebs Augenbraue wirft, trifft mein Herz gleich noch so viel mehr. Ich weiß wirklich nicht, was das zwischen den Männern ist, und noch viel weniger weiß ich, wie ich dazwischenpasse. Doch keiner von beiden scheint mich loswerden zu wollen. Ich räuspere mich und sehe mich um.

»Brauchst du vielleicht mehr Licht?«, frage ich mit kratziger Stimme, in der meine Angst mitschwingt. Ich befürchte, ich darf noch immer keinen Ton sagen.

Doch Ciel nickt, ohne Calebs Gesicht loszulassen. »Da links auf dem Schreibtisch steht eine Lampe. Kannst du die herbringen?«

Ich nicke und stoße mich vom Türrahmen ab, um ebendiese zu holen. Mit wenigen Schritten bin ich kurz darauf bei den beiden Männern und sehe mich nach einer Steckdose um. Ciel nickt undeutlich neben das Regal, während er Caleb weiter mustert und auf Stellen seines Gesichts drückt. Als ich kurz darauf den kleinen Lichtkegel der Schreibtischlampe auf Caleb richte, stockt mir für einen Moment der Atem. Er sieht furchtbar aus. Seine Augenbraue wirkt regelrecht zerfetzt und aus der klaffenden Wunde suppt unaufhörlich das Blut.

»O Gott«, keuche ich und spüre, wie meine Hände anfangen zu zittern.

»Caleb ist nicht aus Zucker, Kleines. Das übersteht er schon.« Ciel tätschelt höhnisch seine Wange. »Nicht wahr, Kumpel? Sieh mich an. Nicht wegdriften hier.«

»Bin da«, murmelt Caleb schläfrig und öffnet die

Augen einen Spaltbreit. »Kannst du das nich einfach tackern oder so? Ich bin voll am Arsch.«

»Damit ist es nicht getan. Das muss ich nähen.« Ciel besieht Caleb mit einer hochgezogenen Augenbraue und dreht sein Gesicht mit seinen Fingern an dessen Kinn von links nach rechts, um die Wunde besser beurteilen zu können. »Brauchst du 'ne Betäubung oder hältst du den Schmerz jetzt auch noch aus, Rambo?«

»Verarsch mich nicht, Croissant-Fresser. Mach einfach zu, das Blut nervt mich. Ich hasse den Geschmack.«

»Na, das habe ich anders in Erinnerung.« Ciel grinst, während meine Wangen feuerrot anlaufen.

Nicht ihr Ernst. Sie machen schon wieder dämliche Witze?

»Peachs Blut is was ganz anderes«, murmelt Caleb schwerfällig und schon wieder fallen ihm die Augen zu. Er ist völlig hinüber und löst mit seinem Anblick ein zentnerschweres Gewicht aus, das sich in meinem Magen ausbreitet.

»Halt ihn mal vorsichtshalber fest, nicht dass er uns hier gleich umkippt«, flüstert Ciel in meine Richtung und wartet, bis ich die Lampe auf dem Regal neben mir abgestellt habe, um seiner Aufforderung nachzukommen.

Mit zittrigen Fingern stelle ich mich hinter Caleb, der prompt seinen Hinterkopf an meine Brust lehnt. »Hm«, brummt er leise. »Das ist okay. Brauch keine Betäubung.«

»Ja, spuck mal weiter große Töne.« Ciel dreht sich

um und setzt kurz darauf eine Spritze an Calebs Oberarm an.

»Das is keine Betäubung«, murrt Caleb undeutlich und mit geschlossenen Augen, doch Ciel lässt sich davon nicht beeindrucken.

»Stimmt. Das ist was gegen die Schmerzen. Die Betäubung kommt jetzt.« Damit lehnt er sich vor und hantiert mit geübten Fingern an Caleb herum, der jegliche Widerworte einstellt.

Ich wende meinen Blick ab, schlinge stattdessen meine Arme um Calebs Schultern und beobachte Ciels Mimik. Er ist konzentriert, und doch ist da gleichzeitig dieser düstere und überhebliche Ausdruck auf seinem Gesicht, den ich extrem anziehend finde. Genauso wie den Fakt, wie er sich professionell Calebs Wunde annimmt und sie in wenigen, dafür absolut sicheren Stichen näht. Caleb gibt während der gesamten Prozedur keinen Ton von sich.

Als Ciel schließlich fertig ist, hilft er Caleb auf. Ich trete von den Männern zurück und rechne mit allem, doch Ciel umfasst lediglich Calebs Oberarm und hilft ihm, zurück in sein Zimmer zu kommen. Unschlüssig dackle ich wieder hinter den beiden her und warte im Flur vor seinem Zimmer darauf, dass mir irgendwer sagt, was mich nun erwartet.

»Geh duschen, du stinkst«, gibt Ciel Caleb noch als nett gemeinten Ratschlag mit, bevor er die Tür ins Schloss zieht.

Unsicher stehe ich an der Wand und überlege, einfach in mein Zimmer zu flüchten, als Ciel nun zum ersten Mal richtig den Blick auf mich richtet. Er rutscht an mir herab, dann streckt er seine Hand nach mir aus und schiebt mich in Richtung seines Zimmers.

Meine Kehle fühlt sich an wie zugeschnürt, als er mich weiter in das angrenzende Badezimmer dirigiert. Er greift an seinen Gürtel und sieht zu mir, eine Augenbraue skeptisch erhoben. »Worauf wartest du? Willst du in dem angewichsten Zustand bleiben?«

Seine Stimme klingt spöttisch, aber genauso müde, als er aus der Stoffhose steigt und ohne mir mehr Beachtung zu schenken, in die großzügige Glasdusche tritt.

Ich atme noch einmal tief durch – es wirkt immer noch nicht wie die große Maßregelung, die mir gleich bevorsteht –, dann folge ich seinem Beispiel. Als ich kurz darauf nackt und zugegebenermaßen noch immer recht klebrig zu ihm unter den warmen Wasserstrahl trete, macht er mir sofort Platz. Sofort zuckt mein Blick suchend über seinen Körper. Im Gegensatz zu Caleb sieht man Ciel den Kampf ohne die blutverschmierte Kleidung nicht mehr an. Auf seiner rechten Schulter schimmert die Haut bläulich und seine Wange sieht ebenfalls recht verfärbt aus, aber für die Art, wie die beiden sich geprügelt haben, ist er erstaunlich unversehrt. Da er noch immer nichts sagt, senke ich meinen Blick auf seine Brust und genieße das warme prasselnde Wasser auf meiner Haut. Ich bin müde und meine Knochen fühlen sich so schwer an, als hätte ich selbst gekämpft. Doch lange lässt mir Ciel diese Taktik nicht durchgehen. Ich sehe so lange stur auf seinen Oberkörper, studiere die kleinen blonden Härchen, bis ich Ciels Finger auf meinem Kinn spüre. Er drückt es sanft nach oben und sieht mir forschend in die Augen. »So still?«

Ich lache leise auf, vor allem, weil ich immer noch nicht weiß, was mir nun blüht. »Ich warte auf meine Bestrafung.« Als Ciel zunächst nichts sagt, sondern sich ein dunkler Schleier auf seinen Iriden ausbreitet, durchfährt mich ein warmes Gefühl.

»Keine Bestrafung, Kleines.« Er nimmt das Duschgel aus der Nische in der Fliesenwand, gibt sich einen großzügigen Klecks davon in die Hand, bevor er sie über meine Schultern wandern lässt. Ich kann ein genüssliches Seufzen nicht unterdrücken und lasse mich wehrlos mit der Stirn an seine Brust ziehen, während er mich wäscht und damit seine und Calebs Spuren von mir nimmt. »Es hat gereicht, was wir mit dir getan haben.« Seine tiefe Stimme macht deutlich, dass er tatsächlich ein Problem damit hatte.

»Ich habe nicht auf dich gehört«, murmle ich gegen seine nasse Haut, die verdammt gut nach ihm riecht. »Ich habe mich öffentlich deinen Leuten gezeigt, ich habe mich eingemischt und ich habe …« Ich halte inne. Es ist sicher nicht sonderlich klug, ihm jetzt noch einmal unter die Nase zu reiben, dass ich ihn angefleht habe.

»Du hast …?«, hakt er allerdings nach und drückt mich von sich, damit er mir ins Gesicht sehen kann. »Mich um Calebs Leben angebettelt und damit in Kauf genommen, dass ich dich einfach erschlage?«

»Es war ein Reflex«, keuche ich reumütig und bin überrascht, dass er nicht wütender reagiert.

»Ein dummer Reflex.«

»Ich weiß.« Obwohl mein Herz immer schneller schlägt, erwidere ich seinen Blick. In seinen Augen tobt ein Sturm, der den Kampf in seinem Inneren verrät.

»Ich habe meine Frau umgebracht.«

Er bringt die Worte völlig tonlos und zusammenhanglos über die Lippen, während er mich loslässt, nur um seine Handflächen neben meinem Kopf an den Fliesen abzustützen. Ganz langsam. Erst landet die linke rechts neben mir, dann die rechte auf meiner anderen Seite, als würde er mir Zeit geben, mich vor ihm in Sicherheit zu bringen. Doch das mache ich nicht, sondern lasse stattdessen zu, dass er mich zwischen seinen Armen gefangen nimmt. Seine Augen forschen geduldig in meinen, während er meine Reaktion abwartet.

Auf die er ein paar Sekunden länger warten muss, weil mein Hirn sehr lange damit beschäftigt ist, diese hingeklatschte Information zu verarbeiten.

Ich atme ein paarmal zitternd ein und aus, dann lege ich den Kopf in den Nacken, bis ich gegen die kalten, nassen Fliesen stoße. »Du ... du hast ...«

»Meine Frau umgebracht«, wiederholt er mein Stammeln mit fester Stimme. »Erschlagen«, präzisiert er leiser.

Mein Herz jagt immer schneller und über meine Ohren legt sich ein Rauschen. *Ciel war verheiratet?*

Er hat sie getötet?

Dieses neue Wissen trifft mich nicht so, wie es mich treffen müsste. Ich weiß, dass er grausam sein kann. Aber nicht *ist.* Das ist ein gewaltiger Unterschied. Ich weiß, dass er nicht wahllos durch die Straßen zieht und mordet. Er wird seinen Grund gehabt haben.

»Als sie bettelnd vor dir gekniet hat, nehme ich an?«, frage ich gefasst.

Ein abfälliges Grinsen zupft an seinem Mundwinkel und die Muskeln seiner Oberarme zucken, als müsste er sich in diesem Moment sehr zusammenreißen. »Diese Herleitung war jetzt nicht sonderlich schwer herzustellen.«

»Aber … w-warum …?« Ich atme tief ein und habe trotz dieser neuen Erkenntnis nicht das Bedürfnis, mich vor ihm in Sicherheit zu bringen. Ich habe schließlich gewusst, dass Ciel nicht der charmante Mann ist, als der er sich mir gegenüber fast immer gibt. »Entschuldige, ich stammle schon wieder.« Leise keuche ich ihm direkt ins Gesicht und kann doch nichts dagegen machen, dass ich ungefiltert das ausspreche, was mir durch den Kopf jagt.

»Schon okay«, wispert er in einem amüsierten Tonfall. »Macht dir das keine Angst?«

Nach wenigen Sekunden schüttle ich den Kopf. »Ich schätze, du hattest einen guten Grund dafür?«

Schlagartig verändert sich sein Ausdruck, wird tiefdunkel und … *grausam*. »Den hatte ich.«

Ich nicke mehrmals. »Und du wirst ihn mir nicht verraten.«

Ciel seufzt tief, dann schüttelt er langsam den Kopf. »Ich … ich kann nicht darüber sprechen.«

Für ein paar Sekunden suche ich in seinen Augen nach irgendwas, das mir mehr verrät, doch da ist nichts.

Nur seine hohe Mauer, die er längst wieder hochgezogen hat, nachdem er mir diesen kleinen Informationshappen aus dem Nichts hingeworfen hat. Er verrät eine Menge und doch noch lange nicht genug. Langsam zucke ich mit den Schultern. Ich würde lügen, wenn ich behaupte, mich interessiert dieser Grund nicht. Aber ich werde garantiert nicht den Fehler machen, Ciel mit dieser Frage zu bedrängen. Schon gar nicht nach diesem Tag. »Okay«, sage ich also schlicht. »Kannst du mir dafür eine andere Frage beantworten?« Ciel wirkt genauso erleichtert, wie ich mich fühle, als er auffordernd die Brauen hebt. »Also …« Ich schließe kurz die Augen, um mich zu sammeln, dabei macht er gerade keine Anstalten, mich wegen meiner ungeordneten Sätze zu drängen. Geduldig wartet er, bis ich mich innerlich so weit gewappnet habe, ihn wieder ansehen zu können. »Was war das vorhin? Im Ring? Die Leute … die haben etwas anderes erwartet, oder? Wieso hatte diese komische Frau Angst um mich? Die hatte sie doch, oder? Erst fand ich sie schrecklich, weil sie wie wahrscheinlich alle Frauen dort so von dir und Caleb geschwärmt hat, aber dann war sie ja doch ganz nett, als sie …«

Ciels leises Lachen unterbricht mich. »Echt? Du warst schon wieder eifersüchtig auf diese billigen Nutten? Ich fasse keine von denen an, dafür ist mir mein Körper zu schade.«

Schmunzelnd erwidere ich sein Grinsen. »Es tut gut, das noch mal zu hören, ja.«

Ciels Lächeln schwindet, als er seine Hand an meine Schulter legt und mit seinem Daumen mein

Schlüsselbein umkreist. »Es gibt zwei ungeschriebene Regeln bei diesen Kämpfen, Kleines. Erstens: Der Kampf ist dann vorbei, wenn einer auf dem Boden liegt und sich nicht mehr rührt. Zweitens: Wer den Kampf zwischen zwei Parteien unterbricht, wird zwangsläufig zum Verlierer. Im Normalfall bedeutet das, dass die beiden Kontrahenten sich zusammentun und es beenden.« Ciels düsteres Lächeln ist aussagekräftig genug, dennoch spricht er leise weiter. »Es sterben selten Menschen bei diesen Kämpfen, mit Ausnahme dieses Szenarios. Heute haben sie erwartet, dass wir dich entweder totprügeln oder ...« Er hält inne und schüttelt den Kopf. »Die wenigen Frauen, die das bisher gewagt haben, wurden meist in einer sehr ausschweifenden Orgie von beiden benutzt. Und zwar auf eine Art, die ihr nicht gefallen hat.«

»Nicht so, wie es mir gefallen hat«, wispere ich.

»Hat es das wirklich?«

Ich fahre mit meinem Finger über Ciels Brust, die sich nach wie vor verführerisch nah vor mir befindet. Das warme Wasser erhitzt seine Haut noch mehr und ich muss mich zügeln, ihn nicht gänzlich unbeherrscht zu betatschen. »Hat es.« Als ich mit einem langsamen Augenaufschlag zu ihm aufsehe, erkenne ich, wie sein Adamsapfel zuckt, als er hart schluckt, bevor er auf meine Lippen starrt. Dennoch küsst er mich nicht, sondern legt einen Arm um meinen Nacken und zieht mich an sich heran. Intuitiv schlinge ich meine Arme um seinen Oberkörper und bade in seinem Duft, bis ich plötzlich doch seine Lippen spüre. Nicht auf meinem Mund, da der fest an seinen Hals gepresst ist.

Aber auf meiner Stirn. Und er lässt sie einige Sekunden dort liegen, was sich derart vertraut und sinnlich anfühlt, dass ich das wohlige Seufzen, das sich mit aller Macht aus meiner Kehle stiehlt, nicht unterdrücken kann. Himmel, ich bin so in diese beiden Männer vernarrt, dass es das Einzige an unserer Situation ist, was mir Angst macht.

Nicht Ciel. Nicht seine Offenbarung. Nicht Caleb. Nicht meine Familie. Nicht dieser Tag.

Nein, lediglich diese Gefühlsurgewalt, die sich wie eine Dampfwalze ihren Weg durch meinen Körper bahnt, als Ciels Lippen meine Stirn kitzeln.

»Danke, Kleines«, flüstert er nach einiger Zeit dicht an meiner Haut. »Danke, dass du es nicht kompliziert machst.«

Er lässt mich los und nimmt nun doch mein Gesicht in beide Hände, um seine Lippen dicht vor meine zu bringen. »Ich kann dir jetzt übrigens recht sicher versprechen, dass ich dich nicht aus Versehen umbringe, wenn du mich anbettelst.« Er lacht leise und sein warmer Atem trifft auf meinen, was das warme Gefühl in mir anfacht. »Ich habe heute nicht einmal das Bedürfnis gespürt, dich deswegen zu schlagen.«

Überrascht blicke ich auf, mustere ihn und weiß, als ich das amüsierte Funkeln in seinem Blick bemerke, dass wir uns wieder auf sicherem Terrain bewegen. Mit einem erleichterten Gefühl in der Brust erwidere ich sein Grinsen. »Ach nein?«

Er schmunzelt und gleitet mit seinen Lippen über meinen leicht geöffneten Mund. Sofort rauscht ein Schauer über meinen Körper. »Nein«, bestätigt er leise.

»Das einzige Bedürfnis, das ich dabei gespürt habe, war das, deinen vorlauten Mund zu stopfen.«

Ich lache leise auf und schiebe dabei meine Hände an seinen Seiten vorbei, um sie auf seinem definierten Rücken zu verschränken. »So? Dafür hast du mich aber recht sanft berührt.«

Ciel schnaubt amüsiert. »Ich hatte Sorge, dass es dir zu viel sein könnte.« Er besieht mich mit einem vielsagenden Blick und hebt seine Hände an meine Oberarme, die noch immer über seinen Schultern liegen, um langsam und spielerisch über sie zu streichen. »Vor all den glotzenden Typen.«

»Dann mache ich mich bemerkbar«, verspreche ich ihm leise und so aufrichtig, wie ich kann. »Solange es nur Caleb und du seid, komme ich schon damit klar, was ihr so tun müsst, um eure ... Stellung zu wahren.«

»Soso, also kein dritter Kerl im Bunde?«

Nun bin ich an der Reihe, misstrauisch die Augenbraue zu heben. »Höre ich da etwa Sorge heraus, dass es so sein könnte, Mr Wir-geben-dem-zwischen-uns-keinen-Namen?«

Ciels Hände landen besitzergreifend an meiner Hüfte und in der nächsten Sekunde finde ich mich mit dem Rücken an die Fliesenwand gepresst vor. Ich keuche überrumpelt, auch wenn ich durchaus mit einer derartigen Reaktion gerechnet habe.

»Vorsicht, Madame«, raunt er an meinem Ohr. »Spiel nicht mit mir.«

»Würde ich nie wagen.« Schmunzelnd streichle ich über seine Wange, was er sich gefallen lässt. Ja ich habe sogar das Gefühl, dass er innehält und die sanfte

Berührung genießt, bevor er mir wieder tief in die Augen sieht.

»Keine anderen Männer. Ich denke, da sind wir uns einig.«

Es ist keine Frage. Sein Ton macht ganz genau deutlich, wie wenig er von dieser Vorstellung hält. Und mir gefällt der Gedanke, dass Ciel ähnlich eifersüchtig reagiert wie ich.

Daher nicke ich nicht, sondern stelle mich auf die Zehenspitzen, um mir endlich den Kuss von ihm zu stehlen, den er mir so lange verwehrt.

Als wir uns nach einer gefühlten Ewigkeit voneinander lösen, kribbeln meine Lippen und das Pochen zwischen meinen Beinen, das seit der Schwimmbad-Episode in mir wartet, wird mit jeder Sekunde deutlicher. Doch Ciel schiebt mich von sich, stellt das Wasser aus und wickelt mich kurz darauf in ein dickes Handtuch.

»So gern ich dich heute Nacht bei mir hätte«, sagt er auf meinen fragenden Blick, als auch er sich abtrocknet. »Ich denke, du solltest zu Caleb gehen. Er braucht dich jetzt mehr als ich.«

Kapitel 13
Eden

In meinem Kopf herrscht noch immer ein Ausnahmezustand, als ich wenige Minuten später, nur mit einem Slip und einem übergroßen T-Shirt von Ciel bekleidet, an Calebs Tür klopfe. Doch ich will nicht über die ganzen Fragezeichen nachdenken, die in meinem Hirn hin und her rasen, sondern schiebe die Tür einen Spalt auf, als ich auch nach mehrmaligem Klopfen keine Antwort bekomme. Caleb und sein Verhalten nehmen einen Großteil dieser ungeklärten Fragen ein, daher darf ich gar nicht erst anfangen, Zeit damit zu verplempern, wenn ich ihn doch auch einfach selbst fragen kann.

Im Zimmer ist es dunkel. *Verdammter Keller.* Normalerweise haben wir die kleinen Leuchten in Bodenhöhe an der Wand an, damit man wenigstens den Weg zum Bad findet, doch heute sind diese aus.

Ich lasse die Tür einen Spalt auf, um nicht völlig blind durch die Dunkelheit zu straucheln, und brauche dennoch ein paar Sekunden, bis sich meine Augen so weit daran gewöhnt haben, dass ich Calebs Umrisse auf dem Bett ausmachen kann. Er liegt auf dem Rücken und gibt keinen Ton von sich.

»Caleb?«, flüstere ich und tapse barfuß weiter auf das Bett zu. »Schläfst du schon?« Es wäre kein Wunder, so erledigt, wie er war. Je näher ich ihm komme, desto deutlicher wird der herbe Geruch seines Duschgels. Er hatte also noch genug Kraft, auf Ciels Ratschlag zu hören.

Und diese Dusche hatte er auch dringend nötig.

Er regt sich nicht, als ich dicht vor dem Bett stehen bleibe und einen Blick auf sein Gesicht werfe, das ich in dem schmalen Lichtstreifen nur schwer ausmachen kann. Seine Wangen glänzen feucht und er schnieft ganz leise. Mir stockt das Herz, als mir klar wird, dass er weint.

»Caleb«, keuche ich und falle mit den Knien voran aufs Bett. Ich weiß nicht, ob ich ihn berühren darf, was zum Teufel mit ihm los ist, daher handle ich rein impulsiv, als ich meine Hand vorsichtig auf seine Brust schiebe.

Er stößt mich nicht von sich, dafür dreht er das Gesicht zur Wand und brummt deutlich ungehalten. »Tut es so weh?«, flüstere ich und ahne, dass nicht das sein Problem ist. Ich weiß, dass ich richtigliege, als er spöttisch auflacht und sich fahrig mit dem Handrücken über die Wange fährt.

»Es tut nicht weh genug, Peach«, flüstert er nach ein paar langen Sekunden gequält in die Dunkelheit. »Warum bist du hier? Geh zu Ciel. Ich bin heute echt nicht die beste Gesellschaft für dich. Das solltest du doch mitbekommen haben.«

Hastig schüttle ich den Kopf. »Nein, ich will bei dir sein.« Mit einem Kloß im Hals füge ich leise an: »Wenn du mich lässt.« Irgendwie denke ich, er würde mich am liebsten rauswerfen, doch er zuckt – zu meiner Erleichterung – lediglich sachte mit den Schultern. »Darf ich mich zu dir legen?« Wieder zuckt er nur leicht, doch das reicht mir. Ich lege mich neben ihn auf den Rücken und starre an die Decke. Mehrere Minuten sagt er nichts und ich zwinge mich dazu, ihn nicht mit Fragen zu löchern. In unregelmäßigen Abständen atmet Caleb laut und schwerfällig, was wohl an den zahlreichen Verletzungen in seinem Gesicht liegt. Hin und wieder reibt er sich über das Gesicht. Ich will ihn nicht bedrängen, doch dass ihn irgendwas so weit aus der Bahn geworfen hat, dass er hier liegt und stumme Tränen vergießt, fühlt sich unerträglich an.

Als er keinerlei Anstalten macht, etwas zu sagen, räuspere ich mich und rolle mich auf die Seite. Er folgt meinem Beispiel nicht, sondern bleibt auf dem Rücken liegen. Dafür bette ich mein Gesicht in meine Handinnenfläche und mustere sein Profil. »Es liegt nicht daran, dass du mich und Ciel vorhin ... erwischt hast, oder?«, traue ich mich schließlich zu fragen. Seine Lippen verziehen sich zu einem gequälten Lächeln. Aber er sagt nichts.

Scheiße, das war doch wohl nicht wirklich das Problem, oder?

»Bitte, Caleb ... ich will nur ...« Ich halte mitten im

Satz inne, als er sich ruckartig aufrichtet, das kleine Nachtlicht an der Wand einschaltet und einen zerknitterten Briefumschlag unter dem Kopfkissen hervorzieht. Er drückt ihn mir, ohne mich anzusehen, gegen die Brust, während er sich wieder zurückfallen lässt und erneut an die Decke starrt. Stirnrunzelnd setze ich mich auf und ziehe die Beine in den Schneidersitz.

Unschlüssig sehe ich auf den edlen Umschlag, der an ihn adressiert ist. »Ich kann doch nicht deinen Brief lesen«, hebe ich leise an, doch Caleb macht eine wegwerfende Handbewegung durch die Luft, direkt an meinem Gesicht vorbei.

»Solltest du aber, damit du nicht wieder auf solche dummen Gedanken kommst. Es ist mir völlig egal, ob du Ciel vögelst oder nicht.«

Ich weiß nicht, wie er die Worte meint, aber sie fühlen sich an, als würde er sie in Form von Gesteinsbrocken auf mich abfeuern. Da er nicht so wirkt, mehr loswerden zu wollen, gebe ich mir einen Ruck und ziehe das beigefarbene Papier aus dem Umschlag, das so zerknittert ist, dass ich mir vorstellen kann, wie oft er die Worte schon gelesen hat.

»Bist du dir sicher?«, frage ich dennoch leise, als ich es vorsichtig auffalte.

»Lies einfach«, knurrt Caleb und streckt gleichzeitig seine Hand aus, als etwas aus dem Umschlag fällt. Ein Foto. Doch bevor ich erkennen kann, was darauf zu sehen ist, zieht er es mir vom Schoß, verschließt es in seiner Hand und legt diese auf seinem Brustkorb ab. »Lies«, wiederholt er leiser und nicht mehr ganz so schneidend. »Du solltest es wirklich wissen, damit du dir nicht ständig so einen Kopf machst. Mein Problem hat nichts mit dir zu tun, Peach.«

Das hat Ciel auch schon das ein oder andere Mal angedeutet. Dennoch pumpt mein Herz nervös, als ich anfange zu lesen.

Caleb,

ich will dir nicht ständig schreiben. Ich denke, das tut weder dir noch mir sonderlich gut. Aber wenn ich es nicht mache, habe ich das Gefühl, dich zu hintergehen. Das ist verrückt, nicht wahr?

Ich will nicht, dass du eine Rolle in seinem Leben spielst, und doch denke ich seit Tagen an nichts anderes als daran, dir diesen Brief zu schreiben. Immer, wenn ich ihn ansehe … denn ja … Ja, ~~mein~~ …

An dieser Stelle ist das *mein* durchgestrichen. In meinem Hals bildet sich ein Kloß, der mich am Atmen hindert.

… unser Kind ist nun seit wenigen Tagen auf der Welt. Es ist ein Junge.

Es geht ihm gut. Und … ich wünschte, das mit uns hätte anders geendet. Ich bin glücklich mit Jules und Francis und liebe sie abgöttisch, aber ich wünschte, du könntest deinen Sohn so sehen, wie ich ihn sehe. Ich erkenne dich in ihm. Und mich. Und irgendwie auch Jules und Francis – das ist auch verrückt, richtig?

Du kannst dir denken, wie viel die beiden davon halten, dass ich dir ungefiltert meine Gefühle schreibe, aber wenn ich diese Worte nicht loswerde, habe ich das Gefühl zu platzen. Es zerreißt mich innerlich, dass es in seinem Leben immer diese eine Lücke geben wird, obwohl Jules und Francis die besten Väter sind, die ich mir nur für ihn wünschen kann. Aber diese eine Lücke kannst nur du schließen und … ich will nicht, dass du das tust.

Ich weiß nicht, warum ich dir das erzähle …

Wie oft liege ich abends wach, lausche in die Dunkelheit, weil ich befürchte, du könntest plötzlich bei uns auftauchen … und ihn mir wegnehmen.

Bitte, Caleb … bitte, versuche das nicht.

Ich habe dich schon einmal verloren und will es nicht noch einmal, denn Jules und Francis würden nicht zögern, dich endgültig aus dem Weg zu räumen, wenn du für mich oder den Kleinen eine Gefahr darstellst.

Aber ich will, dass du weißt, wie leid es mir tut. Für ihn und auch für dich. Ich habe das Gefühl, alles falsch zu machen, was ich nur falsch machen kann, aber ich will doch nur das Beste für ihn. Und das Beste bist nicht du. Das klingt so hart, Caleb, aber du hattest so viele Chancen, so viele Möglichkeiten, es besser zu machen …

Es tut mir leid.

Es tut mir leid, dass ich dir diesen Brief schreibe.

Ich wünschte, alles wäre anders.

Paige

PS: Jules und Francis waren dagegen, aber ich wollte, dass du wenigstens ein Foto von ihm hast. Du sollst nicht glauben, dass *alles schlecht an dir und an uns war. Das war es nicht. Und vor allem er ist es nicht. Er ist das Beste, das Vollkommenste, das wir beide je hervorgebracht haben. Er ist so perfekt und dafür ... dafür danke ich dir. Von ganzem Herzen.*

Ich lese den Brief ein zweites Mal, bevor ich das Papier in meinen Schoß sinken lasse. In meinem Hals hat der Kloß beachtliche Maße angenommen. Wie viele Minuten vergehen, in denen wir still auf dem Bett sitzen, weiß ich nicht.

Caleb sieht flüchtig zu mir. »Willst du gar nichts dazu sagen?« Er klingt angespannt, obwohl er es sich ganz offensichtlich nicht anmerken lassen will.

Ich öffne den Mund wie ein nach Luft schnappender Fisch, doch heraus kommt kein Ton. Caleb beobachtet mich und als er merkt, dass ich nichts herausbekomme, bildet sich ein düsteres Lächeln auf seinen Zügen. »Ja Scheiße, was. Ich habe einen Sohn. Du darfst mich jetzt auch hassen. Sorry, dass ich es dir nicht gesagt habe.« Den letzten Satz presst er seufzend hervor, bevor er seine Hand nach dem Lichtschalter ausstreckt.

Ich stoppe ihn, indem ich meine Finger um sein Handgelenk schließe. »Darf ich das Foto sehen?«

Caleb mustert mich argwöhnisch, dann öffnet er die Hand mit dem Bild, das er noch immer auf seine Brust gepresst hält.

Ich nehme es ihm vorsichtig ab und sehe in strahlend blaue Augen. Das Bild von dem Baby muss kurz nach der Geburt aufgenommen worden sein. Es ist noch ganz knautschig, die schwarzen Haare sind nass und er ist bis zum Kinn in einem weißen Handtuch eingewickelt. Trotzdem ist der kleine Junge unglaublich süß.

»Sie hat recht«, wispere ich und streiche mit den Fingerkuppen über das kleine Gesicht. Jede Faser in mir sträubt sich, dass ich in diesem einen Punkt mit Calebs Ex-Freundin übereinstimme. Caleb zuckt zusammen, als hätte ich ihn geschlagen, und ein schmerzverzerrter Ausdruck huscht über seine Miene, die sicher nichts mit seinen Verletzungen zu tun hat. Ich gebe ihm das Foto zurück. »Er sieht genauso aus wie du.«

Caleb hebt misstrauisch die gesunde Braue, weil er wohl denkt, ich könnte seiner Ex noch in anderen Punkten zustimmen, dann greift er nach dem Brief, um ihn gemeinsam mit dem Foto zurück in den Umschlag zu schieben. Ich warte genau so lange, bis er ihn wieder unter dem Kopfkissen verstaut und das kleine Licht ausgeschaltet hat, dann lege ich mich an seine Seite, bette meine Wange auf seiner Brust und schiebe meinen Unterarm über seinen Bauch. Mein Herz rast genauso schnell wie seins. Angespannt und schwer atmend liegt Caleb unter mir.

»Ich mache das nicht, Peach«, flüstert er irgendwann wieder mit diesem gequälten Ton in der Stimme in die Dunkelheit um uns herum. »Ich will ihr den Kleinen nicht wegnehmen, ich ...«

»Ich weiß«, unterbreche ich ihn. Dieser kurze Brief hat so viel erklärt und ohne dass ich weiter nachfragen muss, kann ich mir die Dinge und Calebs Verhalten bestens selbst zusammenreimen. Ich gehe stark davon aus, dass es nicht der erste dieser Art gewesen ist, der ihn erreicht hat. Und wenn alle Briefe in diesem anklagenden Ton geschrieben waren, ahne ich, wie Caleb sich die ganze Zeit gefühlt haben muss. Und ich befürchte, dass dieser Brief, der ihn über die Geburt seines Kindes informiert, das er niemals zu Gesicht bekommen soll, der Auslöser für sein heutiges Verhalten war.

Sicher hat er in seiner Vergangenheit Fehler gemacht, aber er wird sie nicht wiederholen. Lieber schießt er sich ab oder sucht im Kampf nach der Freiheit für seinen Kopf, die er so dringend bräuchte.

Mein Hass für diese Frau brodelt immer mehr in mir auf, dabei ist mir ebenfalls klar, dass sie sicher gute Gründe dafür hat, solche Briefe zu schreiben.

Doch Caleb bestraft sich selbst jeden Tag für seine Fehler. Das ist offensichtlich. Aber natürlich bin ich parteiisch. Ich mag Caleb und ich fürchte, sie kannte diese Version von ihm ebenfalls. Irgendwann einmal. Und das befeuert ganz andere Gefühle in mir. Gott, ich wusste nicht, dass ich derart eifersüchtig bin.

Als ich immer noch nichts weiter sage, verirren sich Calebs Finger auf meinen Oberarm. »Der Brief kam vor drei Tagen. Erst heute Morgen habe ich mich getraut, ihn zu lesen. Ich weiß nicht einmal, wann genau er Geburtstag hat«, flüstert er mit brechender Stimme und bestätigt damit meine Vermutung. »Und dann dieses Foto …« Diesmal bricht seine Stimme ganz weg und ich kann die Tränen in ihr hören, als er leise weiterspricht. »Es fühlt sich verdammt scheiße an zu wissen, dass da draußen ein Teil von dir existiert. Und noch viel schlimmer ist es, wenn du weißt, dass du ihn nie kennenlernen wirst.«

Ich sage nichts, weil ich es in dem Moment gar nicht könnte. Mein Herz schmerzt ebenfalls, weil ich diesen Mann nicht leiden sehen kann. Ich will mir nicht anmaßen zu behaupten, ich könnte mir seinen Schmerz vorstellen. Das kann ich nicht. Aber ich sehe, wie sehr es ihn quält.

»Es tut mir so leid«, flüstere ich und versuche, ihm mit meiner Umarmung so viel Halt zu spenden, wie mir möglich ist. Caleb vergräbt sein Gesicht in meinem Haar und zieht mich auf sich. So liegen wir einige Zeit, bis er sich schließlich gesammelt hat. »Darf ich etwas fragen?«

»Hm«, brummt er in mein Haar, was ich als Erlaubnis nehme.

»Habt ihr … also war das Kind geplant, oder …?«

»Um Gottes willen, nein.« Caleb lacht düster und frustriert auf. »Zu der Zeit lief es schon lange nicht mehr gut zwischen uns. Sie hatte sich von mir getrennt, was ich nicht hinnehmen wollte.«

»Du hast sie aber nicht …?«

»Ich habe sie nicht vergewaltigt«, knurrt er leise. »Wirklich nicht, das hatte ich auch in meinem Drogenwahn nie nötig. Ich habe sie vielleicht ein-, zweimal zu hart angepackt, weil ich im Rausch nicht mehr richtig klarkam, aber die letzte Grenze habe ich dann doch irgendwie immer noch gesehen. Sie war so verzweifelt wegen dem, was ich ihr angetan habe, dass sie ihren Körper den Zwillingen verkauft hat. Paige ist viel zu moralisch für solche Scheißdeals, deshalb war sie an diesem Abend extrem aufgelöst. Sie hat bei mir ihre Sicherheit gesucht und mich gleichzeitig gehasst.« Wieder lacht er dunkel auf, sein Daumen kreist über meinen Oberarm. »Es war ein klassischer Hate Fuck. Kein Kind sollte so gezeugt werden.«

Ich schlucke, weil ich aus jedem seiner Worte heraushören kann, wie viel diese Frau ihm bedeutet hat. Oder noch immer bedeutet.

»Liebst du sie noch?«

Caleb stöhnt leise auf und schließt mich fester in seinen Arm. »Nein, Peach. Ich kann aber zugeben, dass sie mit allem recht hat. Es ist das Beste für uns alle, wenn sie mich niemals in die Nähe des Kindes lässt.«

»Es ist auch dein Kind«, widerspreche ich mit dünner Stimme.

»Ich wäre sowieso ein beschissener Vater. Es ist okay.«

»Aber es tut dir weh. Niemandem sollte sein Kind vorenthalten werden, wenn doch ...«

»Es ist das schlimmste Gefühl, das ich je gespürt habe, ja«, knurrt er wieder. »Aber ich habe es verdient. Und es ist richtig. Und Peach ... das ist nicht dein Thema, okay?«

Ich richte mich auf, doch Caleb zieht mich zurück. »Das meine ich nicht böse. Kannst du es bitte einfach akzeptieren? Es macht es nicht leichter, wenn du ...«

»Ich verstehe schon«, unterbreche ich ihn, weil er

völlig recht hat. Es geht mich wirklich nichts an. »Es tut mir leid.«

»Schon gut.« Caleb atmet noch einmal tief ein, dann rutschen seine Finger tiefer. Vorsichtig schiebt er den Saum meines Shirts an meinem Oberschenkel nach oben, dann gleiten seine Fingerspitzen über meinen Bauch. »Hat Ciel es zu Ende gebracht?«, flüstert er mit veränderter Tonlage und hakt seinen Daumen in das Bündchen meines Slips.

»Du hast dich gerade geprügelt bis zum Umfallen, und dann *das* hier, und trotzdem denkst du an Sex?«

Sein leises Lachen klingt echt. »Ich habe mich heute genug an dir ausgetobt, aber du bist nicht auf deine Kosten gekommen, obwohl du alles tapfer ertragen hast.«

Er klingt beinahe wie Ciel. Überraschend nachsichtig, dabei dachte ich, mich würde heute noch eine wesentlich schlimmere Strafe erwarten. »Ist schon okay.«

»Also hat er das nicht getan?«, schlussfolgert Caleb und schiebt seinen Zeigefinger in mein Höschen. »Dabei warst du vorhin so heiß auf uns im Ring.«

Vermutlich will er sich ablenken, deshalb lasse ich es zu, dass er meine Schamlippen nachfährt. Dennoch kann ich ein angespanntes Seufzen nicht unterdrücken, als er sich neben mir auf dem Ellenbogen aufstützt, um besseren Zugang zu mir zu haben.

»Oder nicht?«, fragt er leise und hält inne. »Ciel hatte Sorge, dich zu überfordern, aber das war etwas anderes, richtig? Du hattest Spaß daran, von uns benutzt zu werden.« Er senkt seine Lippen an mein Ohr.

»Vor allen Leuten.« Sein warmer Atem trifft auf meine Ohrmuschel und löst einen Schauer auf meinem Nacken aus. »Du musst es nicht abstreiten, Peach. Ich habe es in deinen Augen gesehen.«

Mein Atem kommt immer flacher, was Caleb als Zustimmung nimmt, seinen Finger langsam weiter an meinen Eingang zu schieben. Er stößt ein leises Grollen aus, als er durch meine Spalte streicht. »Du bist immer so feucht für uns, Baby. Das mag ich. Ich kann es kaum abwarten, bis wir dich endlich richtig vögeln können, ohne dir damit wehzutun.« Sanft dringt er mit der Fingerkuppe in mich ein. »Ich wette, du bist vorhin ausgelaufen, als wir deinen Mund gefickt haben.« Der Laut, der aus meiner Brust kommt, klingt erstickt. Ich will gerade etwas erwidern, als sich ein weiteres, dunkles Lachen aus seiner Kehle löst. »Und du stehst so verdammt darauf, wenn ich auf diese Weise mit dir rede.« Er zieht seinen Finger zurück und ich stöhne frustriert. Ich sollte das hier nicht zulassen. Nicht jetzt. Aber mein Körper sieht das anders. Und Caleb scheint ebenfalls von jetzt auf gleich den Modus wechseln zu können. Ungläubig beobachte ich ihn dabei, wie er seinen Finger an seinen Mund führt und von meiner Lust kostet. Trotz des schummrigen Lichts erkenne ich deutlich, wie die Erregung in seinen Augen aufleuchtet. Ich zwinge mich dennoch zu einem leichten Kopfschütteln.

»Jetzt ist nicht unbedingt der beste Zeitpunkt, meinst du nicht?«, wispere ich nervös.

Caleb wirkt kurz irritiert, doch dann klärt sich seine Miene. Er umfasst mein Kinn und lehnt sich dicht vor mein Gesicht. »Wenn es dir damit besser geht, können wir auch weiter über meine Ex-Freundin quatschen. Aber wenn du neben mir liegst, spuken mir deutlich andere Bilder durch den Kopf.« Seine Lippen streifen über meine. »Und du bist nicht mein Trostpflaster, okay? Seit du vorhin vor uns gekniet, unsere Schwänze gelutscht hast und dabei dieses Feuer in deinen Augen gelodert hat, will ich dich zum Höhepunkt bringen. Du hast nichts falsch gemacht, das rechtfertigen würde, dass du zurückstecken musst.«

Meine Wangen kribbeln, als ich seinen intensiven Blick erwidere. »Wenn das so ist …«

»Das ist so«, unterbricht er mich leise. »Aber wenn du keine Lust hast …«

»Doch«, fahre ich ihm keuchend in den Satz und halte mich an seinem Unterarm fest. Er grinst berechnend, bevor er sich erneut zu mir beugt und sanft seine Lippen auf meine legt. Wieder finden seine Finger den Weg zwischen meine Beine, doch im Gegensatz zu seinen Worten, die deutlich schmutziger anklangen, sind seine Bewegungen sanft. Er küsst mich liebevoll, mit so viel Gefühl, dass das Flattern in meinem Brustkorb das dumpfe Pochen meiner Lust um Längen übersteigt. Er küsst meinen Mundwinkel, meine Kieferlinie, bis hin zu meinem Ohr, während sein Finger meine Perle umkreist. Die Erregung schaukelt sich langsam, aber dafür umso intensiver immer weiter nach oben und kämpft gegen die wirbelnden Gefühle in meiner Brust. Jede Berührung, jedes Geräusch von ihm landet direkt in meinem Herzen.

»Ich darf dich nicht so wollen, wie ich dich will,

Peach«, raunt er gequält an meinen Lippen, während sein Finger leicht in mich eindringt. »Du solltest mich zum Teufel jagen, solange du noch kannst.«

»Ich will aber nicht«, keuche ich abgehackt und bohre meine Fingernägel in seinen Unterarm. In meinem Becken pocht es schwer und Caleb treibt mich beständig immer weiter der Erlösung entgegen.

»Ich weiß«, flüstert er. »Deswegen bin ich froh, dass Ciel auch noch ein Auge auf dich hat. Ich bin zu egoistisch, dich in Ruhe zu lassen.« Als der Orgasmus mich erfasst, streichelt mich seine Hand weiter, begleitet den abklingenden Rausch, während sein Blick ernst wird. »Ich bin nicht gut für dich, Eden.«

Ein paarmal atme ich zitternd ein, um mich zu sammeln, dann stemme ich mich auf dem Ellenbogen auf, um ihm auf Augenhöhe zu begegnen. Er lässt es zu, dass ich meine Hand an seine Wange lege, schmiegt sich sogar seufzend in meine Berührung. »Ich bin nicht Paige, Caleb. Du hast jetzt die Chance, es anders zu machen.« Ich lehne mich vor, stütze mich auf seiner Schulter ab, um mein Gesicht an seinem Hals zu verbergen. Mit flatterndem Herzen inhaliere ich seinen Duft, der hier so verführerisch nach ihm riecht. Diese Mischung aus Sandelholz und Minze ist verdammt betörend. »Und ich will nicht, dass etwas zwischen uns steht. Auch nicht deine Vergangenheit«, murmle ich gegen seine warme Haut. »Ich will und werde dich nicht für etwas verurteilen, das nichts mit mir zu tun hat. Du sagst selbst, dass es so ist. Also hör auf, dich immer wieder selbst zu drangsalieren.«

Ich nehme den Kopf zurück, um ihn anzusehen. Er

presst die Lippen aufeinander, forscht in meinen Augen, bevor er mich in seinen Arm zieht. Mit seiner Hand auf meinem Kopf lausche ich seinem kräftigen Herzschlag in seinem Brustkorb. »Danke, Peach.« Er küsst meinen Scheitel. »Danke, dass du so bist, wie du bist.«

Schon wieder klingt er wie Ciel. Ich verkneife mir ein Schmunzeln, dafür rutsche ich so nah an ihn heran, wie ich kann. »Darf ich heute bei dir schlafen?«

»Dass du das noch fragst«, brummt er amüsiert und verdammt müde. Schon wieder wechselt er den Modus abrupt und mir wird klar, dass er das eben vor allem für mich getan hat. Weil ich nicht zurückstecken sollte, wie er meinte.

Und auch wenn ich das kurz – ganz kurz – befürchtet habe, ich bin alles, aber nicht sein Trostpflaster.

»Wirkt das so, als ob ich dich gehen lassen würde?« Der Druck seines Armes auf meinem Oberkörper nimmt zu.

Er würde. Aber das reibe ich ihm nicht unter die Nase. Stattdessen schließe ich die Augen und gebe mich dem warmen Geborgenheitsgefühl hin, das mich in der Nähe dieser zwei Männer zu einem so glücklichen Menschen macht, wie ich niemals erwartet habe.

Es ist vielleicht noch nicht perfekt zwischen uns und sicher haben wir noch einen steinigen Weg vor uns, aber ich bin überzeugt, dass es für uns drei eine Zukunft gibt. Und im besten Fall eine zusammen.

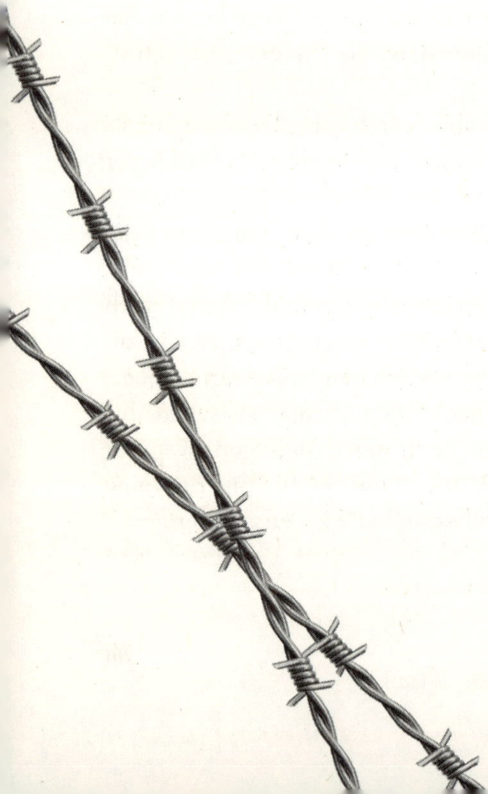

Kapitel 14
Ciel

Den Kopf nach hinten geneigt liege ich auf dem Sofa und starre unter die Glasdecke. So früh am Morgen ist da oben nichts los, nur der Museumswärter dreht seine erste Runde. Ich beobachte ihn dabei, wie er mit strammen Schritten durch die Eingangshalle schreitet, die Überwachungskameras mit einem Blick auf sein Handy checkt, bevor sich seine Schritte im hinteren Bereich verlieren, den ich nicht mehr einsehen kann.

Es ist still, was vermutlich an der frühen Uhrzeit liegt. Nur das leise Summen des Kühlschranks unweit von mir entfernt ist zu hören.

Ich habe die Nacht kaum ein Auge zubekommen. Ich weiß nicht, warum Eden all diese Gefühle in mir auslöst, die ich nie wieder fühlen wollte. Aber sie tut es. Genervt, weil meine Gedanken schon wieder zu meiner Frau zurückwandern, rolle ich mich auf die Seite und reibe mir über das Gesicht. Ich müsste mich dringend mal wieder rasieren.

Und Scheiße, ich bin kein Typ, der sich wegen dieser Gefühlsscheiße gehen lässt. Also rapple ich mich auf und statte meinem Badezimmer einen langen Besuch ab. Als ich eine Stunde später fertig geduscht, rasiert und in Stoffhose und Hemd vor dem Spiegel stehe, bin ich zufrieden.

Eden muss nicht wissen, was in mir vor sich geht. Sie hat genug eigene Probleme. Mit sich selbst, mit mir, mit Caleb und ihrer Familie. Und bevor wir sehen, wie das hier weitergeht – mit uns allen –, kümmern wir uns um ihr größtes.

Da noch immer alles ruhig ist, als ich barfuß durch den Flur mit den Zimmern laufe, steuere ich Calebs Zimmertür an. Eden ist eine Schlafmütze und das hat sie nach dieser Nacht definitiv auch nötig, aber der Termin bei Hayo ist in weniger als zwei Stunden. Ich klopfe an, erhalte aber keine Antwort, also stoße ich die angelehnte Tür mit der Fußspitze auf. Es ist immer noch still, nur leises, ruhiges Atmen ist zu hören.

Ich schiebe die Tür weiter auf und mache ein paar Schritte ins Zimmer hinein. Eigentlich habe ich erwartet, die beiden auf irgendeine Weise miteinander verknotet vorzufinden, doch ich sehe lediglich Eden, die immer noch im Shirt auf dem Bauch liegt. Ein Arm hängt vom Bett, das rechte Bein ist angewinkelt und gibt den Blick auf ihr Höschen frei. Eine ausschweifend intensive Nacht hatten sie also wohl mit ziemlicher Sicherheit nicht.

Weil Caleb viel sensibler ist, als er sein Umfeld denken lassen will.

Ich sehe mich um und werfe einen knappen Blick

in sein Badezimmer, doch von ihm ist nichts mehr zu sehen.

Seufzend kehre ich zum Bett zurück, gehe neben Edens Kopf auf die Knie und lege meine Hand auf ihre Schulter. Sie murmelt unwirsch im Schlaf und dreht den Kopf zur Seite. Ihre Wangen sind rot, ihre Haarsträhnen fallen ihr wild ins Gesicht. Grinsend streiche ich sie zur Seite, damit sie wieder atmen kann, dann rüttele ich erneut an ihrer Schulter. »Kleines, aufwachen. Wir haben heute etwas vor.«

Wieder murmelt sie nur unzusammenhängende Satzfragmente und schmatzt im Schlaf. Mein Grinsen wird breiter. Anfangs hat Eden sehr unruhig geschlafen und war immer vor uns wach, doch das hat sich in den letzten Wochen gelegt. Sie fühlt sich hier sicher und das erzeugt ein warmes, zufriedenes Gefühl in meinem Bauch. Sie hat mir tatsächlich vergeben, was ich getan habe, und sie hat keine Angst davor, ich könnte es erneut tun.

Mir war bis gestern nicht klar, wie sehr mir diese Frage doch zu schaffen gemacht hat. Ich will, dass sie mir vertraut. Und zwar komplett.

Das tut sie.

Sonst würde sie sich nicht von mir zu einem illegalen Krankenhaus bringen lassen. Und genau da wollen wir heute hin.

»Ich störe deinen Schlaf wirklich ungern«, ich beuge mich vor und lege meine Lippen auf ihre warme, vom Kissen zerknitterte Wange, »mach die Augen auf, hm?«

Sie brummt leise, dann schlägt sie die Lider auf.

Kurz zucken ihre Iriden von links nach rechts, bevor sie sich aufrichtet. Sie sieht herrlich verwirrt und verschlafen aus.

Gähnend reibt sie sich über das Gesicht, während ich mich nicht davon abhalten kann, an ihrem Körper herabzusehen. Mir gefällt der Anblick ihrer nackten Brüste unter meinem Shirt. Mir gefällt der generelle Anblick von ihrem zerknitterten, ungefilterten morgendlichen Ich.

Rasch sieht sie sich um, dann werden ihre Augen schmal. »Caleb ist schon frühstücken?«

Ich schüttle den Kopf. »Nein. Der ist schon weg.«

»Wohin?«

»Ich weiß es nicht.«

Eden stöhnt genervt und lässt sich von mir auf die Beine helfen. »Er hat mir alles erzählt, aber eigentlich dachte ich, er ... na ja, also, er käme damit klar, wäre eine Übertreibung.« Sie verzieht mitfühlend das Gesicht und hebt unschlüssig die Arme in die Luft. »Ich dachte wenigstens, er würde nicht wieder abtauchen.«

Ich neige den Kopf und suche das Zimmer mit meinen Augen ab. »Ich denke auch nicht, dass er abgehauen ist.« So wie ich Caleb einschätze, hat er sich wieder kopfüber in die Arbeit gestürzt. Was ungünstig ist, schließlich wollte ich, dass er ebenfalls mit zu Hayo kommt. Aber ich bin auch selbst schuld, dass ich ihm nichts von dem Termin gesagt habe. Wann aber auch! Hayo vergibt seine Termine spontan und heute Nacht hatten wir anderes im Kopf.

Ein Blick auf mein Handy verrät, dass er mir nicht geschrieben hat, aber das macht er grundsätzlich nicht.

Caleb hat mittlerweile seine Aufgabenfelder, um die er sich völlig selbstständig kümmert. Zum Glück. Ich habe wenig Motivation, mich mehr dem illegalen Drogenhandel und den Sexarbeiten zu widmen als nötig. Als ich seinen Kontakt wähle und mein Handy ans Ohr halte, sehe ich zu Eden. »Wie kommst du damit klar?«

Sie zuckt unsicher mit den Achseln. »Das war vor uns ... aber ich finde es furchtbar, dass seine Ex ihm das Kind verwehren will.« Ich nicke schlicht zustimmend. Obwohl Eden anscheinend recht schnell eifersüchtige Gefühle entwickelt, habe ich nicht erwartet, dass sie wegen des Fakts, dass er ein Kind hat, Anstalten macht durchzudrehen.

Das lässt hoffen, dass sie auch den Rest der Geschichte schluckt, ohne vor uns Reißaus zu nehmen. Oder vielmehr vor mir. Denn ja, ich will nicht, dass sie geht, auch wenn ich dem zwischen uns keinen Namen geben will.

Caleb nimmt nicht ab, daher lasse ich mein Handy wieder in die Hosentasche gleiten. »Planänderung, Kleines. Du musst leider nur mit mir vorliebnehmen. Ist das in Ordnung für dich?« Ich schiebe sie auffordernd in Richtung Bad. »Du hast eine halbe Stunde, um dich fertig zu machen, dann erwartet uns Hayo in seiner Klinik. Das Frühstück muss deshalb für dich heute sowieso ausfallen.«

»Heute?«, fragt sie überrascht. »So schnell?«

»Das ist eben Hayo.« Ich zucke mit den Schultern. »Man muss sich seinem Terminplan anpassen, wenn man sich in seine kundigen Hände begeben will.«

Eden runzelt die Stirn. »Hayo klingt jetzt nicht sonderlich vertrauenserweckend.«

»Ist dir ein Dr.-Dr.-med.-Titel inklusive Nachname lieber? Den hat er auch.«

Eden lacht leise auf und betritt das Badezimmer. »Versteh schon. Ich vertraue dir, dass du mich nicht zu irgendeinem Pfuscharzt schleifst.« Ihre Stimme geht am Ende des Satzes etwas in die Höhe. Sie traut mir *wirklich*, ganz wohl ist ihr dennoch nicht. Aber das kann ich verstehen.

Rasch zieht Eden sich das Shirt über den Kopf und ich gebe mir Mühe, ihr weiter ins Gesicht zu sehen. Sie beantwortet mein verkrampftes Grinsen mit einem Augenzwinkern, während sie aus ihrem Slip steigt. »Und warum bekomme ich kein Frühstück?«

Seufzend lehne ich mich an die Türzarge und verschränke meine Arme. »Das läuft in diesen Kreisen alles etwas anders ab, als du es von einem normalen Krankenhaus gewöhnt bist. Wir mussten jetzt einige Wochen auf Hayo warten, dafür nimmt er sich jetzt die Zeit für dich, die er braucht. Wenn er entscheidet, dass du operiert werden musst, musst du nüchtern sein.« Obwohl ich damit gerechnet habe, dass sie von dieser Aussicht überfordert ist, reagiert mein Magen dennoch mit einem ungewohnten Ziehen, als ihr Gesicht sich verzerrt.

»Es könnte sein, dass ich operiert werden muss?« Sie keucht.

Ich nicke schlicht. Es ist sogar sehr wahrscheinlich, das spare ich mir aber zu sagen. Vielleicht liege ich mit meiner Diagnose ja auch völlig falsch und Hayo zieht ein Wundermedikament aus dem Hut, das ihre Schmerzen mit einer einmaligen Gabe behandelt.

Es ist so unwahrscheinlich wie den Hütchenspieler zu schlagen, aber was soll's.

»Ich warte draußen auf dich.« Damit lasse ich sie allein. Wenn ich noch länger mit ihr in einem Raum bin, könnte ich nicht garantieren, dass wir unseren Termin bei Hayo einhalten können, und das sollte gerade definitiv unsere Priorität sein.

Edens Fingernägel bohren sich schmerzhaft in meinen Handrücken, als sie mit angespannter Haltung Hayos Worten lauscht. Mit seiner typischen ruhigen Art hat er erst Eden von ihren Symptomen erzählen lassen, während er sich Notizen gemacht hat. Nach einem Ultraschall waren wir schlauer und leider hat sich meine Befürchtung bestätigt. Eden leidet unter einer sehr ausgeprägten Form der Endometriose und hat einige Zysten, die dringend operiert werden sollten und *werden.* Im Operationssaal werden bereits alle Vorbereitungen getroffen.

»Es kann sein, dass die Gebärmutter entfernt werden muss?«, hakt sie in diesem Moment ungläubig nach.

»Nein, nicht in diesem Stadium«, beruhigt Hayo sie sofort. Er sitzt in seinem weißen Arztkittel hinter seinem protzigen Schreibtisch und hält seinen Blick auf den Bildschirm vor sich gerichtet, auf dem die Bilder von der Untersuchung zu sehen sind. »Wir werden sehen, wie weit wir mit der Behandlung kommen.«

»OP und Medikamente?«, hake ich nach und er nickt sofort.

»Wir werden auf jeden Fall eine deutliche Besserung erzielen können, dennoch ist dies leider ein Schweregrad, bei dem wir alle Möglichkeiten einmal in Betracht gezogen haben sollten.« Er sieht Eden mitfühlend an. »Oder zumindest besprechen sollten. Einige Frauen lassen sich die Gebärmutter freiwillig entfernen, das ist die sicherste Option, um Schmerzmilderung zu erlangen.«

»Aber ... aber ich bin doch noch so jung und ...«

»Fairerweise muss ich auch sagen, dass es mit diesem Befund schwierig wird, schwanger zu werden.«

Edens Blick zuckt hektisch zu mir und ich hasse mich dafür, dass mich diese Aussicht beruhigt. Dennoch sehe ich in ihren schimmernden Augen, wie sehr sie gerade von Hayos Worten und der Diagnose erdrückt wird. Und das wiederum beruhigt mich nicht.

Ich sehe auch, dass sie gerade alles infrage stellt. »Eins nach dem anderen«, sage ich also und umfasse ihre Hand fester.

»Ich ... könnte ich eine Nacht darüber schlafen?«

Ich schüttle bedauernd den Kopf. »Nein, Hayo ist morgen längst anderweitig verplant.«

»Das ist ein Routineeingriff«, schaltet er sich ein. »Wenn es dich beruhigt, kann ich dir meine Papiere zeigen. Ich bin ein richtiger Arzt.« Er zwinkert ihr zu, doch obwohl ein Lächeln an ihrem Mundwinkel zupft, nimmt die Aufregung schon nach wenigen Sekunden wieder überhand.

Ich denke nicht, dass Eden damit ein Problem hat. Sie hat große, erstaunte Augen gemacht, als wir vor zwei Stunden in die Klinik gekommen sind. Das alte Gebäude steht mitten im Wald, ist umgeben von einem gepflegten Park und war mal ein Sanatorium. Heute ist es offiziell ein Altenheim. Nicht offiziell sorgen bewaffnete Ordnungskräfte an allen Eingängen dafür, dass nur eingeweihte und autorisierte Personen Zutritt haben. Im Inneren erinnert nichts an den ursprünglichen Zweck, stattdessen sind alle Behandlungsräume saniert und mit den modernsten Geräten ausgestattet. Hätte ich nicht so ein Problem mit meinem Job, könnte ich mir auch vorstellen, hier zu arbeiten. Als ich Eden auf der Hinfahrt von der Klinik erzählt habe, hat sie kurz nachgehakt, doch gleich Ruhe gegeben, als ich nicht näher auf meine Vergangenheit eingehen wollte. Aber meine Erzählungen waren beruhigend genug, dass sie mir, ohne zu zögern, ins Gebäude gefolgt ist und alle Untersuchungen tapfer über sich hat ergehen lassen.

Die hier arbeitenden Ärzte haben alle tadellose Abschlüsse von den angesagtesten nationalen wie internationalen Universitäten vorzuweisen und lediglich dem alltäglichen Klinikwahnsinn den Rücken gekehrt. Eine Behandlung hier ist arschteuer, dafür umso sicherer. Und ich denke, das hat Eden verstanden.

»Ciel?«, fragt sie leise, als Hayo etwas in ihrer erst heute angelegten Patientenakte nachschlägt, die dennoch schon gut gefüllt ist. Dank hauseigenem Labor und Arbeitsabläufen, die nicht im Entferntesten mit dem öffentlichen Gesundheitssystem zu vergleichen sind, wurde Eden Blut abgenommen, ein großes Blutbild erstellt und diverse andere Tests gemacht und ausgewertet. Jetzt fehlt nur noch die Operation an sich. Ich erwidere ihren fragenden Blick. »Kannst du das mit der Narkose machen?«

In meinem Nacken kribbelt es, als sie mich derart verletzlich ansieht. Ich habe großspurig behauptet, dass ich sie schlafen schicken könnte, als ich ihr von meinem alten Job berichtet habe, doch zu keiner Sekunde habe ich daran gedacht, es wirklich zu tun.

Langsam schüttle ich den Kopf. »Ich bleibe da, aber Hayo arbeitet eng mit seinen Kollegen zusammen. Ich bin nicht in ihren Arbeitsabläufen drin.«

Das stimmt zum Teil, dennoch entgeht mir nicht, wie mein braun gebrannter Kumpel einen neugierigen Blick über seinen Computer in meine Richtung wagt. Er weiß, warum ich nicht mehr selbst im OP stehe, und dennoch blitzt es in seinen Augen neugierig, weil er wohl denkt, ich könnte gerade in Erwägung ziehen, meinen Vorsatz über den Haufen zu werfen. Für eine Frau.

Ich überlege tatsächlich kurz, als Eden enttäuscht den Kopf wendet und »Okay« wispert.

Hayo würde mich lassen, Arbeitsabläufe hin oder her. Er hat mir nicht nur einmal angeboten einzusteigen. In der Klinik brauchen sie geschulte Kräfte und Anästhesisten kann man für fast alle Schwerpunkte gebrauchen.

Aber es ist besser so.

Ich lasse Hayo einen entsprechenden Blick zukommen, den er versteht, so vielsagend, wie er beide Brauen hebt und wieder mit der Nase in der Akte auf seinem Bildschirm verschwindet. In diesem Moment klopft es und ein jüngerer Mann in Hellgrün erscheint auf der Schwelle.

»Hayo, der OP ist bereit.« Sein Blick huscht zu Eden, die ihn ebenfalls ansieht und noch kleiner auf ihrem Stuhl wird. Der Typ glotzt kurz auf unsere miteinander verschränkten Hände, bevor er mir ins Gesicht sieht und kurz darauf wieder zu Eden. Er starrt sie förmlich an und das gefällt mir ganz und gar nicht. Ich werde sie nicht eine Sekunde aus den Augen lassen.

Der schmächtige Schmachttyp stellt sich wenig später als Edens persönlicher Pfleger heraus. Er wird sie zum OP fahren, wieder in Empfang nehmen und sie während des gesamten Aufwachprozesses überwachen.

Neben mir, versteht sich.

Eden, die auf dem Bett in einem Patientenzimmer Platz genommen hat, streckt ihre Hände nach mir aus, während ich deutlich die Blicke von diesem schmierigen Kerl auf uns spüre. Immer wenn ich vermeintlich wegsehe, starrt er Eden an, als wäre sie ein Stück Fleisch in der Auslage.

Aber immerhin ist Eden so nervös, dass sie von seinen lüsternen Blicken nichts mitbekommt. Nicht dass ich denke, sie würde ihn interessant finden. Hinter seinen dicken Brillengläsern, die seine Augen größer wirken lassen, und den streng zur Seite gelegten Haaren verbirgt sich sicher ein kluges Köpfchen – andernfalls würde er nicht hier arbeiten –, aber Edens Typ ist er nicht. Diese Erkenntnis beruhigt mich mehr, als sie sollte. Eden hat ganz andere Sorgen, als sich den nächstbesten Kerl aufzureißen, mein Gott. Ich hasse dieses Gefühl. Nicht der Einzige zu sein – unwissend –, während man selbst nur an diese eine Frau denkt, ist mit einer besonders abhängig machenden Droge vergleichbar. Ja, ich vergleiche Beziehungen gerne damit, regelmäßig Crystal Meth zu konsumieren. Irgendwann wird es zwangsläufig hässlich.

Ich schüttle diesen unangebrachten Gedanken ab und konzentriere mich auf Eden und das, was ich mir vorgenommen habe: die Prioritäten auf ihre Gesundheit zu legen, verdammt.

Eden legt ihre kalten Finger an meine und zieht mich zu sich herunter. »Ich bin furchtbar nervös«, murmelt sie mit Tränen in den Augen.

»Und ich bin furchtbar stolz auf dich, dass du trotzdem hierbleibst und mir vertraust«, sage ich leise und lege meine Lippen auf ihre. Nur kurz, weil ihre verdächtig beben. »Aber es ist zu deinem Besten, das weißt du, oder?«

»Ja ... ja sicher.« Sie nickt hastig. Ich streichle über ihre Wange und sehe ihr in die Augen. »Wenn du aufwachst, fahren wir so schnell wie möglich nach Hause. Dann kannst du dich aufs Sofa legen, wahlweise Museumsbesucher beobachten, Filme gucken oder schreiben ... was auch immer du willst, und Caleb und ich spielen deine Haussklaven. Ich koche dir, was du willst, Caleb kann deine Füße massieren ...« An dieser

Stelle lacht sie leise auf und ich grinse ebenfalls. »Wie hört sich das an, Süße?«

In ihre Augen tritt wieder das Funkeln, das ich so sehr an ihr mag. »Wie ein Szenario, das ihr nicht lange aushalten werdet«, neckt sie mich. Doch obwohl sie sich alle Mühe gibt, locker zu sein, sehe ich, wie ihr Blick immer wieder zur Tür huscht, durch die sie gleich geschoben wird.

»Wir wären dann so weit«, wiederholt der junge Kerl und stellt sich auffordernd an das Fußende vom Bett. Stumm sieht er zu mir, bevor sein Blick wieder zu Eden huscht. Und Scheiße, er starrt sie immer schamloser an.

Ich nicke nur ungern. »Ich muss nur schnell in ein ähnlich hässliches Outfit wie der Kerl da springen«, ich deute abfällig mit dem Kinn in seine Richtung, damit er endlich checkt, dass ich seine peinlichen Avancen sehe, »dann bin ich wieder da. Ich bleibe die ganze Zeit bei dir, versprochen.«

»Danke, Ciel.« Edens Stimme transportiert so viel mehr, so viele Gefühle, die nun mich drohen zu erdrücken. Aber damit kann ich mich nicht jetzt auseinandersetzen.

Ich bleibe so lange mit ihr auf Kopfhöhe, bis wir den OP-Saal erreichen, dann trete ich in den Raum daneben, um meine Ankündigung wahrzumachen. Als ich nur wenige Minuten später in den Saal trete, ist von Eden noch nichts zu sehen.

In mir breitet sich ein nervöses Gefühl aus, dabei weiß ich, dass sie nebenan noch für den Eingriff vorbereitet wird.

Gerade als ich beschließe nachzusehen, öffnet sich die Tür und sie wird auf dem Bett liegend hereingeschoben. Sofort sucht sie meinen Blick und ich lächle ihr beruhigend zu. Sie sieht süß aus mit der OP-Haube auf dem Kopf.

Als mein Blick zu ebendieser zuckt und ich grinse, verdreht sie lachend die Augen.

Ich zwinkere ihr zu, dann trete ich dicht neben sie, während um uns herum die letzten Vorbereitungen für den Eingriff vorgenommen werden. »Du siehst echt heiß aus in diesem Kittel und dem Mützchen«, necke ich sie.

»Witzig«, entgegnet sie und wirkt schon wesentlich entspannter. »Grün steht dir auch gar nicht mal so schlecht.«

»Und du lügst nicht sonderlich gut.«

Sie grinst ertappt.

»Kannst du dir derartige Sprüche für nachher aufheben, Ciel?«, ruft Hayo, der in Begleitung zweier Assistenzärzte seine Position bezieht.

Eden ist hier hervorragend aufgehoben.

Ich muss es mir nur noch ein paarmal vorbeten, dann glaube ich daran. Da ich nicht selbst über ihre Narkose wache, sollte alles gut gehen.

Ein hochgewachsener Mann tritt neben mich, nickt mir kurz zu, dann begrüßt er Eden ebenfalls mit einer knappen Kopfbewegung. Er hantiert neben ihr bereits mit der Maske und wirkt dabei wesentlich professioneller und neutraler als der starrende Jüngling, der den OP-Saal in diesem Moment wieder verlässt.

Besser für ihn.

»Bereit, in ein neues, schmerzfreies Leben zu starten?«, wendet der Anästhesist sich freundlich an Eden und hält ihr die Maske vors Gesicht. Sie lächelt und nickt überzeugt, doch in ihren Augen tobt die Angst. Ich greife nach ihrer Hand, unsere Blicke treffen sich und dann dauert es nur ein paar Sekunden und Edens Augen fallen zu.

Ich behalte den Anästhesisten im Blick, während Hayo mit der OP beginnt. Das ist nicht mein Metier, dafür kann ich ihre Vitalwerte auf dem Überwachungsmonitor bestens ablesen und deuten. Das, was ich an den gleichmäßigen Werten erkenne, beruhigt mich noch mehr.

Mir war nicht klar, wie nervös auch ich bin. Aber alles an diesem verdammten Raum erinnert mich an sie, auch wenn das Szenario ein völlig anderes ist. Beklemmend ist es trotzdem und ich bin froh, dass ich nicht die Arbeit meines Kollegen machen muss. Ich kann mich nicht konzentrieren und meine Gedanken driften immer wieder aufs Neue ab. Mir wird schlecht und in meinem Nacken kribbelt es.

Angespannt atme ich gegen die Panik.

Das hier ist etwas völlig anderes. Immer wieder bete ich mir diese Worte vor, bis mein Herzschlag sich langsam wieder beruhigt.

Nach etwa zehn Minuten öffnen sich die Türen des Raumes und mein kleiner starrender Freund huscht in den Raum. Ich verenge die Augen, als er an mich herantritt. »Da draußen gibt es ein Problem.«

Ich ziehe nur deutlich genervt eine Braue in die

Stirn, ohne von Eden wegzusehen. »Und du kommst damit zu mir, weil …?«

»Weil der Typ draußen vor der Tür zu dir will.«

Ruckartig drehe ich ihm den Kopf zu. »Welcher Typ?«

»So ein schwarzhaariger. Meint, er muss unbedingt *jetzt* zu dir und ihr.« Er deutet auf Eden. »Der schreit draußen alles zusammen und lässt sich nicht beruhigen.«

Scheiße.

Warum sollte Caleb das tun? Er weiß überhaupt nicht, dass wir hier sind. Ich bin nicht so dämlich, ihm solche Informationen übers Handy zu schicken.

Vielleicht ist er uns gefolgt.

Ich werfe einen nervösen Blick auf Eden, dann trete ich zurück und gebe meinem Kollegen mit einem Handzeichen zu verstehen, dass ich gleich wieder da bin. Solche Gespräche dürfen nicht im OP geführt werden, auch wenn ich weiß, dass Hayo nichts dagegen sagen würde.

Wenn Caleb vor der Klinik herumschreit, *muss* ich mich darum kümmern. Ich will ungern seine Einzelteile aufsammeln und Eden erklären, dass er vom Wachpersonal ausgeschaltet wurde.

Als wir im Nebenraum stehen, blaffe ich los. »Habt ihr ihm gesagt, dass Eden gerade im OP und es gelinde gesagt äußerst ungünstig ist, wenn ich mich jetzt statt um sie um ihn kümmern muss?«

Seine Brille hüpft auf seinem Nasenhöcker, als er diesen kraust. »Interessiert ihn nicht. Wenn dir was an dem Kerl liegt, solltest du ihn beruhigen. Ich weiß nicht, wie lange sie ihn da unten noch in Schach halten, bevor es ihnen zu dumm wird.«

Mit »sie« meint er die Wachleute und fuck, das ist mir klar. Wieso macht Caleb so eine Scheiße? Denkt er wirklich, ich würde sie gegen ihren Willen herschleppen? Wir haben doch darüber gesprochen. Er weiß, dass ich nichts Schlechtes für sie will. Im Gegenteil. Ich bleche verdammt viel Kohle für diesen Eingriff.

»Du gehst da nicht rein und kommst mit!«, knurre ich und reiße mir den Kittel ab, den ich ihm in der nächsten Bewegung in den Arm drücke.

»Ich bin sowieso nicht während der OP zuständig«, mault er und folgt mir auf den Flur. »Gebäude A, Eingang links«, ruft er mir noch hinterher, als ich schon kopflos und verdammt wütend losstürme. Er selbst verschwindet im Pausenraum. *Besser so.* Er soll sich lieber die Eier schaukeln, statt die schlafende Eden anzugaffen.

Kurz runzle ich meine Stirn, dann steuere ich noch eine Spur wütender den abgelegenen Gebäudeteil an, in dem meines Wissens nach nur Büroräume liegen. Ich wollte Eden keine Sekunde aus den Augen lassen und nun muss ich erst einmal eine halbe Weltreise machen, um mich schon wieder um Calebs Gefühle zu kümmern, die er nicht im Griff hat. Verständlicherweise, dennoch geht das hier zu weit.

Meine Schritte hallen laut auf dem Fliesenboden und wenig später noch lauter, als ich endlich das Treppenhaus erreiche. Immer zwei Stufen auf einmal nehmend stürme ich nach unten. Keine Menschenseele ist hier in diesem Flügel zu sehen. Mein Atem kommt immer schneller, was einmal an meinem Tempo, vor allem aber an meiner eigenen, angestauten Wut liegt, die mit jedem Schritt zunimmt.

Gestern war ich noch nachsichtig, heute wird Caleb sich eine von mir fangen, die ihn kurz in den Himmel schicken wird. Emotionaler Ausnahmezustand hin oder her: Er sollte wissen, dass es dumm ist, so ein Theater vor einer illegalen Klinik zu machen.

Und Caleb ist nicht dumm.

Als mir das auffällt und ich einen weiteren Gedanken daran verschwende, gerade in eine verdammte Falle zu tappen, sehe ich einen der Wachmänner im Augenwinkel neben mir auftauchen.

Ich bleibe stehen und sehe fluchend und mit hektisch gehendem Atem an ihm vorbei.

Scheiße. Er müsste weiter unten sein. Nicht hier in der ersten Etage. Sofort mache ich auf dem Absatz kehrt, meine Schuhe quietschen laut, als ich noch eine Bewegung hinter mir wahrnehme.

Dann ist da nur noch der dumpfe Schlag gegen meinen Hinterkopf, bevor sich das laute Rauschen auf meinen Ohren ausbreitet und alles andere übertönt, bevor die Dunkelheit auch dieses erstickt.

Kapitel 15
Caleb

»Und du bist jetzt auch so was wie der Boss hier, ja?« Mit einem gekonnten Augenaufschlag, den sie nicht zum ersten Mal macht, sitzt sie vor mir auf dem Barhocker. Ich liebe und verabscheue solche Clubs gleichermaßen und dennoch lande ich immer wieder aufs Neue hier. In der Gosse. Aber immerhin wieder an der Spitze des Abschaums, also werde ich mich ganz sicher nicht beschweren.

Das ist eben mein Leben. Ich will keinen Nullachtfünfzehn-Alltag in irgendeinem Büro führen.

Es ist dunkel, die verschmierten Fenster des Ladens lassen kein Sonnenlicht hindurch. Es ist heiß und stickig und stinkt nach altem Fett. In der angrenzenden Küche klappern Teller, die von einem Aushilfsangestellten abgewaschen werden, weil das Personal heute Nacht genauso zugedröhnt war wie das Publikum und teilweise noch auf den alten Holzmöbeln eingepennt ist, bevor sie den Laden schließen konnten.

Ich bin nur hier, um Geld gegen Drogen zu tauschen, und doch fühle ich mich hier auf erschreckend intensive Weise wohl – und hasse alles daran. Dieser Zwiespalt ist der Grund, dass ich mein Leben gegen die Wand gefahren habe.

Ohne meiner Tätigkeit viel Aufmerksamkeit zu schenken – gewohnten Handlungsabläufen sei Dank –, liegt mein Blick auf der Frau vor mir. Ihre Arme hält sie dicht an den Oberkörper gepresst, sodass ihre vollen Titten mir aus dem Top entgegenspringen. Dumm nur, dass ich mit dieser Show nichts anfangen kann. Ich stehe nicht auf gemachte Brüste, sondern bevorzuge handlichere Exemplare.

Außerdem bin ich furchtbar müde. Müde von belanglosem Sex, der ohnehin immer scheiße ist. Entweder war ich besoffen Schrägstrich auf irgendwelchen Drogen; wenn ich es mal nicht war, dann die Frau oder einfach wir beide, was grundsätzlich keine gute Voraussetzung für dieses Vorhaben ist.

»Ich bin nicht so was wie der Boss hier«, gebe ich in ihren Worten zurück und feuere die Tütchen Koks in die Reisetasche. »Ich bin der Boss. Gewöhn dich dran.«

Ihre verschleierten Augen leuchten auf und sie leckt sich über die spröden Lippen. Sie sollte mehr Wasser trinken statt den x-ten Tequila. Es ist nicht mal Mittag, aber sie kippt sich einen Shot nach dem anderen hinter die Binde, weil sie nichts anderes zu tun hat.

Meine Wirbelsäule kribbelt, als ein Schauer darüberkriecht. Ich hasse Menschen. Genau das war der Auslöser, warum ich meine eigenen Gedanken mit dem Zeug erstickt habe, das ich so verteufele. Ist das ironisch?

Möglich.

Ich bin keineswegs fehlerlos, aber zumindest gewillt, *diesen* Fehler nicht zu wiederholen. Wenn nicht gerade ein Brief von Paige dazwischenkommt und mir die Geburt meines Kindes verkündet, habe ich diesen Vorsatz auch recht gut im Griff.

»Ciel hat bisher alles selbst gemacht«, säuselt sie und fällt fast vom Stuhl in dem Versuch, kokett eine Haarsträhne um ihren Zeigefinger zu wickeln. »Warum teilt er sich plötzlich alles mit dir?« Bei ihren unwissenden Worten muss ich grinsen und denke sofort an die kleine Rothaarige, die wir uns ebenfalls teilen. Ob Eden noch schläft? Ich habe mich extra leise herausgeschlichen, um sie nicht zu wecken, dabei hat sie einen sehr tiefen Schlaf. Neben ihr könnte eine Elefantenherde durch das Zimmer rennen und Eden würde sich lediglich auf die andere Seite drehen. »Ist er dein Bruder oder so?«

»Was?« Meine Hand mit dem Stoff schwebt untätig in der Luft, als ich meine Aufmerksamkeit irritiert auf die Frau vor mir richte.

»Ciel. Warum tauchst du hier plötzlich auf und machst seine Jobs?«, fragt sie säuselnd.

»Weil ich es besser kann als er.« Ich zucke mit den Schultern und werfe das letzte Tütchen in die schwarze Tasche.

Ich habe die Lieferung zweimal gezählt und kümmere mich selbst darum, dass sie ins richtige Viertel gelangt. Ich weiß noch nicht, wem ich hier wirklich vertrauen kann, und außerdem sind diese Touren ganz praktisch, um mir selbst ein Bild von Paris zu machen. Da Paige deutlich macht, wie wenig sie von mir in London hält und da ich dort sowieso gefühlt jedem auf den Schlips getreten bin und zudem noch polizeilich gesucht werde, will ich gar nicht zurück. Überraschenderweise mag ich es hier.

Bis auf die Sprache. Die mag ich nicht. Wenn Ciel mal wieder auf Französisch loslegt und dominante Anweisungen loswird, muss ich immer lachen. Es klingt so ... weich. Viel zu weich für unser Business.

Zum Glück verstehen die allermeisten der Deppen hier Englisch und können es halbwegs ordentlich sprechen. Zum Kommunizieren reicht es.

Während ich den Reißverschluss der Sporttasche zuziehe und dafür mehrere Anläufe brauche – er klemmt –, werfe ich der Frau vor mir einen flüchtigen Blick zu. Mit ihren angeklebten Wimpern, den langen Fingernägeln und dem Kilo Kleister im Gesicht verkörpert sie genau die Art Schlampe, die mich einfach nur anwidert. Ich müsste nur mit dem Finger schnipsen und sie macht für ein paar Krümel Stoff alles, was ich will. Mir einen blasen, sich hier vor aller Augen über die Theke lehnen und in den Arsch ficken lassen, scheißegal.

Hauptsache, sie bekommt ihren nächsten Rausch und darf den Boss ficken, damit sie danach vor ihren Freundinnen damit angeben kann.

Ich habe es so oft getan, dass ich jetzt bei dem Gedanken daran nicht einmal ein Zucken in meinem Schwanz spüre.

»Musst du wirklich schon los?« Ihr Finger verschwindet zwischen ihren Lippen und sie starrt mich an, als ihre Zunge hervorschnellt und sie schamlos an sich selbst lutscht.

In mir keimt dasselbe schlechte Gefühl wie damals. Ein kleiner Teil in mir drängt immer noch dazu, sie einfach an ihrem Nacken zu packen, auf den Boden zu schleudern und sie vor allen Anwesenden in diesem ranzigen Club zu vögeln. Einfach, weil ich es kann.

Ich remple sie mit der Schulter an, als ich mich an der Theke vorbeidränge, und ignoriere es, dass sie kreischend auf den Hintern fällt.

»Hier, das ist für heute, gerade noch einmal nachgezählt.« Ich werfe die Tasche dem dickbäuchigen Mann vor die Füße, der gerade dabei ist, die Tische abzuwischen. Hier packt der Chef noch selbst mit an.

Er richtet sich auf, wirft sich den Lappen über die Schulter und nickt. »Ja, hab ich gesehen.«

Er hat aber nicht selbst nachgezählt oder mir wenigstens über die Schulter geguckt. Aber das ist nicht mein Problem. »Wo ist die Kohle von gestern?«

Er schiebt sich eine Kippe in den Mundwinkel und nickt wieder nur knapp nach rechts. »In der Kasse. Hast grad davorgestanden.«

Ich hebe eine Augenbraue. »In der Kasse?«

Er zuckt die Schultern und greift erneut nach dem Lappen, um unbeirrt weiterzuwischen, während er einen tiefen Zug nimmt. »Jap. Da kommt kein Schwein drauf. Gutes Versteck.«

Ich verkneife mir ein ungläubiges Kopfschütteln, umrunde mit wenigen Schritten Barbie, die noch immer auf dem öligen Holzboden sitzt und mir hinterherstarrt. Wenn sie denkt, ich würde ihr aufhelfen, wird sie noch ein Weilchen da unten hocken.

Die Kasse hinter dem Tresen ist nicht gesichert und so springt sie mir entgegen, als ich den Schlüssel herumdrehe. Ein dicker Umschlag mit der hingekritzelten Aufschrift *Ciel* verrät mir, dass das der Gewinn von gestern ist. Möglicherweise trifft hier der Spruch zu, man solle Dinge möglichst auffällig verstecken, umso sicherer ist es, aber ... nein. Einfach nein.

Seufzend nehme ich das Geld, schiebe es in meine hintere Hosentasche, dann verlasse ich den Club. Obwohl es verdammt kalt ist, steht die Sonne hoch am Himmel und blendet mich. Ich schirme meine Augen ab und gehe die Straße herunter. Hier in dieser Ecke reihen sich schäbige Clubs an noch schäbigere Bars, in denen jetzt zur Mittagszeit teilweise noch die Alkoholleichen der vergangenen Nacht herumliegen. Ich weiche einem betrunkenen Typen auf dem Asphalt aus und laufe auf der Straße weiter, bis ich Ciels Range Rover erreiche. Ich bevorzuge größere Autos, während der Schnösel am liebsten in winzigen Poserkarren herumkurvt. Wir sind so unterschiedlich wie Tag und Nacht und vielleicht ist das der Grund, warum er einer der wenigen Menschen ist, die ich mag. Ich meine, er hat keinen Bock auf die Kriminalität, vor allem nicht auf die Drogen, sondern ist vor allem ein Kunstfanatiker. Das ist doch cool. Er hat wenigstens Interessen. Charakter. Etwas, das vielen Menschen verloren gegangen ist.

Grinsend hieve ich mich hinters Steuer und werfe

einen Blick in den Rückspiegel, um mein Gesicht zu betrachten. Er hat mich ordentlich vermöbelt und dennoch dafür gesorgt, dass nicht ein Knochen gebrochen ist. Auch wenn ich es gestern genau darauf angelegt habe, bin ich ihm jetzt doch dankbar dafür.

Während ich den Schlüssel in die Zündung schiebe, fische ich mit der anderen Hand mein Handy aus der Hosentasche. Nach Ciels Anrufen heute früh, die ich verpasst habe, bin ich davon ausgegangen, er würde sich noch einmal melden. Als ich zurückgerufen habe, ist er nicht drangegangen, und auch jetzt habe ich keine Mitteilung auf meinem Display.

Dabei dachte ich, es wäre etwas Wichtiges. Sonst ruft er nicht dreimal hintereinander an. Stirnrunzelnd versuche ich es erneut bei ihm, doch wieder verläuft das Freizeichen im Sande. Da Eden kein eigenes Handy besitzt – wofür auch? –, kann ich sie ebenfalls nicht anrufen. Dabei gehe ich davon aus, dass sie dort ist, wo er ist, und andersherum.

Mit einem unguten Gefühl im Magen starte ich den Motor und rolle los. Vielleicht chillen sie einfach schon den ganzen Vormittag im Bett. Das wäre mein Lieblingsszenario.

Also steuere ich die Richtung in den Süden an, in dem Ciels Museum liegt, obwohl ich noch drei Clubs auf der Liste habe. Ich will mich wenigstens kurz davon überzeugen, dass die beiden meinen frühen Aufbruch nicht so wie gestern in den falschen Hals bekommen haben.

Von diesem Drama habe ich erst einmal genug. Wenn es Menschen gibt, mit denen ich mir vorstellen kann, ein entspanntes Leben zu führen, dann die beiden. Und vielleicht sollte das einer von uns endlich mal ansprechen.

Eine Stunde später bin ich nicht schlauer, stehe dafür aber in einer leeren Kellerwohnung. Über meinem Kopf strömen die Besucher durch die Gänge des Museums und ich versuche zum fünften Mal, Ciel zu erreichen. Dass er sich den ganzen Tag nicht meldet, ist ungewöhnlich und ich ahne – nein ich weiß –, dass irgendwas nicht stimmt.

»Fuck, du Arsch«, brumme ich vor mich hin und steuere die Räume des Personals im extra Kellerabteil an. Als ich die Tür zum Aufenthaltsraum aufstoße, begegne ich fünf wenig angetan blickenden Gesichtern. Vier von den Kerlen ziehen sich sofort in den Küchenbereich zurück, nur einer bleibt am Gemeinschaftstisch sitzen und hebt fragend seine Brauen in meine Richtung. Sie halten mir immer noch vor, dass ich mich im Gegensatz zu ihnen in Ciels Privaträumen aufhalten darf und binnen kürzester Zeit zu seinem engsten Vertrauten aufgestiegen bin.

Und wohl auch, dass ich zwei von ihnen kurzerhand ausgeschaltet habe, als ich die Gelegenheit dazu hatte. Ihre Schuld, nicht meine. Ich kann nichts dafür, dass sie dumm sind.

»Was willst du hier?«, murrt Pierre und streckt seine Füße unter dem Tisch aus.

»Wisst ihr, wo Ciel heute ist?«

»Wenn das einer neuerdings weiß, dann doch wohl du«, brummt er unbeeindruckt zurück und starrt auf die Überwachungsbilder, die an der Wand auf diversen Monitoren zu sehen sind.

»Würde ich dann fragen?«

»Er und die Kleine haben sich heute früh zusammen auf den Weg gemacht«, erklärt er und richtet seinen Blick wieder auf die Bildschirme. »Haben den Porsche genommen. Mehr wissen wir auch nicht.«

Augenrollend trete ich den Rückzug an und rufe Ciel erneut an, ohne sonderlich viel Hoffnung zu haben, dass er diesmal drangeht. Daher kehre ich zurück in seinen Wohnbereich und hole den Laptop. Über mein Handy kann ich ihn nicht orten, aber über den Laptop, oder vielmehr mittels einer Software darauf, schon.

Ich will zumindest sichergehen, dass sie irgendwo sind, wo es plausibel ist. Eigentlich schleppt Ciel Eden nicht am helllichten Tag durch die Öffentlichkeit, daher wird mein ungutes Gefühl mit jeder Sekunde ausgeprägter.

Mit wenigen Klicks öffne ich das Programm, gebe das Passwort ein, dann dauert es nur wenige Sekunden und ich sehe eine rote Stecknadel auf der Karte, die auf einem Punkt auf- und abhüpft. Mit verengten Augen zoome ich weiter ins Bild. Keine Ahnung, in was für einem Viertel Ciel und Eden sich da herumtreiben, aber den Symbolen nach zu urteilen, befinden sie sich in einem weit abgelegenen Industriegebiet. Nimmt er Eden mit zu irgendwelchen krummen Jobs?

Nervös trommle ich mit den Fingern auf der Arbeitsplatte der Küche, auf der ich den Laptop abgestellt habe, und warte darauf, dass die Stecknadel sich weiter bewegt, doch das tut sie nicht.

Auch nicht nach zehn Minuten.

»Was macht ihr da?«, murmle ich unzufrieden vor mich hin. Kurzerhand fotografiere ich den Standpunkt ab, bevor ich den Laptop wieder sichere und in der Kommode verstaue, bevor ich zurück in die Tiefgarage gehe. Auch auf die Gefahr hin, dass ich die beiden nicht finde, weil ich mich nun auf den letzten Standort verlassen muss, will ich wenigstens einmal nachsehen, was sie dort treiben könnten.

Doch irgendwie habe ich ein verdammt schlechtes Gefühl und das hat mich noch nie getäuscht.

Eine Stunde später und mit einer Stimmung, die am Nullpunkt kratzt, fahre ich durch ein verdammt verlassenes Gebiet. Erst habe ich mich durch den dichten Stadtverkehr gekämpft, in dem ich viel zu lange im Stau stand, geflucht habe, und dann weiter über Landstraßen, die mir viel zu kurvig waren, um in meinem bevorzugten Tempo fahren zu können.

Vermutlich verplempere ich gerade meine Zeit. Keine Ahnung, was Ciel und Eden hier am Arsch der Welt vorhatten – sie werden aber sicher nicht mehr da sein und mein Ausflug ist völlig umsonst.

Außer ich finde hier gleich ihre Leichen, aber ich hoffe inständig, dass dieses Szenario sich nur aufgrund meiner frustrierten Gefühle in meinem Kopf gebildet hat.

Noch einmal sehe ich auf mein Handy, dann biege ich in die Straße, in der dieser Standpunkt vor mehr als einer Stunde lag. Links und rechts wird sie von Bäumen und Büschen gesäumt und je weiter ich sie passiere, desto enger und löchriger wird der Asphalt. Hier ist nicht mal ein Hase unterwegs, ganz zu schweigen von irgendeiner Menschenseele.

Ich trete genervt von mir selbst auf die Bremse und fahre langsam weiter, während ich mich umsehe. Hinter der Straße schließt sich links ein Waldgebiet an, rechts ein Feld, an dessen Horizont ebenfalls nur Bäume zu sehen sind.

Vielleicht haben sie hier einen Zwischenstopp gemacht, um im Auto zu vögeln oder eben so was in der Art, was mit Eden möglich ist. Bei dem Gedanken muss ich grinsen und setze diesen Punkt auf meine imaginäre To-do-Liste. Ich bin mir sicher, dass Eden Spaß daran hat, draußen damit weiterzumachen, womit wir in Ciels Keller vor einigen Wochen angefangen haben.

Doch das Grinsen vergeht mir, als ich hinter dem nächsten Baum Beine sehe. Beine, deren zugehöriger Körper im Gebüsch verschwindet. Ich trete so ruckartig auf die Bremse, dass mein Handy vom Beifahrersitz fliegt und gegen das Handschuhfach kracht.

Fuck.

Hektisch blicke ich mich um und ducke mich gleichzeitig, weil ich die Falle förmlich rieche.

Mit einer Hand verriegle ich den Wagen, tauche mit dem Kopf in den Fußraum ab und taste unter dem Sitz nach meiner Waffe.

Diese schwarzen Schuhe und die feine Stoffhose kommen mir verdammt bekannt vor. *Scheiße, etwa doch das Leichenszenario?*

»Mach keinen Mist jetzt«, knurre ich unbestimmt und richte mich auf, um einen Rundumblick zu wagen. Doch dieses Gebiet ist so einsehbar, so verdammt abgelegen, dass ich beim besten Willen niemanden erkennen kann, der hier in seinem Versteck lauert.

»Fuck, das ist doch echt nicht wahr.« Rasch stoße ich die Tür auf. Mit wenigen Schritten umrunde ich den Wagen, sehe mich noch einmal um, dann schiebe ich die Waffe in den Bund meiner Jeans. Leise fluchend drücke ich die Zweige und Äste beiseite, um Ciel aus dem Gebüsch zu ziehen. Und wo ist Eden, verdammt?

Ich erwische ihn an seinem feinen Pullover und zerre ihn ungeachtet weiterer Äste zurück. Er ist schwer und warm. Das ist gut. Dennoch rührt er sich nicht, als die Zweige ihm rote Striemen ins Gesicht zeichnen, und bleibt wie ausgeknipst vor mir liegen. Mit donnerndem Herzschlag richte ich mich auf, streiche mir eine nervende Haarsträhne aus dem Gesicht und gehe neben ihm auf die Knie. Während ich nach seinem Puls an seinem Handgelenk taste, blicke ich mich erneut um. Auch die weiteren, hauptsächlich kahlen Büsche in näherer Umgebung verbergen keinen weiteren Körper.

Keine Spur von Eden.

Scheiße.

Immerhin lebt Ciel, doch als ich seine Wange tätschle, rührt er sich immer noch nicht. Auch nicht, als ich gröber werde. »Hey, Kumpel, wo hast du Eden gelassen?«, fahre ich ihn leise an und schiebe die Lider seines linken Auges nach oben. Das helle Blau seiner Augen ist trüb und verwaschen. Ich kenne diesen desorientierten Blick. Rasch suche ich seinen Körper nach Einstichmerkmalen ab und werde schließlich fündig, als ich seinen Pulloverärmel bis an den Ellenbogen zerre.

Da Ciel sich selbst keinen Mist spritzt, ist mir recht schnell klar, was das hier ist. Von ihm werde ich erst einmal keine Antworten erhalten, da in seinem Kopf irgendwelche abgefahrenen, eigenen Filme ablaufen.

Ich greife unter seine Achseln und schleife ihn zum Range Rover. Er ist schwerer, als er aussieht, dabei ist an seinem Körper kein Gramm Fett zu viel. Er ist einfach riesig und muskelbepackt und bewegt noch immer keinen einzelnen davon, als ich ihn fluchend auf die Rückbank ziehe.

Als ich schließlich die Tür hinter ihm zuknalle und mich zurück hinter das Lenkrad setze, jagt ein Schauer über meinen Rücken, den ich versuche zu ignorieren. Jetzt ist das Wichtigste, Ciel wieder wach zu bekommen. Er ist der Einzige, der sagen kann, wo Eden zuletzt war. Und danach werden wir sie wieder einsammeln. Selbst wenn sich die Dinge geändert haben und Ciel gut und gerne auf die Kohle ihres Vaters verzichten würde – wir wollen nicht auf Eden verzichten.

Und sie ziemlich sicher auch nicht auf uns.

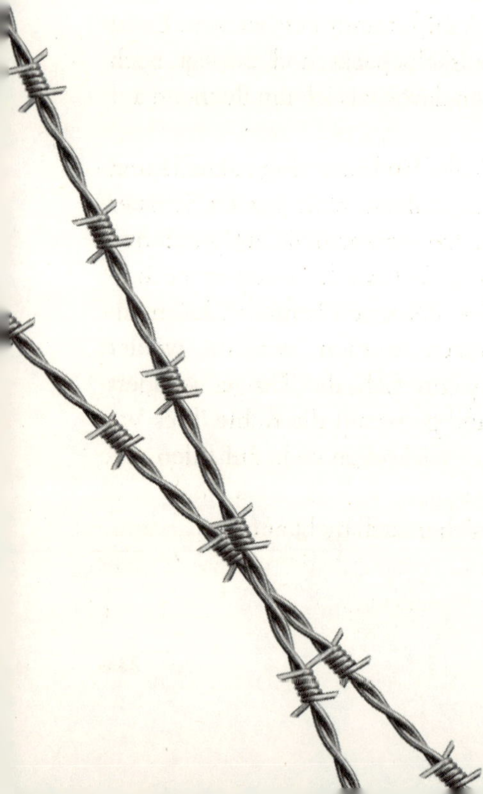

Kapitel 16
Ciel

Etwas erdrückt mich. Es müssen mindestens drei Elefanten sein, die ihre dicken Stampfer auf mir abgestellt haben. Der Sauerstoff wird aus meiner Lunge gepresst, je länger sie diesen unerträglichen Druck auf meinen Rücken ausüben.

Runter von mir, brülle ich, aber keines der Tiere bewegt sich. Ein Rüssel klatscht mir gegen den Hinterkopf. Er ist feucht und warm und glitschig. *Verzieh dich, du Riesentier*, knurre ich und schlage nach dem Rüssel, der immer wieder aufs Neue über meinen Kopf zischt. Dann folgt der nächste Angriff. Hinterrücks schlängelt sich der Rüssel um mich, patscht mir erneut ins Gesicht, dann legt der Elefant seine nassen Nüstern auf meine Nase. Ich bekomme keine Luft.

Dabei kann es gut und gerne sein, dass er gerade versucht, mich zu beatmen. Er will mich nicht ersticken. Elefanten sind gutmütige, große, entspannte Tiere, die keiner Fliege etwas zuleide tun. Auch nicht mir. Ich habe ihm doch nichts getan.

Ich kann alleine atmen, ihr müsst nur von mir runtergehen, versuche ich es diplomatisch.

Einen Scheiß kannst du, trompetet der Elefant mir laut ins Ohr. Ich wusste nicht, dass Elefanten sprechen können. Ich wusste auch nicht, wie unfreundlich sie sein können.

Nichts mit »gutmütige Riesen«.

Du hast es nicht verdient weiterzuatmen, säuselt die Stimme in meinem Kopf – Elefanten können eben doch nicht sprechen –, und natürlich hat sie recht. *Kann sie etwa noch atmen? Warum solltest du es dann dürfen?*

Sie?, frage ich und wundere mich, dass ich trotz des Rüssels auf den Atemwegen Luft bekomme.

Sie. Du weißt doch, wen ich meine. Die Elefantendame klingt erschreckend wie meine

Ex-Frau. *Du bist schuld, dass sie nicht mehr atmet. Du. Nur du.*

Ein Stich in meinem Herzen. Noch einer. Dann reiße ich die Augen auf.

Mein Puls dröhnt laut in meinen Ohren, in meiner Brust rast es, schnürt mir die Luft ab. Hustend presse ich mir eine Hand auf den Brustkorb, drehe mich zur Seite und krümme mich zusammen.

»Nicht sterben jetzt, komm schon, Bro.« Eine Hand an meiner Schulter. Ein fester Griff, dann liege ich wieder auf dem Rücken und sehe die Lichtblitze durch die Dunkelheit um mich herum zucken. Mein Herz rast weiter, und zwar so schnell, dass es dieses Tempo unmöglich durchhalten kann. Das Blut peitscht durch meine Venen, die Gedanken in meinem Kopf überschlagen sich.

Irgendwas passt hier nicht zusammen.

»Ciel.« Seine Stimme ist so laut und verdammt tief, dass sie sich durch die Watte in meinem Kopf schlägt. Eine Hand tätschelt wenig mitfühlend meine Wange. Die Finger fühlen sich heiß an. Sehr heiß. Oder vielleicht bin ich aber auch einfach nur eiskalt. Meine Glieder sind so erfroren, dass ich es nicht einmal zustande bringe, mich zu bewegen. Ich liege einfach nur da und starre in die Luft, während mein Herz rast und mein Kopf nur langsam hinterherkommt. »Komm schon. Du nimmst nie Drogen, da wirst du das eine Mal jetzt auch überstehen, hm? Reiß dich mal zusammen.« Die Hand trifft mich härter an der Wange, dann schließen sich Finger um mein Kinn. »Los. Augen auf, Mann. Tu es für Eden.«

Eden?

Wer zum Teufel ist …?

Eden.

Ruckartig setze ich mich auf, schnappe nach Luft und sehe noch, wie Caleb erleichtert zurückweicht. Ich drehe den Kopf erst nach links. *Meine Küche.* Dann nach rechts. *Der weitläufige Wohnbereich.* Nach oben. *Schuhsohlen von Museumsbesuchern.*

Unter mir fühle ich den glatten Stoff des Sofas. Ein weiterer Blick verrät, dass Caleb leicht gebückt vor mir steht. Neben ihm auf dem Tisch liegt eine Spritze. Mein Herz poltert erneut und ich sehe ihn ungläubig an, als ich beginne zu verstehen. »Alter, hast du mir gerade eine Ladung Adrenalin mitten ins Herz gespritzt?« In dem dämlichen Versuch, mein Herzrasen aufzuhalten, lege ich eine Hand auf meinen Brustkorb.

»Jetzt spinn nicht rum, okay?« Caleb geht mit mir auf Kopfhöhe in die Knie; ich hingegen deute auf die Spritze.

»Das ist ein Epipen!«

Ungerührt sieht Caleb mich an. »Ich habe dich völlig zugedröhnt in irgendeinem verlassenen Dorf gefunden und da ich den feinen Herrn mittlerweile kenne, habe ich eins und eins zusammengezählt. Du würdest dir niemals etwas reinpfeifen, das dich derart komatös werden lässt. Also ja, das ist Adrenalin, um dich irgendwie wieder auf die Beine zu bekommen, weil Eden verschwunden ist und ich dich brauche.« Er schlägt leicht auf meinen Arm. »Ich habe dir nichts ins Herz gespritzt, sondern nur in den Arm. Also entspann dich und sag mir, wo verdammt du Eden mit hingeschleppt hast, dass sie …«

»Der Pfleger«, stoße ich aus und komme auf die Beine. Schwankend falle ich an Caleb vorbei, kann mich aber gerade so an einer Stehleuchte festhalten. Gut, kann ich nicht, da war ich zu voreilig. Caleb rettet uns beide – Stehleuchte und mich –, als ich an ihr hängen bleibe und sie beinahe mit mir zu Boden reiße. Verfluchte Scheiße. Ich weiß, warum ich mich von dem Zeug fernhalte und es nur verticke. Erst sprechende Elefanten mit der Stimme meiner Ex, nun dieser körperliche Totalausfall. Dazu diese verfickte Leere in meinem Kopf.

»Setz dich, sortier dich und sag mir, was los war«, ordnet Caleb ruhig an, als er mich mit den Händen an den Schultern zurück auf die Couch drückt. »Der Pfleger? Warst du mit ihr in der Klinik?«

Ich reibe mir die Stirn. »Ich habe dich ja versucht, anzurufen. Hayo hatte nur diesen einen Termin frei und …«

»Ich bin nicht deine Freundin und du musst dich nicht vor mir rechtfertigen.« Caleb grinst leicht, doch schnell fängt sich seine Miene wieder und er drängt leise, als wüsste er, wie laut es noch immer in meinen Ohren rauscht: »Wir haben darüber geredet und wir waren uns einig, dass die Klinik die beste Option für sie ist.« Ich nicke langsam. Das haben wir. »Was ist mit ihr? Was für ein Pfleger?« Ich starre ihn ratlos an. Der Pfleger spielt eine wichtige Rolle – das weiß ich –, aber … wofür? Calebs Finger um meine Schulter schließen sich ein wenig fester, dennoch bleibt er geduldig. »Woran erinnerst du dich? Wie hast du sie zuletzt gesehen?« Das Braun seiner Augen ist dunkel, sein Blick so klar wie selten.

Fuck. Er weiß ganz genau, dass in meinem Kopf ein ziemlich dichter Nebel herrscht. Ich weiß, dass da etwas ist. Etwas, das ich unbedingt sagen muss, etwas, damit er versteht, woher das ungute Gefühl in meinem Magen rührt.

»Ich …« Ich denke angestrengt nach. »Der Pfleger … er … er … hat sie so angestarrt.« Ich blinzle. Scheiße, wo ist sie jetzt? *Was* ist das fucking Problem?

»Er hat sie erkannt«, schlussfolgert Caleb.

Ich stöhne auf. »Scheiße ... ja. Ich dachte ... ich dachte, er findet sie heiß.«

Calebs Mundwinkel hebt sich abfällig. »Im Ernst, Mann? Du warst eifersüchtig und checkst deshalb nicht, dass wir aufgeflogen sind?«

»Wir?«, frage ich so minderbemittelt, wie ich mich gerade fühle. Verdammt, er hat recht. »Womit?«

»Wir. Unsere Geisel, die vermutlich gerade zurück zu ihrem Daddy und ihrem schmierigen Verlobten geschleppt wird.« Er klopft mir mit dem Zeigefinger an die Schläfe. »Macht da etwas klick hier drin?«

»Sie ist nicht unsere Geisel«, krächze ich mühevoll. Meine Lippen sind spröde und meine Zunge macht mir das Reden schwer. Calebs Mimik bleibt ruhig.

»Ist sie nicht. Sie ist ein ganz süßes, versautes Mädchen, das aus irgendwelchen unerfindlichen Gründen gern Zeit mit uns Losern verbringt.«

Ich neige den Kopf. »Sie sieht etwas anderes in uns«, entgegne ich schwach, ohne ihm zu widersprechen. Würde Eden all das über uns wissen – vor allem über mich –, was sie noch nicht weiß, würde sie Calebs Worten wohl zustimmen.

»Weil sie verrückt ist. Und weil sie das ist und wir beide sie nicht verdienen, aber trotzdem behalten wollen, sollten wir uns jetzt einen Plan überlegen.«

»Kannst du das noch mal etwas langsamer und ... weniger ... lang formulieren?«

Caleb steht ruckartig auf. »Wir holen unser Mädchen zurück.« Im nächsten Moment ergießt sich ein Schwall Wasser über meinem Kopf. »Und das so schnell wie möglich. Ich will nicht wissen, was sie mit ihr machen, wenn ihr verdammter Daddy checkt, dass seine teure Ware nicht mehr unbenutzt ist.« Bei seiner Verheißung kribbelt etwas auf meinem Nacken. Scheiße. Eden schwebt in Gefahr.

Caleb stellt das Glas auf dem kleinen Tisch ab und streckt mir die Hand entgegen. »Und du kommst jetzt mal klar.«

Hinter meiner Stirn pocht es, als wären dort mehr als ein Dutzend Zwerge mit Spitzhacken beschäftigt. Meine Hände sind noch immer kalt und es braucht drei Versuche, mein Handy ans Ohr zu bringen. Das Freizeichen tönt so laut, dass ich es ein Stück von mir halte.

Seit ich vor einer halben Stunde unsanft mit einer Ladung Adrenalin aus meinem ersten Drogenrausch gerissen wurde, ist mein Hirn damit beschäftigt, den vergangenen Tag zu rekapitulieren. Und langsam weiß ich wieder, was passiert ist. Einer der Wachen muss mit dem Pfleger zusammenarbeiten und mir – nach dem er mir die Lichter mit einem Schlag auf den Hinterkopf ausgepustet hat – noch zusätzlich eine Spritze mit irgendeinem Zeug in den Arm gejagt haben. Noch dazu müssen sie mit irgendwem zusammenarbeiten, der mich, nein uns, überwacht hat. Sie wussten von Caleb. Und wussten ebenfalls, dass ich auf seine angebliche Anwesenheit reagieren werde.

Caleb sitzt äußerlich völlig entspannt auf der Kante meines Schreibtisches und wiegt meinen Briefbeschwerer in Form eines Eiffelturms – hoch lebe das Klischee – in den Händen. Immer mal wieder sieht er zu mir und wäre da nicht diese spezielle Verbindung zwischen uns, könnte man diese Blicke zum Anlass nehmen, sich vor ihm in Sicherheit zu bringen. Es bräuchte nicht viel, um jemandem mit der vergoldeten Statue den Schädel einzuschlagen.

»Wenn ihr heute Vormittag den Termin hattet, wird sie längst in London sein.« Caleb ist völlig ruhig, dabei weiß ich, wie sehr es in seinem Inneren stürmt. Er wollte genau dieses Szenario vermeiden: Eden durch Nachlässigkeit in Gefahr bringen. Und genau das ist passiert. Aber nicht wegen ihm. Nur meinetwegen, aber anders als befürchtet. Ich hatte längst nicht mehr vor, sie in Gefahr zu bringen oder gar zu töten, weil sie meine Geschäfte stört. Im Gegenteil. Sie sollte endlich frei sein. Doch wieder habe *ich* nicht aufgepasst.

Caleb sieht das anders, weil er sich grundsätzlich die Schuld an jedem noch so kleinen Fussel auf der Kleidung gibt.

Sein Charakter ist schwierig zu durchschauen, und doch denke ich, diesen Draht zu ihm zu haben. Diesen einen speziellen, weil er genauso tickt wie ich und diese Leere im Inneren nur völlig anders auslebt als ich.

»Er geht immer noch nicht ran.« Genervt feuere ich das Handy auf den Schreibtisch und fahre mir mit beiden Händen über das Gesicht. »Hayo ist absolut zuverlässig, sein Personal hundertfach geprüft ...«

Caleb knallt den kleinen Eiffelturm schwungvoll

auf den Tisch vor mir und bringt mich damit abrupt zum Schweigen. »Du weißt so wie ich, dass du verarscht wurdest. Egal, wie loyal diese illegalen Läden auch sein mögen – für Kohle machen alle alles. Das solltest du wissen.«

Ungehalten knurre ich in meine Handflächen, bevor ich wieder nach meinem Handy greife und es erneut probiere. Ich schmeiße es fast von mir, als Hayo beim ersten Klingeln mit einem knappen »Ja?« antwortet.

»Hayo«, stoße ich aus. Caleb hebt auffordernd beide Augenbrauen und wedelt mit seiner Hand. Sein Elan ist zu viel für meinen ausgeknockten Zustand. Ich wende meinen Blick von ihm ab und richte ihn auf den goldenen Turm vor mir.

»Ciel? Gibt's ein Problem mit der Kleinen?«

Ich runzle die Stirn. »Das muss ich dich fragen.«

»Kannst du deutlicher werden? Ich stehe gerade noch mit einem Bein im OP. Was ist los? Als ich sie zuletzt gesehen habe, war sie topfit, nur noch ein bisschen verschlafen.«

»Ich ... ich ... wie? Sie ist noch bei dir?«

Hayo räuspert sich. »Du wolltest sie doch mitnehmen, sobald sie wach ist!«

Ich schüttle stöhnend den Kopf. »Lass mich raten. Das hat dein korrupter Pfleger erzählt?«

»Mein was?«

»Eden ist nicht hier, verdammt«, blaffe ich aufgelöst ins Telefon. »Er hat mich rausgelockt, mir etwas über den Kopf gezogen und mich dann im Wald ausgesetzt! Auf Eden ist eine hohe Summe angesetzt und das wird der Kerl herausgefunden haben!«

Für ein paar Sekunden bleibt es still in der Leitung, dann höre ich Hayo leise fluchen und eine Tür laut ins Schloss fallen. »Alle Ausgänge zu, und niemand verlässt das Gebäude. Nein, ich kann jetzt nicht weitermachen«, brüllt er undeutlich, bevor er wieder besser zu verstehen ist. »Sorry, Ciel. Das hätte nicht passieren dürfen.«

»Ach nein.« Ich stoße die angehaltene Luft aus. Es bringt uns nichts, wenn ich ihn nun deswegen zur Schnecke mache. Schon gar nicht übers Handy. »Sie ist weg, richtig?«

»Ja, wie gesagt, ich dachte, du hast sie mitgenommen. Ich werde mir den Kerl vorknöpfen. So etwas darf hier nicht passieren.«

»Jaja ... aber Eden ging es gut? Mit der OP hat alles geklappt?«

»Reibungslos. Deshalb habe ich zugestimmt, dass du sie bei dir zu Hause weiterbehandeln kannst.«

Immerhin etwas. »Darüber sprechen wir noch.« Damit lege ich auf und lasse das Handy in der Hand sinken. Caleb hat mitgehört und mustert mich ruhig, als ich die nächste Nummer wähle. Doch Duncan hebt ebenfalls nicht ab.

»Ist ja nicht wahr«, knurre ich und richte mich hinter dem Tisch auf.

»Der ist immer schwer beschäftigt.« Caleb grinst spöttisch und steht ebenfalls auf. »Wie ist der Plan?«

»Du buchst mir den nächsten Flug nach London,

ich sehe solange zu, dass ich etwas finde, womit ich wieder halbwegs klar denken kann.«

Caleb schnaubt unwillig. »Ich bin nicht dein Handlanger. Außerdem werde ich mitkommen.«

Mit wenigen Schritten durchquere ich mein Büro. »Wirst du nicht. Du wirst in London gesucht und bist mir keine Hilfe, wenn wir uns deinetwegen nur im Schatten bewegen können. Du musst hier die Stellung halten.« Calebs promptes Lachen klingt nicht belustigt.

»Das ist ja wohl ein Scherz. Sie wird hier nicht einfach auftauchen, Ciel. Was soll ich hier?«

Stimmt. Das wird sie nicht. Aber Caleb in London ist eine Gleichung, die nicht ohne Probleme aufgeht. Schon gar nicht jetzt, wo die Geburt seines Sohnes erst wenige Tage her ist und die Lage angespannt ist. »Darüber diskutieren wir nicht. Könntest du mir *bitte* einen Flug buchen? Du kannst nicht einfach nach London fliegen. Duncan hat seine Augen und Ohren überall. Es hilft Eden nicht, wenn du von zwei durchgeknallten Zwillingen aufgelauert wirst. Okay?« Mit der Türklinke in der Hand halte ich inne und sehe über meine Schulter zurück zu ihm. Mit mahlenden Kiefern und verschränkten Armen lehnt Caleb an meinem Schreibtisch. Er weiß, dass ich recht habe. Also nickt er nur knapp und dreht sich um, um meiner »Bitte« nachzukommen.

Und ich mache mich auf den Weg, das Wichtigste für meinen kleinen Ausflug zusammenzusammeln. Noch lieber, als Dinge zu stehlen, hole ich mir *zurück*, was mir gehört. Und zwar in einer eindeutigen Sprache, die deutlich machen wird, was ich davon halte, wenn mir etwas genommen wird.

Das musste schon einmal jemand auf eindrückliche Weise lernen. Und Edens Familie wird die Nächste sein.

Kapitel 17
Eden

Hitze strömt durch meinen Körper. Hitze an meiner Wange. Hitze in meinem Unterleib.

Ein weicher Stoff.

Arme, auf denen ich getragen werde.
Schwärze.
Ein Blinzeln.
Sonnenstrahlen.
Ruckeln.
Ein Summen.
Ein fremdes Gesicht.
Verständnislosigkeit.
Ein Stich.
Noch mehr Hitze.
Ein flaues Gefühl in meinem Magen.
Schwärze.
Ruhe.
Rauschen.
Grelles Neonlicht.
Eine Frau.

Ein Piepsen.

Dunkelheit.

Helle Sonnenstrahlen fallen auf mein Gesicht, hüllen mich in einen Kokon aus Wärme und Zufriedenheit. Die seidigen Laken schmiegen sich um meine Haut. Ich fühle mich schwerelos. Das träge Pochen meines Körpers fühlt sich gut an.

Ich fühle mich geborgen.

»Sie wird wach.«

Das Gefühl verpufft, als wäre ich geradewegs gegen eine Mauer gerast.

Dad. Das Wort kommt mir nur schwer über die Lippen – vielleicht schafft es das auch gar nicht – und noch schwerer fällt es mir, gegen die bleierne Müdigkeit anzukommen. Blinzelnd versuche ich, etwas von meiner Umgebung zu erkennen. Irgendwas fühlt sich völlig falsch an, aber ich komme beim besten Willen nicht darauf, was es ist.

Was ich aber mit Bestimmtheit sagen kann: Hier bin ich falsch. Das hier ist nicht richtig.

Warme Finger legen sich auf meinen Unterarm und fühlen sich völlig deplatziert an. Ich reiße die Augen auf, ziehe meinen Arm weg und begegne dem fakefreundlichen Lächeln einer blonden Frau. Sie trägt einen weißen Arztkittel und lächelt professionell.

Ruckartig drehe ich den Kopf und sehe den Mann, dessen Stimme ich mir für den Bruchteil einer Sekunde lang gehofft habe nur eingebildet zu haben.

Aber dort sitzt er. Gehüllt in einen schwarzen Anzug, der keine Falte wirft, sein Handy in der Hand.

Nur mit einem Auge mustert er mich, während er eine Nachricht tippt.

»Tochter.« Sein Smartphone verschwindet in seiner Faust, dann steht er auf. »Freust du dich nicht, mich zu sehen?«

Ich mustere ihn aus verengten Augen. In meinem Hirn überschlagen sich die Gedanken. Wo bin ich? Wie komme ich hierher? Wo ist hier? Er dürfte nicht da sein.

»Hast du neben deiner Jungfräulichkeit auch die Sprache verloren?« Seine Stimme ist schneidend und bohrt sich tiefer als die Klinge eines Messers in meinen Körper.

»W-was?«, stammle ich und mein Blick zuckt von meinem Vater zu der Ärztin, die ihre freundliche Fassade aufrechterhält und völlig überflüssig neben meinem Bett steht.

»Du hast mich schon verstanden. Und ich bin äußerst …« Er atmet tief ein und beugt sich über das Krankenhausbett, bis er meinem Gesicht ganz nahe ist. So nah, dass mir sein beißendes Aftershave in die Nase zieht. »…äußerst enttäuscht von dir.«

»Enttäuscht?«, krächze ich fassungslos. Ich wurde entführt. Zumindest ist es das, was er denken sollte. »Dad. Ich habe … ich weiß nicht …«

»Verarsch mich nicht, Eden!«, brüllt er mich an, sodass feine Spuckefäden mein Gesicht treffen. Ich liege da wie eingefroren, rühre mich nicht. Die Ader auf seiner Stirn pocht und in seinen Augen tobt die Wut, als er seine Hand um mein Handgelenk schlingt. »Du bist freiwillig in diese zwielichtige Klinik gegangen. Du. Bist. Keine. Jungfrau. Mehr.« Er schleudert mir die Worte so abfällig entgegen, dass mir eine Gänsehaut über den Rücken jagt.

Er hat recht. Aber ... warum weiß er davon?

Ich blinzle wieder und sehe Hilfe suchend zu der Ärztin, die ein paar Schritte zur Seite getreten ist und alibimäßig in ihrer Akte blättert. Sie wird mir nicht zu Hilfe kommen. Mein Vater schmiert alles und jeden. Irgendwie hat er davon erfahren, dass Ciel mich in die Privatklinik gebracht hat. Und irgendwie ... fehlen mir seit der Narkose die Erinnerungen.

Ich war doch eben noch in Paris? Doch nun ... ich sehe zum Fenster, hinter dem ich die bekannte Silhouette Londons direkt an der Themse erkenne. Ich weiß, wo ich bin. In einer schweineteuren Privatklinik oder etwas weniger dekadent formuliert: meinem Gefängnis. Meinem alten Leben. Mein Leben, das nun noch mehr der Hölle gleicht als vorher schon.

»Dad, ich habe überhaupt keine Ahnung, was ...« Zischend halte ich inne, als seine Finger sich so fest um mein Gelenk schlingen, dass ich fürchte, es bricht in der nächsten Sekunde.

»Lüg. Mich. Nicht. An.« Er kommt mir noch näher. »Du hast mit deinem Entführer gemeinsame Sache gemacht.« Er betont das Wort so spöttisch, dass klar ist, dass er nicht an diese Geschichte glaubt, dabei war das zu diesem Zeitpunkt die verdammte Wahrheit.

Ciel hat mich entführt. Er war einen verdammten Atemzug davon entfernt, mich zu erschießen.

Aber das sage ich nicht. Mein Vater würde mir ohnehin nicht glauben.

Leise fährt er fort: »Du hast dich von ihm ficken lassen. Und damit hast du deine gesamte Zukunft aufs Spiel gesetzt, du dummes, dummes Kind!« Sein harter Griff treibt mir die Tränen in die Augen. »Stevens Eltern wollten etwas Besonderes für ihren einzigen Sohn. Etwas Unberührtes. Etwas Neues. Etwas Exklusives. Keine Nutte!« Das letzte Wort speit er so hart aus, dass mein Magen rebelliert.

Ich bin keine Nutte, weil ich mit Männern schlafe, die ich mir ausgesucht habe. Mehr oder weniger zumindest.

Seine Worte fressen sich in mein Hirn, in meinen Bauch und meine Augen. Sie tränen und ich kann nichts dagegen machen. Ich kenne meinen Vater. Ich wusste, dass nicht ich ihm am wichtigsten bin, sondern lediglich meine unberührte Weiblichkeit, dicht gefolgt von seinem Scheißschrankimperium. Doch auch dieses Wissen schützt mich nicht davor, was es tief in mir auslöst, dieses zum ersten Mal in dieser Deutlichkeit zu hören. »Ich habe dir die Zeit eingeräumt, die du brauchtest! Sechs Monate, um dich an ihn zu gewöhnen und …«

»Das ist doch Bullshit, Dad! Ich muss mich nicht an einen Mann gewöhnen, den du mir aufzwingst!«, unterbreche ich ihn mit kratziger Stimme. »Ich will selbst über mein Leben entscheiden. Dein Geld ist mir egal!«

»Du bist mir aber nicht egal!« Sein Blick wird düster und kalkulierend. Ich will nicht hören, was er als Nächstes sagt, und doch habe ich keine Chance, mich dem zu entziehen. »Wenn er dich wenigstens vergewaltigt hätte«, spuckt er aus und visiert mich aus tobenden Augen an. »Das hätten wir in einer herzergreifenden Story verpacken können. Aber das? Du hast dich freiwillig auf ihn eingelassen! Ist es nicht so?«

Ich könnte lügen. Wahrscheinlich müsste ich lügen und ihm die Vergewaltigungsgeschichte auftischen – darauf beharren –, doch seine Worte machen deutlich, dass er längst mehr weiß. Er weiß, dass ich mit Ciel freiwillig in die Klinik gekommen bin. Ich habe mich nicht wie eine entführte Frau verhalten. Nicht wie eine, die von ihrem Vergewaltiger verschleppt wird. Er weiß es. Er hat seine verdammten Augen überall, auch wenn es wirklich lange gedauert hat, bis er mich aufgespürt hat.

Davon abgesehen, dass er mir sowieso nicht glauben würde, fühlt es sich falsch an zu lügen. Die Wahrheit ist meine einzige Waffe, die ich noch habe. Wenn ich Glück habe, setzt er mich einfach aus. Verstoßen von der Familie, arm auf der Straße Londons. Dafür frei. Liebend gern würde ich dieses Szenario wählen.

»Ich war freiwillig mit ihm da«, keuche ich und grabe meine Finger wegen des zu erwartenden Schmerzes seiner Maßregelung in die weißen Laken. »Ich habe ihm meine Jungfräulichkeit freiwillig geschenkt. Weil. Ich. Steven. Nicht. Will.«

»Es geht hier nicht darum, was du willst!«

»Natürlich geht es das! Es ist mein Leben! Mein Körper!«

»Ein Leben, das ich dir geschenkt habe, du undankbares Gör! Du bist meine einzige Tochter, mein einziges Kind … ich …«

»Zum Glück«, bringe ich kratzig hervor. »Jemand wie du sollte sich gar nicht vermehren!«

Ich habe die Ohrfeige erwartet und so macht mir der Schmerz nicht viel aus. Mich sammelnd atme ich tief ein, bevor ich ihn ruhig ansehe. Er hingegen starrt mich mit roten Wangen und bebenden Nasenflügeln an.

»Im Gegensatz zu euch und Steven hat er sich für meine Probleme interessiert. Er weiß, dass meine jahrelangen Regelschmerzen mehr als das waren. Aber euch war das ja egal, solange ich trotzdem funktioniere«, zische ich leise und erwidere seinen Blick fest. »Also ja. Deshalb bin ich freiwillig mit ihm in die Klinik.«

Der Blick meines Vaters huscht zur Ärztin, die noch immer regungslos neben dem Bett steht. »Du hast nie gesagt, dass du solche Probleme hast. Wir hätten dir geholfen. Das mussten wir nun nachholen und was meinst du, wie wenig begeistert die Familie Bedford darüber ist! Wir mussten unsere Konditionen maßgeblich anpassen!«

Weil ich Endometriose habe und mir Zysten entfernt werden mussten? Das kann der Familie Bedford doch völlig egal sein.

Ich schnaube unterdrückt. Das hier zeigt nur einmal mehr, wie egal ich als Mensch meinem Vater bin. Denn ich habe es gesagt. Mehrfach habe ich über Schmerzen geklagt. Mir hat nur niemand geglaubt.

»Sie haben mich untersucht, richtig?«, frage ich in Richtung der Ärztin. Es ist eine rhetorische Frage. Nur deshalb weiß mein Dad diese nicht unwichtige Kleinigkeit über mich. Aber darum geht es mir nicht. Ich will wissen, wie die OP verlaufen ist.

Ob sie überhaupt verlaufen ist. Ich habe keine Ahnung, was seit dem Zeitpunkt passiert ist, als der Anästhesist mir die Maske aufs Gesicht gesetzt hat.

Sie vergewissert sich mit einem Blick bei meinem Vater, ob sie sprechen darf, und er schüttelt den Kopf. »Sie soll sich nicht weiter aufregen.«

Ich verenge die Augen, kann seine Worte zunächst nicht einordnen, doch da fängt sie schon an zu sprechen. »Der Informant, der Sie Ihrem Vater zurückgebracht hat, berichtete uns von einer Endometriose-Operation. Aus unserer Sicht ist diese sehr professionell durchgeführt worden. Wir führen Ihre Behandlung nun weiter.« Sie räuspert sich, ihr Blick zuckt nervös zu meinem Vater, der erneut verbissen den Kopf schüttelt.

Was hat er getan? Mein Herz rumpelt in meiner Brust und ich ahne, dass er mir etwas vorenthält, das mir ganz und gar nicht gefallen wird. Ist doch etwas schiefgegangen?

Sie deutet auf das kleine Tablett neben einer Wasserflasche. »Das sind Schmerzmittel und Medikamente. Sie können nach Hause, aber wir sehen uns bald zur Kontrolle wieder.« Ihr einstudiertes, freundliches Grinsen kann sie sich sonst wohin schieben.

Unwillig drehe ich den Kopf zu meinem Vater. »Ich will nicht nach Hause. Ich will zurück nach Paris.«

Er lacht ungläubig auf. »Du bist unverfroren dreist, meine Liebe.«

Schwungvoll stößt er sich zurück, starrt mich an und greift an seinen Revers, um ihn zu richten. »Er soll reinkommen.«

Meine Augen weiten sich und ich starre entsetzt zu meinem Vater, der mich kühl mustert. »Die Bedfords haben sich großzügigerweise bereit erklärt, dich dennoch in ihre Familie aufzunehmen. Die Hochzeit findet am Samstag in drei Wochen statt. Bis dahin wirst du wieder die Alte sein.« Er kneift die Augen zusammen. »Zumindest halbwegs. Für den Anfang wird es reichen. Wie es danach weitergeht … wir werden sehen, wie Steven es aufnimmt.«

Wie er was aufnimmt? Dass ich keine Jungfrau mehr bin?

Bedrohlich senkt er die Stimme. »Sei nett zu meinem zukünftigen Schwiegersohn. Es gehört einiges dazu, dich trotz deines offensichtlichen Makels immer noch haben zu wollen.«

Ehe ich nachhaken kann, was genau er meint, springt schon die Tür auf und Steven marschiert mit grimmiger Miene ins Zimmer.

Heiße Tränen schießen in meine Augenwinkel, als ich den Kopf schüttle. Ich meide Stevens Blick. »Nein! Nein, Dad, das werde ich nicht tun! Ich werde mich nicht von dir verkaufen lassen, wie es dir passt. Ciel wird mich suchen!« Und Caleb, auch wenn er keine Chance hat, nach London zu kommen.

Aber sie werden mich nicht im Stich lassen.

Einmal, weil sie mich mögen, so wie ich sie mag.

Und außerdem sind beide keine Typen, die sich etwas wegnehmen lassen.

»Das soll er gern versuchen.« Mein Vater bleckt die Zähne. »Und du, meine Liebe, wirst keine Möglichkeiten mehr zu solch albernen Gefängnisbesuchen bekommen. Darüber werden wir im Übrigen noch sprechen. Weißt du, wie viele Zahlungen notwendig waren, um dich von den Bildern der Überwachungskameras streichen zu lassen? Aber du wirst schon noch sehen, was du davon hast.«

»Das ist dir doch egal!«, fauche ich und bin nicht überrascht, dass er auch diesen Teil meiner Flucht in Erfahrung gebracht hat. Er wird mir dennoch nicht den wahren Ablauf glauben. Und das ist mir auch völlig egal. Denn am Ende habe ich mit Caleb und Ciel gemeinsame Sache gemacht.

»Du wirst dich ausruhen. Du wirst keinen Fuß vor die Tür setzen. Keinen. Einzigen. Hast du das verstanden?«

Klar und deutlich. Er und Steven werden mich einsperren. Und ich hoffe inständig, dass Paris' Meisterdieb mich dort früh genug herausholen kann.

Kapitel 18
Ciel

Geh an dein Scheißhandy.

Mit gerunzelter Stirn sehe ich auf die aufploppende Nachricht, die mich erreicht, als mein Handy den neuen Netzempfang herstellt. Nachdem ich im Strom der aussteigenden Passagiere das Flugzeug verlassen habe und wenig später nur mit meinem Handgepäck durch die Ankunftshalle laufe, antworte ich Caleb.

Bin gerade gelandet. Fahre jetzt zu ihrem Apartment.

Da wird sie nicht sein.

Das denke ich auch. Dennoch muss ich zumindest einmal nachsehen, ob sie nicht doch in ihre alte Wohnung zurückgebracht wurde. Andere Anhaltspunkte haben wir gerade sowieso nicht.

Noch ehe ich antworten kann, vibriert mein Handy erneut. Es ist eine Adresse. Anschließend folgt eine weitere Nachricht.

> Adresse von ihrem Vater. Falls du da nicht fündig wirst, versuch es im Keller. Eden hat so etwas mal erwähnt. Der Mann macht keine halben Sachen. Auch nicht bei seiner Tochter.

Da ich direkt aufgebrochen bin, hatten wir keinerlei Zeit, uns genauer zu meiner Vorgehensweise abzustimmen, Caleb hat nur angekündigt, mögliche Anlaufpunkte in Erfahrung zu bringen, bis ich in London angekommen bin. Das hat geklappt.

Allerdings, fürchte ich, werden wir mit dieser Strategie nicht weit kommen. Ihr Vater ist nicht dumm. Er weiß, dass ich Eden nicht einfach entkommen lasse. Er wird sie verstecken und notfalls vor den Altar zwingen.

Es ist nicht so, dass ich ihre Sorgen dahingehend nicht ernst nehmen würde. Ich habe nur nicht damit gerechnet, sie würde uns entwischen.

Ich habe ihren Vater unterschätzt und das ist eine Erkenntnis, die ich nur schwer zulassen kann. *Ich kann nicht mal vernünftig auf eine Geisel aufpassen.*

Scheiße. Mit rasendem Herzen und prickelndem

Schweiß auf dem Nacken trete ich aus dem Flughafengebäude und steuere die schwarzen Taxis an, die hier zahlreich auf die ankommenden Passagiere warten.

Nachdem ich dem Fahrer die Adresse genannt habe, schreibe ich Caleb zurück.

Ich check das. Wenn ich sie dort nicht finde, fahre ich zu Duncan. Er hat seine Augen und Ohren überall und schuldet mir noch was … deinetwegen.

Träge richte ich meinen Blick aus dem Fenster. In meinem Kopf herrscht noch immer ein dröhnender Schmerz von den Drogen, die ich nicht gewöhnt bin, gepaart mit den Schuldgefühlen, die tief in mir vergraben lauern und nur auf ihren erneuten Ausbruch warten. Mit einem Summen kündigt sich die nächste Nachricht an.

Wie ironisch.

Bei Calebs knapper Antwort habe ich direkt seinen trockenen Kommentar im Ohr. Er hat völlig recht. Natürlich ist es ironisch, dass ich ausgerechnet auf die Hilfe des Mannes hoffe, wegen dem ich erst in dieses Schlamassel gerutscht bin.

Ach, nicht in dieses Schlamassel.

In diese verdammte Scheiße, die so viel mehr Scheiße aufwirbelt.

Lass mich jetzt in Ruhe. Melde mich, wenn ich Infos habe.

Seufzend sperre ich mein Handy und schiebe es in die Hosentasche. Bereit, unsere Kleine zurückzuholen.

Als ich am späten Abend die schwarze Tür zum Club aufstoße, bin ich nicht viel weiter gekommen. Es war keine große Herausforderung, in Edens Apartment einzubrechen, da die Codes seit meinem letzten Besuch dort nicht verändert wurden. Ich denke nicht, dass Edens Vater und ihr angedachter Zukünftiger so nachlässig sind, sondern dass es sich um eine Falle gehandelt hat. Aber ich bin ebenfalls nicht nachlässig. Ich verwische meine Spuren, schon bevor ich welche hinterlasse.

Dementsprechend viel Zeit hat es mich gekostet und erfolgreich war dieser Besuch auch nicht. Eden war wie erwartet nicht dort. Genauso wenig war sie im Haus ihres Vaters. Hier hatte ich weniger leichtes Spiel, weil in der prunkvollen Stadtvilla im Zentrum Londons Wachpersonal in Massen Schmiere stand. Ich kann mich unsichtbar machen – im übertragenen Sinne –, doch natürlich komme ich so nur langsam voran.

Diese zwei Einbrüche haben mich mehr als einen halben Tag gekostet und bis auf einige Erkenntnisse reicher haben sie mich bei meiner Suche nicht vorangebracht.

Es war schon interessant, durch die Räume ihrer Familie zu streifen. Edens altes Kinderzimmer eingeschlossen. Ich habe es nur als ihres identifiziert, weil ihr Name in bunten Holzbuchstaben an der Zimmertür hing. Ein Überbleibsel aus Kindertagen, wie ich vermute. Der Rest des Zimmers war neutral, unpersönlich und bieder eingerichtet. Fliedertöne, Rüschen auf der Bettdecke und hochtrabende englische Literatur in den eingestaubten Bücherregalen, die nichts mit den Romanen zu tun hat, die sie ständig verschlingt und selbst schreibt.

Ihr Zimmer passt überhaupt nicht zu der Person, die ich kennengelernt habe – und entgegen aller Vorsätze in mein Herz geschlossen habe. Dabei sollte dort nie wieder ein Platz für irgendjemanden sein. Und nun sind es sogar zwei neue Menschen in meinem Leben, die alles durcheinanderbringen.

Auf eine verdammt gute Art, trotz allem.

»Wird das jetzt zur Gewohnheit, dass wir gegenseitig aufkreuzen, ohne uns Bescheid zu geben?« Duncan höchstpersönlich steht hinter seiner Bar und umrundet diese, als er mich auf ihn zukommen sieht. Er hält mir die Hand entgegen, ich schlage ein und nicke schlicht. Schon bei meinem letzten Besuch vor wenigen Wochen bin ich einfach hier aufgeschlagen, ohne ihm Bescheid zu geben. Genauso wie er zuvor bei mir, wo ich ihn binnen Minuten wieder loswerden musste, weil Caleb und Eden in meinem Keller angekettet waren und eine Show abgezogen haben. Diesen Eindruck musste ich wieder hinbiegen und habe mich kurz darauf selbst auf den Weg nach London gemacht.

Caleb wusste nichts davon, wo ich das Wochenende über war, aber ich hielt es für angemessen, mir selbst ein Bild von der Situation zu machen. Ich wollte nicht riskieren, zwei aufgebrachte Zwillingsbrüder vor meinem Museum stehen zu haben, weil Duncan ihnen Flausen in den Kopf setzt.

Ich habe Duncan berichtet, was er von mir hören musste: von einem braven Caleb, der in Paris nach meiner Pfeife tanzt. Ironischerweise wollte Duncan dazu gar nicht viel wissen und wirkte in sich gekehrt. Was an dieser Frau lag, wie ich mir schon lange denke. Holly schwirrte an diesem Abend durch seinen Club und hatte rein gar nichts mehr mit dem traumatisierten Mädchen von meiner Jacht zu tun und Duncan hat sie bewacht wie seinen Schatz.

Jetzt weiß ich, wieso er andere Frauen nicht mehr so ansieht wie früher und wieso er mich mit seinem Blick getötet hat, als ich probeweise meine Finger in ihre Nähe gebracht habe. Die Kleine hat es ihm angetan. Und zwar so sehr, dass er alles, was ihn je ausgemacht hat, über den Haufen geworfen hat. Nur eine Woche später hat er mich angerufen und mir von ihrer Verlobung berichtet. Wenige Tage später folgte ein weiterer Anruf mit einer Spontaneinladung zu ihrer Hochzeitsfeier, die nicht viel mehr als ein netter Abend in seinem Club war. Aber auch dort bin ich aufgekreuzt. Nur, um den Schein zu wahren. Und dann habe ich Calebs Baby in den Armen seiner Ex gesehen, bevor diese ihm überhaupt in ihrem Brief von ihm berichtet hat. Kurz – sehr kurz – habe ich überlegt, den kleinen Jungen einzupacken und zu stehlen, wie ich es immer mit Dingen mache, die ich haben will. Aus welchen Gründen auch immer.

Sehr schnell habe ich den Gedanken wieder verworfen. Caleb will sich nicht um sein Kind streiten und er schluckt seither alles, was seine Ex ihm vorwirft oder anweist. Die Möglichkeit, dass er mich deshalb erstochen hätte, wäre definitiv vorhanden gewesen.

Als er nun doch den Brief von ihr bekommen hat, habe ich ihm davon erzählt. Vermutlich ist das auch ein Grund dafür, dass er derart ausgerastet ist und sich mit Drogen abschießen wollte.

Verständlich.

Völlig verständlich.

»Na, wie waren eure Flitterwochen?«, frage ich, als wir den gut besuchten Barbereich durchqueren und auf die Treppe ins Kellergeschoss zuhalten.

»Heiß«, knurrt Duncan und läuft voran, bis wir sein Büro erreichen. Sein Unterton macht nicht deutlich, ob das nur auf die Temperaturen oder auf seine Frau zu münzen ist, ziemlich sicher bezieht sich diese simple Antwort aber auf beides. Er stößt die Tür auf und direkt ein erneutes Knurren aus. Ich folge seinem erstarrten Blick, bevor er seinen massiven Körper vor mich schieben kann.

Auf seinem Schreibtisch sitzt Holly – nun seine Ehefrau – in ein sündig heißes Lackoutfit gehüllt, das ihre ohnehin schon enorme Oberweite einladend nach oben presst. Die dünnen Bänder, die sich um ihre Hüfte winden und zwischen ihren Beinen verschwinden, lassen nicht viel Fantasie zu, was sich darunter verbirgt.

»Oh, hoppala, der heiße Ciel.« Holly lacht, springt auf und obwohl sie mich freudig anstrahlt, färben sich ihre Wangen rosa.

»Was soll das werden?« Duncan erreicht sie mit wenigen Schritten, schnappt sich ein schwarzes Shirt, das auf dem Ledersessel vor dem Tisch liegt, und zieht ihr das Stück Stoff kurzerhand über den Kopf. Besser macht es das nicht. Frauen, die lediglich mit einem übergroßen Männershirt bekleidet sind, entsprechen ziemlich exakt dem, was ich verdammt attraktiv finde.

Aber gut.

Deshalb bin ich nicht hier und ich wette, so besitzergreifend, wie er Holly an seine Seite zieht, sind die Zeiten des Frauenteilens vorbei. Nicht dass ich das gerade vorhabe.

»Darf ich nicht meinen Mann überraschen?«, keucht Holly und sieht verlegen zu ihm auf.

»Gottverdammt, ja doch. Aber ...« Duncans Kopf ruckt zu mir herum, »Scheiße, er ist mir ein Dorn im Auge.«

Meine Augen weiten sich parallel zu Hollys. Duncan ist kein eifersüchtiger Typ – Ehefrau hin oder her. Ich räuspere mich. »Wegen der Sache auf der Jacht?«

Duncans Miene gefriert, Holly blickt weiterhin verunsichert zu ihm auf. »Du ... du weißt doch, dass ich dich niemals ... auch nicht mit ihm, Dun.«

»Ja, weiß ich. Aber er ...« Er sieht zu mir und ich strecke gleichzeitig entwaffnend meine Hände nach oben.

»Vielleicht hilft dir die Info, dass ich hier bin, weil ich einen Gefallen einlösen muss ... wegen einer Frau.« Ich zwinkere Holly zu. »Und damit meine ich nicht deine Frau, also keine Gefahr von mir.«

Duncan schnaubt sichtlich ungehalten, umrundet den Schreibtisch und lässt sich auf den Sessel fallen. Holly bedeutet er mit einem knappen Nicken, auf seinem Schoß Platz zu nehmen. »Soll ich mich besser umziehen gehen?« Ihre Stimme ist leise und ihr Blick devot, obwohl alles andere an dieser Frau nicht mehr viel mit dem schreckhaften Mäuschen vom Sommer zu tun hat.

»Nein, passt schon.« Er legt ihr besitzergreifend eine Hand auf den Oberschenkel und sieht dabei zu mir. Ich verkneife mir ein Grinsen. »Ciel hat sowieso schon alles von dir gesehen.«

»Und vergessen«, werfe ich prompt ein und mein Vorsatz, das Grinsen zu unterdrücken, fällt in sich zusammen. Holly prustet los, Duncan hingegen wirft mir einen vielsagenden Blick zu. Das war auch nicht richtig. So anbetungswürdig, wie der Körper seiner Frau ist, kommt diese Behauptung einer wahren Beleidigung gleich. »Sorry. Ehrlicherweise drückt die Zeit und ich würde gern direkt zum Wesentlichen kommen, wenn es dir recht ist. Können wir den Small Talk überspringen? Deine Frau ist toll und ihr beide seid wohl das, was man am ehesten als Seelenverwandte bezeichnen würde. Ich weiß das, ich will mich da nicht dazwischendrängen.«

In Duncans Augen blitzt etwas auf, doch genauso schnell weicht dieses Etwas einem vorsichtigen Ausdruck. »Was ist passiert?«

Ich räuspere mich und lasse mich auf den Besucherstuhl fallen, ohne meinen Blick von seinem zu nehmen. Ich frage gar nicht erst, ob Holly mithören soll. Ich schätze die beiden so ein, dass sie keine Geheimnisse voreinander haben. Und am meisten Respekt bringe ich Holly wohl dann entgegen, indem ich sie gar nicht erst versuche auszuschließen. »Meine Geisel. Du weißt schon, die Frau aus dem Gefängnis, die ...«

»Die Wimmerforce-Tochter. Ich weiß. Was ist mit ihr? Sag mir nicht, du hast sie doch ...«

Er kommt nicht dazu, es auszusprechen, weil ich ihm eine Spur zu wütend in den Satz falle. »Sie ist nicht tot. Aber sie ist nicht mehr bei mir. Wenn du so willst, hat sie ihr Vater zurückentführt.« Duncans Augenbraue wandert langsam in die Stirn, eine eindeutige Aufforderung, diese Worte zu erklären. Holly blickt genauso verwirrt drein, dennoch sind ihre Lippen zu einem schmalen Strich gepresst. Sie plappert nicht sofort aufgeregt los, nicht so, wie Eden es eindeutig machen würde. In meiner Brust zieht sich etwas zusammen. »Es hat sich herausgestellt, dass Eden sowieso aus ihrem Leben flüchten wollte, und ich ... ich habe mich dazu entschlossen, ihr ein neues Leben zu ermöglichen.« Meine Stimme wird dunkler. »Bei mir. Und sie will das, Dun. Ich halte sie nicht fest.«

Ein wissendes Grinsen umspielt seine Lippen. »Ich wusste, dass du sie fickst.«

Mürrisch lehne ich mich zurück und in derselben Bewegung den Whisky ab, auf den er deutet. Mir ist jetzt nicht nach Alkohol. Ich spüre noch immer die Restdrogen in meinem Organismus. »War das ein Ja?«, hakt er nach und greift selbst nach der Flasche.

»Das war dir doch klar, als du sie das erste Mal gesehen hast.«

Duncans Grinsen wird breiter. »Was ist mit Caleb?«

»Was soll mit ihm sein?«

»Nun ...« Duncan gießt die braune Flüssigkeit in ein bauchiges Glas und schiebt es Holly fragend entgegen, die kurz daran nippt, aber sofort die Lippen verzieht. Duncan kommentiert das nicht, nimmt selbst einen Schluck, bevor er an mich gewandt weiterspricht. »Ich erinnere mich auch, wie sie ihn angesehen hat.« Er hebt vielsagend das Glas. »Wie ihren Retter. Und ich weiß, wie Caleb drauf ist. Er hat mehr Frauenherzen auf dem Gewissen, als er Pussys gefickt hat.« Kurz irritiert von diesem Vergleich runzle ich die Stirn. Duncan grinst schief. »Damit will ich sagen, dass Caleb ein verdammter Charmeur sein kann, wenn er es drauf anlegt. Er wickelt alles und jeden um seinen Finger, obwohl es ihm mindestens genauso leichtfällt, Frauen in sein Bett zu ziehen. Aber das, was er hier oben bei ihnen anstellt«, er tippt gegen seine Schläfe, »war immer wesentlich weitreichender in seinen Auswirkungen als ein simpler Fick.«

»Caleb weiß, was er den Menschen erzählen

muss«, stimme ich ihm zu und verrate damit zu viel. Duncans Wangenmuskel zuckt.

»Komm nicht auf die Idee, ihm irgendwas zu glauben, Ciel.«

Ich verschränke die Arme vor der Brust. »Caleb geht in Paris meinen Aufgaben nach. Ich habe ihn im Griff.«

»Und fickt er sie?« Duncan lehnt sich anklagend – und mit einem viel zu wissenden Blick – vor und mustert mich scharf. »Mit seinem Schwanz und hier drin?« Er klopft sich auf die Brust und anschließend wieder gegen den Kopf.

»N-nein«, bringe ich die Lüge hervor. Darum soll es doch nun gar nicht gehen, aber Duncan ist leider nicht dumm und riecht Unwahrheiten meilenweit gegen den Wind. Vermutlich hat er diese Befürchtung ebenfalls schon länger, genauso lange, wie ich die Sache mit Holly geahnt habe.

»Dich auch, was?« Duncan seufzt.

»Was?«, frage ich noch irritierter. »Er fickt mich nicht, bist du wahnsinnig ge...?«

»Sinnbildlich gesehen«, unterbricht Duncan mich knurrend. »Scheiße, du lässt ihn frei in Paris herumspazieren und dieses Mädel vögeln. Du glaubst ihm. Oder zumindest siehst du irgendwas in ihm, was hier niemand mehr sieht. Niemand, der ihn kennt.«

Ich schweige eisern. Alles, was ich nun sagen könnte, wäre falsch. Zumal es unklug ist, Duncan anzulügen. Und machen wir uns nichts vor: Das Kind ist ohnehin in den Brunnen gefallen. Eden ist weg und Caleb hat hier keine Freunde.

Außerdem geht es jetzt nicht um Caleb. Das sage ich dann auch.

»Ausgeklammert, wen oder was Caleb hier fickt: Es geht um Eden, die in Gefahr schwebt, und bevor ihr etwas passiert, will ich sie finden.«

»Du sagst, ihr Vater hat sie?«

»Du weißt so wie ich, dass dieser Fakt nichts bedeutet. In diesem Fall geht von ihrem Vater die größte Gefahr für sie aus.«

Duncans Miene bleibt starr. »Größer als die von dir und Caleb? Wieso habe ich das Gefühl, dass du mir etwas verschweigst?«

»Ich verschweige dir nichts«, erwidere ich hastig und viel zu schnell. Duncans Kiefer zuckt, Holly wechselt einen knappen Blick mit mir und sieht nicht minder verunsichert aus.

Scheiße, ja natürlich klingt die Geschichte abwegig. Duncan kennt mich. Halbwegs. Und Caleb denkt er zu kennen. »Du schuldest mir was, Dun.« Ich klopfe mit den Fingerknöcheln auf seinen Schreibtisch. »Und in diesem Fall würde ich gern drauf bestehen, dass du unsere gut laufenden Beziehungen nicht gefährdest, indem dein Gewissen anspringt. Meinetwegen kannst du Eden einer ausführlichen Fragerunde unterziehen, sobald wir sie da rausgeholt haben und bevor wir sie wieder mit zu uns nehmen.«

Duncans Miene verfinstert sich und ich verstehe zu spät, dass ich mich endgültig verraten habe. »›Wir‹ und ›uns‹«, filtert er die Schlüsselworte aus meinem Satz und pfeffert sie mir schneidend entgegen.

»Dun, komm schon. Ich habe getan, was ich tun sollte. Caleb ist euch kein Hindernis, er …«

»Ich weiß, dass du nicht der nette Typ von der Jacht bist, Ciel«, knurrt Duncan und wirft Holly einen prüfenden Blick zu. »Du in Kombination mit Caleb ist nichts, wohin ich ein unschuldiges Mädchen gehen lasse!«

Langsam wird es mir zu bunt. Ich richte mich auf und meine freundliche Fassade kracht in sich zusammen. »Dieses unschuldige Mädchen gehört zu mir. Zu uns. Und du hast rein gar nichts mit ihr zu schaffen. Es ist nicht dein Ding, darüber zu urteilen, Brady! Es ist lediglich dein Ding, deine Loyalität und dein Versprechen unter Beweis zu stellen, indem du deine Beziehungen spielen lässt, um mir einen Anhaltspunkt zu liefern, wo sie festgehalten wird. Mir läuft die Zeit davon.«

»Warum nicht gleich so.« Duncan lehnt sich mit dunkel funkelnden Iriden zurück und nickt zur Tür. »Holly, warte oben auf mich, in Ordnung?«

»Was machst du jetzt mit ihm?«

»Nichts, Baby.«

Ich lehne mich mit stoischer Miene zurück, als ich Hollys skeptischen Blick auffange. Die Zeiten des freundlichen Sonnyboys sind wohl nun auch für Holly vorbei. »Du tust diesem Mädchen nichts, oder, Ciel?«

Ich würde gern Nein sagen. Aber ich kann es nicht, weil ich daran denken muss, wie ich Eden grün und blau geschlagen habe. Wie sie wimmernd und flehend unter mir lag. Ich will ihr nichts tun. Das will ich wirklich nicht. Aber ich wollte auch meine Frau nicht umbringen. Ich *will* kein Mörder sein, verdammt.

Meinen Monstern kann man nicht vertrauen. Und das gilt auch für mich. Fuck, ich kann mir doch selbst nicht vertrauen, wie soll es da jemand anderes können!

In Hollys Augen erscheint ein Glanz, als ich nicht antworte. Anmutig erhebt sie sich von Duncans Schoß und küsst ihn auf die Wange, bevor sie mir scheu zunickt, dann huscht sie aus dem Raum.

»Das war jetzt nötig?«, frage ich und lehne mich mit den Ellenbogen auf den Schreibtisch, nicht gewillt, mich von Duncan Brady einschüchtern zu lassen.

»Holly mag dich und sie soll nicht noch mehr Scheiße von dir zu sehen bekommen«, gibt Duncan knapp zur Antwort. Er steht auf, ich tue es ihm gleich. »Ich enttäusche mein Mädchen ungern.«

Ich lache frustriert auf. »Ich tue ihr nichts.«

»Natürlich tust du das nicht. Ich würde dich in die Hölle schicken, bevor du nur Anstalten dazu machen kannst.« Er kommt noch näher, ich weiche nicht zurück.

»Und Ähnliches gilt für Paige. Solltest du deinen kleinen Freund nicht unter Kontrolle haben, werde ich nicht zögern, ihn und notfalls auch dich aus dem Weg zu räumen, *Kumpel.*« Letzteres betont er deutlich mahnend und klopft mir auf die Schulter. Bevor ich etwas zu dieser Drohung sagen kann, wendet er sich ab und greift nach seinem Handy. »Und nun erzähl mir alles, was du weißt. Ich halte immer mein Wort.«

Kapitel 19
Eden

»Was ist das hier?« Ich beiße mir auf die Unterlippe, um mir meinen geschwächten Zustand nicht anmerken zu lassen, als ich neben meinem Vater herstolpere.

Eine Woche haben sie mich im Krankenhaus bewachen lassen. Eine Woche, die auch dringend nötig war. Ich habe mich gefühlt wie vom Zug überrollt, obwohl Ciels Arztkollege angekündigt hat, dass ich schnell wieder fit sein werde.

Ich fühle mich alles andere als fit, dennoch beiße ich die Zähne zusammen. Es hilft ja nichts.

Dicht neben mir geht Steven, der noch immer kein einziges Wort gesagt hat. Nicht im Krankenhaus. Nicht, als mein Dad mich zum Auto geschleift hat. Nicht in seinem abgesicherten Wagen, der von einem seiner Angestellten gefahren wurde, damit die zwei Männer links und rechts auf der Rückbank darauf achtgeben konnten, dass ich mich nicht aus dem fahrenden Wagen stürze. Ich hätte es womöglich gemacht.

»Ist das etwa unter deiner Würde?«, stößt mein Vater affektiert aus, als er mich durch das industrielle Loft zerrt, das irgendwo am Rande Londons liegen muss. Viel habe ich von unserer Umgebung nicht mitbekommen, da ich mit meinem Körper beschäftigt war, der die zurückliegenden Tage noch verarbeiten muss. Mental beschäftigt mich vor allem die Narkose, die – nebenbei bemerkt – von irgendwem aufrechterhalten werden musste, sonst hätte ich in diesem Zustand nicht bis nach London verfrachtet werden können, ohne etwas davon zu merken. Es macht mir ein mulmiges Gefühl, dass mir so viele Erinnerungsstücke fehlen.

Wer hat mich angefasst? Was ist mit mir passiert? Wer hat mich verraten?

Ich weiß es nicht. Die Gedanken und dieses Unwissen sind so viel schlimmer als das, was Ciel mit mir getan hat. Dabei hatte ich die Möglichkeit, es zu verarbeiten. Aber wie soll ich etwas verarbeiten, von dem ich gar nicht weiß, was es eigentlich ist? Und meine Gedanken sind nicht hilfreich. In meinem Kopf spinnen sich die dunkelsten Fantasien zusammen, Fantasien, die sogar zu dunkel für eins meiner Manuskripte sind.

Daher versuche ich, sie zu verdrängen.

Das Loft ist entgegen der Worte meines Vaters modern eingerichtet. Nicht prunkvoll wie in seiner Stadtvilla, dennoch schreit auch hier alles *verdammt teuer und exklusiv*.

»Hast du immer noch nicht verstanden, dass mich dein Geld einen feuchten Dreck interessiert? Lass mich gehen!« Meine Armbewegung kommt so plötzlich, dass ich mich tatsächlich von ihm losreißen und ganze zwei Schritte zwischen uns bringen kann. Doch dann ist Steven da. Sein Arm umklammert mein Handgelenk wie eine Schraubklemme, quetscht meine Haut und meine Blutzufuhr.

»Au, du tust mir weh!«

»Weil du dich nicht benimmst und nicht zu schätzen weiß, was dein Vater alles für dich tut, du Schlampe!«

»Ich bin keine Schlampe, du verwöhntes Arschloch!«, fauche ich und fahre nicht nur im übertragenen Sinn meine Krallen aus. Ich hole aus und kratze Steven durch sein selbstgefälliges Grinsen.

Mein Vater hat nichts anderes zu tun, als zuzusehen, wie sein zukünftiger Schwiegersohn (seiner Träume) mich wie eine Gefangene durch den offenen Wohnbereich stößt. Rückwärts stolpere ich seinen Bewegungen hinterher, meine Hände hält er zwischen unseren Körpern fest. »Du wirst dich noch umgucken, wenn du endlich verstehst, was dein Part bei diesem Arrangement ist«, flüstert er unheilvoll. Ich kann seinen Schweiß unter dem makellos sitzenden Anzug riechen, der auch von seinem teuren Parfum nicht geschluckt wird. Seine Hände sind schwitzig und zeugen davon, wie aufgebracht er ist.

»Ich werde gar kein Teil dieses Arrangements sein!«, zische ich und lasse mich nur weiterstoßen, weil alles in mir danach lechzt, wieder in die Horizontale zu kommen. Ich fühle mich, als hätte ich einen Marathon hinter mir, und bin mir ziemlich sicher, dass man nach einer Bauch-OP nicht durch die Gegend geschubst werden sollte.

Daher höre ich auf, mich zu wehren, als ich sehe, dass Steven ein spärlich eingerichtetes Schlafzimmer ansteuert. Hinter den hohen Fenstern erkenne ich die umliegenden Backsteingebäude dieses Industriegeländes. Ich habe keine Ahnung, wie Ciel mich hier finden soll. Ich wusste nicht, dass mein Vater diese Anlage besitzt oder von wem er das Nutzungsrecht bekommen hat.

Während Steven mich mit dem Rücken auf das Bett drückt, sehe ich mich um. Kein Fernseher, kein Laptop, nicht einmal ein Amazon Echo. Diese Teile liebt mein Vater, weil er der Meinung ist, Smarthome sei die Zukunft. In seinem Haus lässt er alles elektronisch regeln. Angefangen von der Musik bis hin zur kompletten Absicherung des Geländes.

Vermutlich sind auch hier Wachen und elektronische Peilsender positioniert. Mein Vater macht keine halben Sachen, wie ich gerade eindeutig wieder vor Augen geführt bekomme. Er will mich eingeheiratet bei den Bedfords sehen. Koste es, was es wolle. Auch den letzten Funken Zuneigung seiner Tochter.

Diese Aktion werde ich ihm niemals vergeben.

»Warte, was?«, stoße ich ungläubig aus, als ich das kalte Metall an meinen Handgelenken zu spät als das identifiziere, was es ist: Handschellen. Steven kettet mich ernsthaft ans Bett und mein Vater steht unweit hinter ihm und hindert ihn nicht daran.

Ich hasse dich dafür. Ich spreche die Worte nicht laut aus, forme sie nur mit meinen Lippen, während ich seinen sengenden Blick erwidere. Er versteht sie. Dennoch sieht er mich ungerührt an, während in meinen Augen ein für ihn sichtbarer, ausgewachsener Sturm tobt.

»Das wirst du nicht mehr, wenn du erst verstehst, was diese Verbindung für dich bedeutet.«

Ich schüttle den Kopf und zische ungehalten, als Steven meine Arme links und rechts neben meinem Kopf positioniert und mit wenig Bewegungsspielraum festzurrt.

»Danke, Steven. Lass sie etwas zur Ruhe kommen.« Mein Vater wendet sich ab und marschiert durch die Tür, ohne noch einmal zu mir zu sehen.

Steven folgt seiner Anweisung wie ein trainiertes Hündchen. Er läuft seinem Herrchen hinterher. Ich zucke nicht einmal zusammen, als die schwere Tür hinter ihnen in die Angeln fällt.

Da liege ich nun. Gefangen in meinem alten Leben, das noch mehr zu meinem persönlichen Albtraum mutiert ist, als ich es mir vorgestellt habe.

»Wie stellt ihr euch das vor?« Noch immer wütend, dafür nur unwesentlich fitter, knalle ich die Wasserflasche auf den Nachttisch. Steven war unterwegs und ich bin nicht länger angekettet, aber dafür eingesperrt. Seit weiteren zwei Tagen, was ich nur durch das Zählen der Nächte weiß. Hier gibt es keinerlei elektronische Geräte. Steven und mein Vater sind vorsichtig und befürchten wohl, jemand könnte meinen Aufenthaltsort hacken.

Nun. Das geht nicht, wenn ich in der analogen Hölle gefangen bin. Ich habe Stunden damit zugebracht, einen Ausweg aus diesem Loft zu finden, aber Fehlanzeige. Direkt vor der Tür stehen gleich zwei Männer, die mich rund um die Uhr überwachen, wie ich durch den Türspion festgestellt habe. Einzige Ausnahme: Wenn ich Besuch von Steven oder meinem Vater bekomme, so wie jetzt.

Draußen auf dem Gelände wird es nicht wesentlich besser aussehen. Ich bin hochgradig frustriert, sodass meine Wut längst wieder die Oberhand über meine kurzzeitig gespürte Verzweiflung gewonnen hat. Zusätzlich quälen mich diese verdammten Schmerzen, die ich mit einem Haufen Schmerzmittel zu bekämpfen versuche, die ebenfalls auf meinem Nachttisch liegen.

Es frustriert mich, dass ich mich nicht so wehren kann, wie ich das gern würde.

»Was meinst du?« Steven hebt unmissverständlich mahnend seine Augenbrauen in Richtung der Wasserflasche und lockert seinen Krawattenknoten. Der Typ ist nicht mal Mitte zwanzig und sieht aus wie sein eigener Großvater.

Nichts gegen Männer im Anzug. Ciel ist das beste Beispiel, wie heiß diese sein können. Aber man braucht die gewisse selbstsichere Attitüde, um ebendiese Wahrnehmung zu erreichen. Steven hat sie nicht.

Schnaubend drehe ich das Gesicht zur Wand. Er kommt mir missbilligend grunzend nach, was mich sofort wieder zu ihm sehen lässt. »Mal angenommen, eure dämliche Idee funktioniert. Ihr schleift mich vor den Altar und du heiratest mich.« Ich verziehe bei diesen abstrusen Worten das Gesicht, Stevens hingegen bleibt gleich glatt, trocken und langweilig. »Was passiert dann? Wollt ihr mich auf ewig einsperren? Hier? Ich werde auf keine Veranstaltung mit dir gehen. Ich werde nicht das brave Hündchen an deiner Seite spielen. Ich werde nicht …«

Meine Wut brodelt in mir, doch er lässt mich kaum Luft holen. Es geht so schnell, dass ich den Schlag seiner Hand erst realisiere, als meine Wange brennt.

Er hat mich ernsthaft ins Gesicht geschlagen.

Mir bleibt die Luft weg. Nicht vor Schmerz, lediglich vor derart viel Hass, den ich auf ihn, meinen Vater und unsere Familien verspüre.

»Das passiert dann.« Unheilvoll ragt Steven über mir auf, während ich fassungslos meine schmerzende Wange halte und ihn anstarre. Das hat er noch nie gebracht. Er hat mich noch nie geschlagen und ich habe ihm nicht so viel Schneid zugetraut, es zu tun. *Meinem Vater hingegen schon.*

»Du denkst auch, du könntest tun und lassen, was du willst, was?« Seine Töne kommen ruhig, aber derart kalt, dass er mir zum ersten Mal eine ängstliche Reaktion entlockt. Ich halte den Mund. Auch als er mich am Kragen meines Kapuzenpullovers packt und nach oben zieht. »Du bist nicht länger die unbeschädigte Frau, die mir versprochen wurde. Hast du auch nur den Hauch einer Ahnung, was dein feiner Vater mir erlaubt hat, mit dir zu tun? Wie weit er geht, um mir dich anzupreisen? Was er bereit war zu entscheiden? Wie *wenig* du ihm bedeutest?«

In seinen Worten klingt derart viel grausame Vorahnung mit, dass mir schummerig wird.

Seine Finger krampfen sich um den grauen Stoff zusammen, halten mich weiter mit dem Oberkörper aufrecht. Der Schmerz in meinem Bauch explodiert. Ich will wieder liegen.

Ich *muss* wieder liegen.

»Alles, Eden. Ich habe alle Entscheidungsgewalten, die ich haben wollte. Weil du nur Mittel zum Zweck bist. Für ihn.« Er stößt mich zurück in die Matratze. »Und für mich.«

»Das ist mir nicht neu. Und trotzdem werde ich niemals das tun, was ihr von mir verlangt! Ich werde ...«

»Du wirst genau das tun, was die *Etikette* von dir verlangt. Darum geht es. Dein Platz ist nun mal in der elitären Oberschicht des Landes, ob es dir passt oder nicht. Blut verpflichtet.« Noch ein Stoß, der den Schmerz in meiner Bauchgegend wieder anheizt.

Gottverflucht.

»Ich erwarte etwas Dankbarkeit von dir, Eden. Nur weil ich es will, hast du so viele Freiheiten! Nur weil ich es will, lasse ich dir Zeit bis zu unserer Hochzeitsnacht. Das hier kann auch ganz anders ablaufen!«

»So ein Unsinn!«, widerspreche ich und hole mit dem Fuß aus, als er sich über mich beugt. Ich treffe ihn direkt im Bauch. Leider. Mein Ziel war etwa zwei Handbreit weiter unten. Steven krümmt sich dennoch zusammen und schlägt wütend mit der Faust auf die

Matratze neben mich. Als er sich aufrichtet, funkeln seine Augen und bringen mich genauso auf die Palme. Wieder hole ich aus, doch er fängt meinen Knöchel in der Luft ab, dreht mein Bein überraschend fest, sodass ich mich auf die Seite krümme. Zappelnd winde ich mich unter ihm, aber nun nimmt er auch noch seinen zweiten Arm dazu, um mich auf das Bett und unter seinen Körper zu pressen. »Lass mich los, Steven, ich …«

»Du bist *meine* Frau, die ich behandeln kann, wie ich das will. Dein Vater hat mir die Erlaubnis für *alles* gegeben.« Sein heißer Atem trifft auf meine Schläfe, als er sich näher zu mir beugt, und löst eine Gänsehaut auf meiner Haut aus. »Ich wollte wirklich warten. Aber ich frage mich, warum. Du hast ja auch keinerlei Rücksicht auf meine Gefühle genommen, als du den Typen gefickt hast, nicht wahr?«

Ich brauche wieder ein paar Sekunden, um zu verstehen, dass seine Hand auf meine Brust rutscht.

Die kurze Zeitspanne, in der er seine Hand von meinem Bein löst, reicht, dass ich unter seinem Arm durchschlüpfen und aus dem Raum stürmen kann.

Wenn auch unter immensen Schmerzen. Aber die sind es wert.

Er folgt mir unter lauthals herausgefeuerten Flüchen. Aber ich lasse mich nicht von ihm vergewaltigen, nur weil er der Meinung ist, er hätte irgendwelche Besitzansprüche an mich.

Laut dröhnen Calebs Worte in meinem Kopf. Ich weiß jetzt, was er meinte; damals im Gefängnis. Es ist nicht die Vergewaltigung an sich, die ich in irgendeinem dunklen Teil meines Gehirns faszinierend finde. Es ist der Kontrollverlust, das aufgeregte Kribbeln in meinem Magen, wenn ein anderer Macht über mich und meinen Körper ausübt. Aber dieser andere kann nicht jeder x-beliebige Typ sein. Ich muss ihm vertrauen, um mich ihm so offen hingeben zu können. Und Steven *will* ich mich nicht hingeben. Das wollte ich noch nie, und jetzt noch so viel weniger.

Auch wenn mein Kopf sich anfühlt, als wäre er mit Watte gefüllt, kratze ich meinen Kampfgeist zusammen.

Mit einer wilden Entschlossenheit in mir renne ich direkt zurück in den Küchenbereich und reiße das größte Messer aus dem Messerblock. Selbst schuld, wenn sie so nachlässig sind und mich hier frei herumlaufen lassen – mit ebenso frei zugänglichen Waffen. Ich habe schon einen Menschen getötet und würde es im Notfall wieder tun. Und das hier ist ein Notfall.

»Bist du vollkommen irre?« Steven bleibt ruckartig stehen, als er mich mit dem ausgestreckten Arm sieht. Sein Blick liegt ungläubig auf der riesigen Klinge. »Was hat dieser Typ mit dir in Frankreich gemacht, dass du so ... so skrupellos bist?«

»Die Frage ist doch vielmehr, was bei dir und unseren Familien falschläuft, dass ihr solche antiken Vereinbarungen trefft, über die ihr überhaupt nicht verfügen dürft!«

»Du weißt das, seit du denken kannst! Du bist schon immer mir versprochen gewesen! Es hätte so einfach sein können und dass es nun so gekommen ist, ist ganz alleine deine Schuld, weil du deine Schenkel nicht zusammenlassen konntest!« Er bleibt stehen und sieht sichtlich unbehaglich zu dem Messer. Habe ich ihn also doch nicht gänzlich falsch eingeschätzt. Hunde, die bellen, beißen nicht. Und Steven ist nur ein räudiger, kläffender Köter.

»Du bist so ein armseliger, mieser Mistkerl«, zische ich wutgeladen. Steven spuckt gern große Töne, aber in Wahrheit ist er nur ein verzogener Schnösel, der im wahren Leben ohne Daddy nicht weit kommen würde.

Nicht so wie Caleb und Ciel, die ihren Platz in der Welt längst gefunden haben. In einer dunklen Welt, in der sie sich dennoch bestens behaupten.

Und das finde ich verdammt attraktiv. Steven wäre ohne seine reichen Eltern ein Niemand.

Das wiederum finde ich verdammt erbärmlich.

»Ich werde da nicht mitmachen, Steven!«

»Du wirst. Du bist doch ein schlaues Mädchen, Eden. Es ist das Beste für dich in deiner Situation. Bis zur Hochzeitsnacht hast du Zeit, dich mit dem Gedanken anzufreunden.«

Ich glaube, ich bin im falschen Film gelandet. Das Beste in meiner Situation? Welche Situation? Wovon redet er?

»Ich gebe dir die Zeit bis zur Hochzeitsnacht«, wiederholt er ruhig, als würde er Small Talk über das Wetter mit mir führen. »Dann erwarte ich deine Kooperation.«

»Zeit für was?«, speie ich wütend und hebe das Messer höher. Er zuckt zurück. Die Memme. »Um mich dann zu vergewaltigen? Oder was ist dein grandioser Plan? Ich werde mich weder mit der Hochzeit arrangieren noch damit, dich an mich heranzulassen, und schon gar nicht mit eurem ach so tollen Plan!« Wütend mache ich einen großen Schritt in seine Richtung, er weicht prompt zurück. »Ich wollte dich vor sechs Monaten nicht heiraten, nicht vor drei und jetzt noch viel weniger!«

»Das werden wir noch sehen.« Ein düsteres, unheilvolles Lächeln umspielt seine Lippen, dann höre ich ein Geräusch an der Tür. Ehe ich die drei Männer identifizieren kann, haben sie mich umstellt. Gegen drei Sicherheitsmitarbeiter meines Vaters habe ich mit meinem Messer keine realistische Chance. Sie haben es mir abgenommen, bevor ich es überhaupt in ihre Richtung schwingen kann. Dafür verdreht mir einer von den Anzugträgern den Arm auf dem Rücken, so fest, dass mir die Tränen in die Augen treten.

»Kettet sie fest. Sie hat es immer noch nicht verstanden.« Steven tritt vor mich und greift nach meinem Kinn. Hart bohren sich seine Finger in meine Haut. »Ich werde deinem Vater von dieser Aktion berichten. Und ich schwöre dir, Eden …« Die Pause, die er macht, soll wohl bedrohlich wirken. In mir löst sie aber nichts als eine weitere Welle des Hasses aus, die über mir zusammenschlägt. Keuchend vor Wut und sengenden Schmerzen sehe ich ihm in die Augen und verenge meine. Ein Zeichen, dass er mich nicht einschüchtern kann. »… er wird dein Benehmen nicht gutheißen.« Damit lässt Steven mich los und verschwindet. Mich schleppen die Typen zurück ins Schlafzimmer, wo ich erneut mit den Handschellen ans Bett fixiert werde.

Aber diese Konsequenz war es mir wert. Soll

Steven zu meinem Vater rennen. Soll er sich über mein Verhalten beschweren. Vielleicht verstehen sie endlich, dass sie mich zwar zum Altar zwingen und über meinen Körper entscheiden können, wenn ich mich nicht wehren kann. Doch darüber hinaus werden sie niemals kommen. In keinem Szenario der Welt werde ich ihre krummen Spiele mitspielen.

Sie werden meinen Willen nicht brechen.

Niemals.

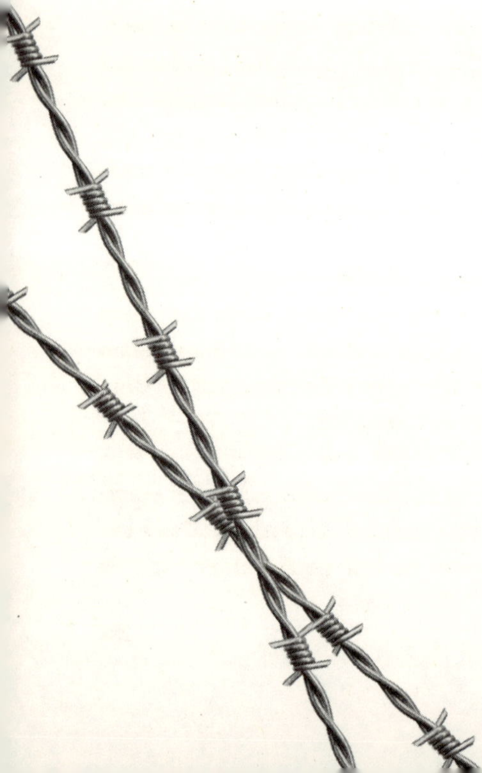

Kapitel 20
Caleb

Ich wusste nicht, dass man Wetter vermissen kann.

Aber man kann. Mit dem Handrücken wische ich mir die Regentropfen von der Wange, während mein Blick starr auf dem riesigen vor mir aufragenden Wolkenkratzer liegt. Typisch für London hat mich der Sprühregen schon am Flughafen begrüßt und begleitet seither meinen Weg durch die Schatten der Stadt. Die Adresse von Jules' Residenz habe ich zuallererst in Erfahrung gebracht, nachdem ich realisiert habe, in wessen Netz Paige sich damals verfangen hat. Ich wusste genau, wo ich hinwollte.

Hin und wieder werfe ich einen Blick auf mein Handy. Es ist früher Abend und ich hocke hier neben den Mülltonnen in der gegenüberliegenen Seitenstraße schon mehr als zwei Stunden.

Es ist ein skurriles Gefühl, wenn ich mir vorstelle, wie meine Ex irgendwo da oben hinter einer der extravagant ausladenden Fensterscheiben steht und auf die Themse blickt. Ich kann sie mir noch immer nicht in dieser feinen, elitären Umgebung vorstellen. Früher trug sie bevorzugt meine Hoodies und war sich nicht zu schade, auf einer verdammten Matratze auf dem Boden zu schlafen, wenn es im Club mal länger gedauert hat.

Heute schwimmt sie im Geld der reichsten Zwillinge des Landes und hat einen besseren Blick auf die Stadt als der König himself.

Paige und die Twins ist keine Kombination, die ich mir je hatte ausmalen können. Jules und Francis haben früher nichts anbrennen lassen und Frauen wie ihre Spielzeuge behandelt. Etwas, womit man Paige sämtliche Gefühle entlocken kann; aber sicher keine guten. Aber gut. Es ist, wie es ist. Sie klingt in ihren Briefen nicht so, als würde sie ihnen ihr Benehmen von damals vorwerfen.

Bedacht, keinen Laut von mir zu geben, verlagere ich mein Gewicht vom linken auf den rechten Fuß. Hier auf dem nassen Asphalt zu hocken und möglichst unauffällig mit der Umgebung zu verschmelzen, ist anstrengend. Mein linker Unterschenkel kribbelt und meine Hände sind klamm und kalt. Langsam hebe ich sie an meinen Mund, puste meinen Atem hinein und sorge so wenigstens für etwas Wärme, die auf meiner Haut kribbelt.

Mit verengten Augen blicke ich weiter auf den Eingangsbereich des Hauses, vor dem ein Portier steht und seinerseits die Umgebung im Blick behält. Links und rechts sind Kameras angebracht, die direkt auf den Bereich der Türen gerichtet sind und jeden Winkel aufnehmen.

Aber noch habe ich weder Paige noch Jules oder Francis durch die gläsernen Schiebetüren ins Foyer des Gebäudes treten sehen. Und wenn ich das hier schon tue, dann will ich so wenig Schaden anrichten, wie mir möglich ist.

Ich kann nicht einfach klingeln und die Zwillinge um Hilfe bitten. Sobald sie mich auf ihren Kameras entdecken, habe ich in der nächsten Sekunde mindestens drei Sicherheitsteams am Arsch kleben und weitere fünf Minuten später werde ich zurück in den Knast geführt. Nein. Ich muss das tun, wovor Paige am meisten Angst hat. Mir Zugang zu ihrer Wohnung verschaffen.

Sie überrumpeln, damit ich wenigstens eine kleine Chance habe, dass sie mir zuhören.

Und deshalb muss ich sichergehen, dass die Zwillinge auch da sind.

Wieder vibriert mein Handy, das ich zwischen meine aufgestellten Beine und meinen Oberkörper geschoben habe. Ich ziehe es hervor und werfe nur einen knappen Blick auf den Bildschirm. Ich kann mir ohnehin denken, wer es ist. Und ich soll recht behalten.

> Duncan ist immer noch skeptisch, aber kümmert sich. Hat Kontakte in der Ober- und Unterschicht. Kann dauern, aber ich setze auf ihn. Mehr Anhaltspunkte habe ich sowieso nicht, höre mich aber auch um.

Genau das habe ich mir gedacht. Und genau deshalb sitze ich nun hier statt in Ciels gut klimatisiertem Museumskeller. Mit klammen Fingern tippe ich:

Sag mir, wenn ich etwas tun kann.

Rasch schiebe ich mein Handy zurück und sehe wieder zum Eingang. Ciel weiß nicht, dass ich in London bin. Aus mehreren Gründen. Es kann durchaus sein, dass ich hier gerade die nächste Scheiße baue, und dann will ich ihn nicht mit hineinziehen. Ihm droht durch Duncan sowieso genug Ärger, wenn er erfährt, dass ich mich auf eigene Faust in Richtung London gemacht habe. Was übrigens recht leicht war. Mit dem falschen Ausweis, den Ciel mir von einem seiner Kontakte machen ließ, war die Passkontrolle kein Problem. Ich habe kurz geschwitzt, als ich der Mitarbeiterin den Ausweis in die Höhe gehoben habe, aber es gab nicht einmal einen schiefen Blick.

Ich muss das tun. Wenn es jemanden gibt, der Eden in kurzer Zeit aufspüren kann, dann sind es die Zwillinge mit ihren Hackerfähigkeiten. Duncan wird das sicher wissen – nur wird er garantiert nicht die Hilfe seiner Freunde einfordern.

Nicht, wenn ich da mit drinstecke. Und das tue ich. Durch Ciels letzten Anruf weiß ich auch, dass Duncan längst skeptisch ist, was Ciel angeht. Er ist leider mit einer recht guten Menschenkenntnis ausgestattet und Ciel nicht unbedingt schwer zu durchschauen, wenn man hinsieht.

Deshalb muss ich es selbst regeln, zumal uns die Zeit davonläuft. Eden ist schon seit mehr als einer Woche wie vom Erdboden verschluckt. Bei dem Gedanken daran, wie es ihr wohl gerade geht, erfasst mich ein Schauer. Ich habe ein ganz schlechtes Bauchgefühl, was diese Sache angeht. Als es das letzte Mal so schlecht war, habe ich Ciel kurz darauf ausgeschaltet im Gebüsch gefunden.

Eine halbe Stunde später tut sich endlich was. Ein dunkelblauer Sportwagen fährt vor und hält direkt auf die Tiefgarage zu. Ich komme vorsichtig auf die Füße und luge um die Mülltonnen herum, um einen besseren Blick auf die Insassen zu werfen. Und auch wenn der Regen mir die Sicht verschleiert, meine ich, Jules hinter dem Steuer zu entdecken – und sein nahezu identisches Ebenbild daneben.

Ich warte, bis sie tatsächlich in die Garage gefahren sind und das Rolltor sich wieder hinter ihnen verschlossen hat, bis ich wieder in die Hocke gehe. Sie sollen erst einmal ankommen, dann kann ich loslegen.

Solange sehe ich mich um und warte auf eine Eingebung, wie ich möglichst unauffällig die erste Etappe – ins Gebäude kommen – angehen kann. Nach nur wenigen Minuten werde ich fündig, als ein Lieferant eines noblen Restaurants mit seinem Elektrofahrrad wenige Eingänge neben mir stehen bleibt. Er nimmt eine Box und verschwindet in einem der Aufgänge, die ohne Sicherheitsmitarbeiter auskommen. »Perfekt, du kommst wie gerufen«, murmle ich, während ich aufspringe und meine eingefrorenen Gliedmaßen zum Laufen zwinge. Gerade so schaffe ich es noch, meinen Fuß in die Tür zu schieben, bevor sie zufällt. Der Lieferant betritt den Aufzug, als ich in das noble Haus schlüpfe.

Mit wenigen Blicken orientiere ich mich, dann positioniere ich mich dicht neben dem Aufzug hinter einem Pflanzkübel. Natürlich gibt es auch hier an jeder Ecke Kameras.

Mit den Augen verfolge ich die elektronische Anzeige und trete genau dann vor die Türen, als diese mit einem leisen *Ping* aufgleiten.

»Hey, Mann«, sage ich an den Lieferanten gewandt und dränge ihn mit meinem Körper zurück in die monströs große Kabine, die zu seinem Glück leer ist. »Ich habe eine Frage. Weißt du …?« Ich schlage blind auf die Tasten, damit die Aufzugtüren sich wieder schließen, und mache gleichzeitig einen Schritt nach links, um ihm den Weg abzuschneiden, weil er sich an mir vorbeidrängen will. Perplex stiert er mich an.

»Was für 'ne Frage, Alter? Ich muss hier raus!«

»Ja sicher. Kannst du gleich.« Die Türen schwingen zu, der Aufzug setzt sich in Bewegung und ich ziehe den Kerl in einer Bewegung an meine Brust. »Sorry dafür. Du darfst kurz Pause machen.«

»Ich … was? Spinnst du, ich muss …« Seine restlichen Worte verklingen in einem Grunzen. Er kämpft gegen meinen Unterarm an seiner Kehle, aber da hat Paige früher schon vehementer auf mich eingeschlagen. Es dauert nur wenige Sekunden und er sackt bewusstlos in meinem Griff zusammen.

Ich schnappe mir seine Mütze und seine Jacke, die ihn mit einem eleganten Logo auf dem Rücken als Mitarbeiter des Restaurants ausweist, und schleppe ihn kurz darauf in den Korridor, in dem der Fahrstuhl zum Halten kommt. Das Glück ist heute auf meiner Seite. Keine weitere Menschenseele ist hier unterwegs. Vermutlich arbeiten noch alle Anwohner, damit sie sich ihre protzige Hütte leisten können.

Nachdem ich mich in seine Sachen geworfen habe und ihn in der stabilen Seitenlage an einem hübschen Platz vor einem Fenster abgelegt habe, greife ich mir die schwarze Box und nehme den gleichen Weg zurück.

Vor dem Gebäude sehe ich mich kurz um, doch niemand der vorbeieilenden Passanten schenkt mir zu viel Aufmerksamkeit. Alibimäßig lehne ich mich über das Elektrofahrrad und tue so, als würde ich die Box gegen eine andere tauschen, dann richte ich mich wieder auf und überquere die Straße. Der Portier, der vor dem Eingang des Zwillingsgebäudes Wache steht, hat mich genau im Blick. Vermutlich hätte ich das ganze Fahrrad mit herschleppen sollen, aber A) habe ich vergessen, dem Kerl seinen Schlüssel abzunehmen, und B) würde ich ebendiesem dann meinen Aufenthaltsort verraten, wenn er wieder zu sich kommt. Und ich bin ja nicht dumm, auch wenn das viele von mir denken.

Bevor der Portier auf die Idee kommt, mich fragen zu wollen, zu wem ich will, halte ich mit einem strahlenden Grinsen die Box in die Luft. »Gegen Schlechtwetter helfen zwei Portionen Bœuf bourguignon, um die Freuden dieser Welt wieder strahlen zu lassen!« Ebenfalls strahlend balanciere ich die Box vor seinem Gesicht.

»An wen soll das gehen? Ich habe keine Information über eine Lieferung erhalten.«

Scheiße.

Mein idiotisches Grinsen bleibt und ich lasse mich von seiner Skepsis nicht aus der Ruhe bringen. »Das *Jean-Jacques* bezieht seine Ware so frisch direkt aus Frankreich, dass das teure Rind seinen Flug fast noch überlebt! Können Sie sich das vorstellen?«

Der Portier sieht mich verständnislos an. Zu Recht. Ich weiß, dass ich einen Haufen Scheiße zusammenquatsche. Aber genau das ist mein Ziel. (Auch wenn ich zugeben muss, dass meine französische Aussprache sich echt gut anhört. Ich lerne eben vom Meister.) Dennoch muss ich nachlegen. »Es lebt natürlich nicht mehr, das widerspricht sicher irgendwelchen Hygieneregeln«, schiebe ich schief grinsend hinterher. »Aber ich kann Ihnen aus eigener Erfahrung versichern, dass es in ganz London kein Restaurant gibt, in dem das Fleisch so frisch ist wie bei meinem Chef. Das mit dem Flug war nur so dahergesagt, um zu verdeutlichen, wie frisch und wie exklusiv und elitär unsere Gerichte …«

Der Portier kraust die Nase, schüttelt befremdet den Kopf und tritt zur Seite, während sein Blick an mir herabzuckt. »Dann sollten Sie es besser reinbringen, bevor es noch kalt wird«, bringt er trocken hervor.

»Wir haben selbstverständlich die besten Frischhaltemethoden in unseren Lieferboxen, die der Markt hergibt, und …«

»Nun gehen Sie schon.« Genervt nickt er in Richtung der Tür.

»Ich eile.« Mit einem dümmlichen Grinsen trete ich an ihm vorbei und passiere die Schiebetüren. Angenehme Wärme empfängt mich, die durch meine durchnässten Klamotten zieht. Ich unterdrücke ein Schütteln, lasse dafür meinen Blick durch den noblen Eingangsbereich schweifen. Auch hier sind überall Kameras. Genauso wie ein Empfangstresen. Ich habe damit gerechnet. Noch eine Hürde nach oben. Dieses Luxusgebäude scheint eines derer zu sein, wo die Aufzüge ihre Bewohner direkt in die Apartments spucken.

Sehr bequem – und verdammt manipulierbar.

Rasch ziehe ich mir das Basecap tiefer in die Stirn und halte auf den Empfangsmitarbeiter zu. Der Typ – wie auch immer man ihn nennt – hat schon seinen Telefonhörer in der Hand, um mich in der Etage anzukündigen, wo ich vermeintlich hinmöchte. Das Lächeln des älteren Herrn ist freundlich und ich erwidere es ganz intuitiv. Dabei zuckt mein Blick an ihm herab. Jackpot. An seiner Hüfte trägt er eine Karte, von der ich wette, dass man mit ihr universal in jegliche Stockwerke des Gebäudes gelangt. Bleibt nur die Frage, in welches Stockwerk ich muss. Aber eins nach dem anderen.

»Zu wem möchten Sie denn?« Er stockt, als er mir ins Gesicht sieht. »Oje, was ist denn mit Ihnen passiert? Wurden Sie überfallen?«

»Hingefallen mit dem Fahrrad«, nuschle ich. Mit

einem Seitenblick auf die Kameras drehe ich meinen Kopf etwas weiter nach links, dann trete ich an den weißen Tresen heran und stelle die Box darauf ab. Binnen Sekunden habe ich einen neuen Plan und er geht auf, als der Opi den Telefonhörer unverrichteter Dinge weglegt. Aus meiner Kehle dringt ein schmerzerfüllter Laut und ich verziehe das Gesicht, als würde ich gerade halb an einem Herzinfarkt verrecken.

Schwankend stütze ich mich mit einer Hand auf der glatten Tresenfläche ab, mit der anderen halte ich meine Seite und habe ihn sofort da, wo ich ihn haben will. Er eilt auf mich zu und legt mir behutsam eine Hand auf die Schulter. »Setzen Sie sich doch kurz, ich kann …«

Es kostet mich wenige Sekunden, die Spritze in meiner Hosentasche zu ertasten, die Kappe abzuziehen und ihm die Nadel in den Oberschenkel zu stechen.

Mit aufgerissenen Augen sackt er in meinem Arm zusammen. Ich fange den älteren Mann auf und dränge ihn langsam zurück hinter seinen Tresen, wo ich ihn behutsam zu Boden gleiten lasse und vorsichtshalber in die stabile Seitenlage manövriere.

»Keine Sorge, Sie wachen wieder auf«, murmle ich beruhigend. Seine Lider flattern und seine Lippen öffnen sich zu einem panischen O, aber heraus kommt kein Laut mehr. Es kann nicht mehr lange dauern, bis sein Bewusstsein gänzlich wegdriftet. Ich bleibe solange neben ihm in der Hocke und lasse meine Hand auf seiner Brust liegen. »Es geht hier um ein Mädchen, wissen Sie? Ich brauche Hilfe, um sie zu retten, und leider kann mich hier niemand mehr leiden. Ich muss etwas kreativer werden.« Seine Augen rollen nach hinten. Zufrieden tätschle ich seine Brust, schnappe mir die Universalkarte und komme auf die Füße. Rasch lasse ich meinen Blick über seinen Arbeitsplatz gleiten und werde nach wenigen Sekunden fündig. Die Telefonliste weist die Namen der Bewohner und ihre Etagen- sowie Zimmernummern aus. Ich ziehe die Liste zu mir heran, überfliege die Namen und stolpere schnell über Girard. Aufzug sechs, elfter Stock.

Na, wer sagt's denn!

Das Abtauchen des Empfangsmitarbeiters wird sicherlich nicht lange unbemerkt bleiben, aber mein Weg ist nicht mehr weit.

Mit wenigen Schritten bin ich bei den Aufzügen. Oberhalb der acht Kabinen weisen goldene Ziffern den Weg. Ich steuere die Nummer sechs an und halte die Karte gegen den Sensor. Die Türen gleiten geschmeidig auf, ich trete herein und wähle das elfte Stockwerk aus. Und dann ist es, als würde die Zeit gefrieren.

Nichts passiert.

Nichts regt sich.

Überall blinken rote Sicherheitskameras und es fühlt sich an, als wären sie alle direkt auf mich gerichtet. Es würde mich nicht wundern, wenn ein Sondereinsatzkommando in diesem Moment das Gebäude stürmen würde.

Doch dann geht ein Ruck durch die Kabine.

Die Türen schließen sich mit einem leisen Zischen,

gerade in dem Moment, als jemand das Foyer des Hauses betritt.

Mein Herz hämmert in der Brust, als der Aufzug geschmeidig in die Höhe gleitet.

Fuck.

Fuck, ich habe es geschafft.

Fuck – was mache ich hier bloß?

Ende Band 2

Danksagung

Da wir noch einen Band vor uns haben, mache ich es an dieser Stelle kurz und schmerzlos:

Danke an alle, die die Geschichte von Eden, Caleb und Ciel verfolgen. Danke für eure Liebe, eure Bilder auf Social Media, eure geteilten Posts und natürlich eure Rezensionen! Diese sind unglaublich wichtig für AutorInnen – besonders auf so großen Plattformen wie Amazon. Ich freue mich, wenn ihr mir auch zu diesem Band eure Meinung dort hinterlasst. Ein paar Sätze reichen schon. Danke!

Und damit kommen wir schon zu meinem Testleseteam, das mir beim Schreiben mit so viel Motivation und Spaß zur Seite steht: Ria, Jacky, Luisa, Antonia, Michelle, Lisa, Isabell, Eleonora, Libra, Maria und Milena. Ihr seid großartig! Danke!!

Wir sehen uns hier beim Finale wieder!

Eure Alessia

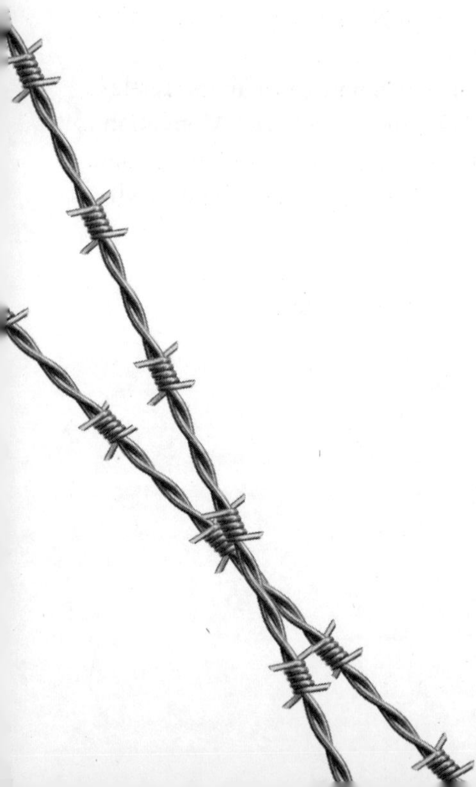

Ausführliche Triggerwarnung

Es geht um Gewalt, um Sex, um unerfüllte Lebensträume, heftige Schicksalsschläge, Schläge im Allgemeinen, um Blut, überholte Weltbilder, Drogenmissbrauch, genommene Chancen, übergriffiges Verhalten mit irreparablen Langzeitfolgen, Trauer, Krankheit und Tod.